Miss Read
Winter auf dem Lande

Zu diesem Buch

Im Mittelpunkt dieses heiteren Romans steht das idyllische Dorf Thrush Green irgendwo in England, ein Mikrokosmos der englischen Provinz. Menschen aller Schichten der Gesellschaft leben in dem verschlafenen Dorf friedlich zusammen. Diese Idylle wird durch die überraschende Ankunft eines Fremden empfindlich gestört. Harold Shoosmith, der, aus Afrika heimgekehrt, in Conor House seinen Lebensabend verbringen will, wird sofort Mittelpunkt des Dorftratsches und weckt neugierige Spekulationen. Harold integriert sich schnell in die etwas skurrile Dorfgemeinschaft. Doch seine Idee, ein Denkmal für einen berühmt gewordenen Missionar errichten zu lassen, stößt nicht bei allen Bewohnern auf Gegenliebe. Ein luftig-amüsantes Stilleben einer beschaulich-konservativen Welt wird hier erzählt, bei der es einem warm ums Herz wird.

Miss Read war Lehrerin und arbeitete als Rundfunkautorin für die BBC, ehe sie ihre schriftstellerische Karriere begann. Seit vierzig Jahren schreibt die inzwischen über achtzigjährige Dame einen englischen Bestseller nach dem anderen, darunter elf Romane über Thrush Green.

Miss Read
Winter auf dem Lande
Roman

Aus dem Englischen von
Dorothee Asendorf

Piper München Zürich

Deutsche Erstausgabe
1. Auflage November 1996
2. Auflage Februar 1997
© 1961 Miss Read
Titel der englischen Originalausgabe:
»Winter in Thrush Green«, Michael Joseph, England 1961
© der deutschsprachigen Ausgabe:
1996 Piper Verlag GmbH, München
Umschlag: Büro Hamburg
Simone Leitenberger, Susanne Schmitt, Andrea Lühr
Umschlagabbildung: John Falter
Gesamtherstellung: Clausen & Bosse, Leck
Printed in Germany   ISBN 3-492-22075-4

Inhalt

TEIL EINS
Der Winter naht

1. Der Neue — 9
2. Wilde Vermutungen — 18
3. Miss Fogerty steht ihre Frau — 28
4. Party-Pläne — 38
5. Nelly Tilling — 47
6. Halloween — 60
7. Der Neue gewöhnt sich ein — 69
8. Sam Curdle steht unter Beobachtung — 77

TEIL ZWEI
Weihnachten in Thrush Green

9. Das Denkmal — 95
10. Albert Piggot wird umgarnt — 108
11. Weihnachtsvorbereitungen — 115
12. Das Fell-und-Feder-Whistturnier — 126
13. Heiligabend — 134
14. Erster Weihnachtstag — 144

TEIL DREI
Das neue Jahr

15. Eine unerquickliche Reise — 155
16. Schnee in Thrush Green — 170
17. Zwei Anhaltspunkte — 182
18. Frühlingsfieber — 194
19. Albert Piggot kapituliert — 202
20. Heimkehr — 211

FÜR PEG UND CLARE IN LIEBE

TEIL EINS

Der Winter naht

1. Der Neue

Der Herbst war früh in Trush Green eingekehrt. Die Roßkastanienallee, die nördlich am Ort vorbeiführte, flammte wie ein Freudenfeuer. Jeden Nachmittag, kaum daß die Schule aus war, rannten die Kinder durchs nasse Gras und bewarfen die Bäume mit Stöcken wie vor ihnen schon ihre Väter. Die seidig glatten Kastanien platzten satt aus ihrer grün-weißen Schale, und die kleinen Räuber stürzten sich darauf.

Auf der Veranda des Gasthauses *Die zwei Fasane* hing ein Korb mit toten Geranien und vertrockneten, flatternden Lobelienzweigen. Den ganzen Sommer über hatten sie den Eingang geziert, doch nun war ihre hohe Zeit vorbei, und der Korb mußte abgenommen und im Schuppen hinter dem kleinen Gasthof verwahrt werden, bis der Sommer in den Cotswolds wieder Einzug hielt.

Auf den Gräbern des Friedhofs von St. Andrew's glühten rote und goldene Chrysanthemen, und Mr. Piggot, der grämliche Küster, kehrte golden glänzende tote Blätter von den Wegen und verwünschte vergeblich den Wind, der sie immer wieder auf die gerade gefegten Stellen zurückblies.

Noch nie hatte der wilde Wein an Dr. Baileys Haus und am Cottage der beiden alten Freundinnen, Ella Bembridge und Dimity Dean, so farbenprächtig geleuchtet wie in diesem Oktober. Die spritzige Herbstluft, der ungewöhnlich frühe Frost und eine reiche Beerenernte aller Arten gab den Wetterfröschen von Trush Green Anlaß zu bedeutungsschwerem Kopfnicken.

»Diesmal kriegen wir einen strengen Winter«, sagten sie halb bedenklich, halb erfreut. »Deckt euch bloß gut mit Holz und Kohle ein. Es friert Stein und Bein, das könnt ihr mir glauben!«

Mr. Piggot reckte den schmerzenden Rücken, faltete die Hände über dem Besen und betrachtete Thrush Green mit verdrießlichem Blick. Hinter ihm erhob sich die massige Kirche, deren Turm einen säuberlichen, dreieckigen Schatten auf das Gras warf. Zu seiner Rechten führte die Hauptstraße von den Cotswold-Hügeln in das verschlafene Marktstädtchen Lulling hinunter, das an Trush Green grenzte. Zu seiner Linken zog sich ein schmaler Feldweg, der sich in nördlicher Richtung zu mehreren Dörfchen schlängelte.

Und an diesem Weg, ungefähr fünfzig Meter entfernt, stand neben dem Gasthof *Die zwei Fasane* auch sein Häuschen und daneben die Dorfschule, die im Morgensonnenschein noch still hinter ihrem weißen Zaun lag, und daneben wiederum, nicht ganz so dicht am Dorfplatz, ein solides Haus aus Cotswold-Stein. Seine Vorderfenster gingen auf die Kastanienallee, in die beide Wege mündeten. Die Tür war verschlossen, und aus den grauen Schornsteinen wölkte kein Rauch.

Der Garten lag verwildert und verlassen. Die nicht beschnittene Kletterrose an der Hauswand ließ tote, schwärzliche Blütenköpfe hängen, und der breite Plattenweg verschwand fast unter nicht zusammengekehrten Blättern.

Von seinem Aussichtspunkt auf dem Friedhof aus konnte Mr. Piggot den Gemüsegarten einsehen. Eine Bohnenstangenreihe war umgefallen, zusammengebrochen unter dem Gewicht der frostgeschwärzten Bohnen. Auf den Beeten hatte der Ampfer gesiegt und reckte die Dolden, doch dazwischen konnte man noch immer Kohlköpfe von Fußballgröße ausmachen. Die Zwiebeln waren ins Kraut geschossen und hatten prächtige, duftige Blüten, und über der Wildnis mit ihren zahlreichen Leckerbissen flog ein ruheloser Schwarm zwitschernder Vögel.

Mr. Piggot bleckte mißbilligend seine dritten Zähne angesichts dieser Verschwendung und schüttelte den Kopf über das ZU-VERKAUFEN-Schild, das vor einer Woche an der Gartenpforte aufgestellt worden war.

»Wird aber auch Zeit, daß sich da was tut«, sagte er laut.

»Was soll das ganze Geharke, wenn mir das Zeug doch wieder von drüben rüberweht?« Und er warf den Blättern, die noch immer fröhlich auf seinem Weg tanzten, einen mißmutigen Blick zu. Arbeit, nichts als Arbeit! dachte er verdrießlich.

Die Uhr über ihm fing an zu surren, ehe sie zehn schlug. Mr. Piggots Miene heiterte sich auf. Jemand trat aus dem Gasthaus, öffnete einladend die Tür und hakte sie an der Wand fest. Man hörte leises Gläserklirren und Musikfetzen aus dem Radio an der Theke.

Mr. Piggot lehnte seinen Besen ans Geländer und strebte bemerkenswert flott seinem sicheren Hafen zu.

Von der gegenüberliegenden Seite des Dorfplatzes musterte Ella Bembridge das leerstehende Haus. Sie hatte gerade ihr Bett gemacht und wollte ihr weites Tweedkostüm in den Schrank hängen, als sie einen kleinen Lieferwagen bemerkte, der vor dem ZU-VERKAUFEN-Schild anhielt. Sie legte die stämmigen Arme auf die Fensterbank und sah interessiert zu.

Zwei Männer, die Ella kannte, stiegen aus. Sie arbeiteten für den einheimischen Makler und wohnten ihres Wissens im Dorf Nidden ein, zwei Meilen von Thrush Green entfernt. Sie sah, wie sie durch die Gartenpforte gingen und an dem Pfahl mit dem Schild ruckelten.

»Dim!« trompetete Ella ihrer Hausgenossin im Erdgeschoß zu. Von unten antwortete ein leises Zwitschern.

»Dim!« rief Ella jetzt mit voller Lautstärke, »sie nehmen das Schild am Eckhaus ab! Es muß verkauft sein!«

Dimity Dean kam ins Schlafzimmer und trat zu ihrer Freundin ans Fenster. Sie war eine schmächtige, unscheinbare Person, die sich in allerlei Grau- und Beigetöne kleidete und neben der robusten Ella zerbrechlich wirkte. Sie blinzelte kurzsichtig, um besser zu sehen, was sich gegenüber tat.

»Ist das nicht der junge Edwards? Der Junge, der uns früher im Garten geholfen hat?«

»Ja, das ist er«, bestätigte Ella und betrachtete die Gestalt, die versuchte den Pfahl hochzuwuchten.

»Aber der darf nicht so schwer heben!« rief Dimity besorgt. »Er hat es am Rücken! Weißt du noch, ich mußte ihm immer die Karre schieben, nachdem er mit dem Diskus ausgerutscht war.«

»Deine eigene Dummheit!« sagte Ella knapp. »So ein Faulpelz, tut ihm gut, das bißchen körperliche Arbeit.«

Dimity schüttelte betrübt den Kopf, und Tränen des Mitleids stiegen ihr in die Augen. Klar, die liebe Ella hatte wohl recht, aber Edwards war ein so niedlicher Junge gewesen mit seinem durchsichtigen, blassen Gesicht, das sie an Byron erinnerte. Sie atmete auf, als das Schild plötzlich umkippte und die beiden Männer es zum Lieferwagen trugen.

»Uff!« hauchte Dimity, »dann können wir uns wohl auf neue Nachbarn freuen. Hoffentlich passen sie nach Thrush Green. Ich meine ruhige Leute – wie wir.«

»Leute, die gern einen draufmachen, zieht so leicht nichts nach Thrush Green«, meinte Ella und kehrte dem Sonnenschein den Rücken zu. »Weißt du was? Wenn Winnie Bailey heute morgen kommt, fragen wir sie, ob sie was gehört hat?«

Dimitys magere Hand fuhr zum Mund und unterdrückte einen Aufschrei.

»O Ella, wie gut, daß du mich erinnert hast! Die hatte ich ganz vergessen. Jetzt muß ich mich aber mit dem Kaffee beeilen!«

Und schon trippelte sie wie ein aufgescheuchtes Huhn die Treppe hinunter und überließ Ella ihren Mutmaßungen über die künftigen Besitzer des leerstehenden Hauses.

Winnie Bailey war die Frau von Doktor Bailey, der fast ein halbes Jahrhundert in Lulling und Thrush Green praktiziert hatte. Um ein paar alte Patienten kümmerte er sich noch immer und übernahm gelegentlich die Sprechstunde, aber seit er aus Gesundheitsgründen in den Ruhestand getreten war, machte sein junger Partner Doktor Lowell mehr als Dreiviertel der Arbeit, und das mit großem Erfolg.

Das Leben meinte es gut mit Winnie Bailey. Ihr Mann hatte jetzt weniger zu tun, und das gab ihr Zeit, öfter bei jemandem vorbeizuschauen, zu lesen oder die beschaulichen Spaziergänge querfeldein zu machen, die ihrem fröhlichen Naturell immer wieder Auftrieb gaben.

Thrush Green hatte sich wenig verändert, seit sie als Frischvermählte hier eingezogen war. Klar, am Weg nach Nidden standen neue Häuser, weiter westlich gab es eine große Wohnsiedlung, und Lulling zählte mittlerweile doppelt soviel Einwohner wie damals. Doch der dreieckige, von anheimelnden Häusern aus Cotswold-Stein umgebene Dorfplatz hatte sich wenig verändert. Winnie Bailey kannte alle, die dort wohnten, hatte sie kommen und gehen, hatte Kinder zu Frauen und Männern heranwachsen sehen und hatte ihre Geschicke interessiert und mit warmherziger Anteilnahme verfolgt.

Als Frau eines Freiberuflers war Verschwiegenheit für sie oberstes Gebot. Und so mancher suchte Rat und Trost bei Winnie Bailey. Wenn er ging, dann in dem Bewußtsein, daß sie schweigen konnte wie ein Grab. In einem kleinen Gemeinwesen gilt Verschwiegenheit sehr viel.

Auch ihr war aufgefallen, daß man das Schild am Eckhaus entfernt hatte, und auch sie stellte Vermutungen über den neuen Besitzer an, während sie Äpfel auswählte, die sie Ella und Dimity mitbringen wollte, denn die beiden hatten keinen Apfelbaum. Hoffentlich spielte er Schach. Für Donald, ihren Mann, haperte es immer an Schachspielern, und sie konnte ihm nicht das Wasser reichen. Sie griff nach einem Cox Orange und roch genüßlich daran. Wie vollkommen er doch war! Sie bewunderte die hellgelben und bernsteinfarbenen Streifen, die von dem Grübchen am Stielansatz ausgingen.

Liebevoll polierte sie ihn mit einem Leinenlappen, der so alt und weich war, daß er in der Hand knitterte wie Seidenpapier, und legte ihn behutsam zu seinen Artgenossen in den flachen Binsenkorb. Das von ihr arrangierte Stilleben würde Ellas Beifall finden, das stand fest, denn hinter Ellas barschem Wesen und wohlgepolsterter Hülle verbarg sich ein Mensch, der für alles Schöne empfänglich war und es zu würdigen wußte, was sich wiederum in den kühnen und manchmal wunderschönen Mustern ausdrückte, mit denen sie Vorhänge und Bezüge bedruckte. Wie seltsam, dachte Winnie Bailey, daß ihre großen, knubbeligen Hände so herrliche kunsthandwerkliche Dinge schaffen konnten, während Dimitys zarte Finger eher dazu taugten, Kaminfeuer anzulegen, Kuchen zu backen und das Cottage sauberzuhalten.

Die Arztfrau hatte ihre Freude an dem ungleichen Paar, das sie nun schon mehr als zwanzig Jahre kannte, und obwohl beide verschroben waren und Ella eine schroffe Art hatte, war sie dankbar für ihre treue Freundschaft.

Sie sah auf die Küchenuhr, und die zeigte Viertel vor elf. Donald Bailey war noch im Bett, ruhte sich nach einem ungewohnt arbeitsreichen Vortag aus. Seine Frau lief zu ihm hoch, denn sie mußte nach ihm sehen, ehe sie sich mit ihrem Korb auf den Weg machte, und im Hinaufsteigen dachte sie, daß Ella und Dimity wirklich treu wie Gold waren.

»Ich glaube nicht, daß sich die beiden noch trennen können«, sagte die Arztfrau zu der Tigerkatze, die auf dem Weg vom Bett des Doktors zur Küche an ihr vorbeistrich.

Doch dieses eine Mal irrte Winnie Bailey, und der nahende Winter erbrachte den Beweis dafür.

»Was gibt's Neues«, fragte Ella eine halbe Stunde später. Sie lehnte sich in dem durchgesessenen Korbsessel zurück, der unter ihrem Gewicht knarrte, griff zur Kaffeetasse, um die Gesellschaft ihrer alten Freundin so richtig genießen zu können. »Doch zunächst mal, wie geht's deinem Mann?«

»Sehr gut, wirklich. Und ziemlich müde von gestern. Die alte Mrs. Hoggins hat darauf bestanden, daß er sich das Enkelkind ansieht, das bei ihr zu Besuch ist, und er hat sich nicht abhalten lassen, weil sie doch eine alte Bekannte ist, aber es hat ihn ganz schön mitgenommen.«

Dimity trippelte aufgeregt zwischen ihnen herum, bot erst Zucker und dann Kekse an. Winnie Bailey schenkte ihr dafür ein Lächeln und ein Dankeschön, Ella wohlwollende Nichtbeachtung.

»Und was hast du über das Eckhaus erfahren?« erkundigte sich Dimity und machte es sich nach dem ganzen Mottengeflattere endlich auf ihrem Stuhl gemütlich. »Wer hat es gekauft? Hast du was gehört?«

»Nur um drei Ecken herum von Dotty Harmer«, sagte Winnie und rührte ihren Kaffee so gelassen um, als wäre die Sache damit erledigt.

Ella schnaubte, zog eine verbeulte Tabakdose aus der Tasche und drehte sich eine unordentliche Zigarette. Der Tabak war teuflisch schwarz, und Mrs. Bailey wußte aus Erfahrung, daß er auch ausnehmend beißend stank. Zu ihrer Erleichterung sah sie, daß hinter ihr ein Fenster offenstand.

Ella zündete die Zigarette an, tat zwei tiefe Lungenzüge und blies viel Rauch durch die Nase.

»Na, mach schon«, drängte sie ungeduldig. »Was hat Dotty Harmer gesagt?«

»Sie? Eigentlich gar nichts«, sagte Winnie und genoß die Situation.

»Wer denn dann?« ereiferte sich Ella lautstark und hob wütend die Schultern, so daß die Kaffeetasse umkippte und der restliche Kaffee sich auf Ellas Schoß ergoß.

»O Ella«, quiekte Dimity und sprang auf. »Wie gräßlich! Ich hole einen Lappen.«

»Laß das Theater, Dim«, fuhr die Freundin sie an, zückte ein schmuddeliges Taschentuch und wischte die Flüssigkeit anstandshalber vom Schoß auf den Vorleger. »Deine Schuld, Winnie. Du kannst einen wirklich auf achtzig bringen. Weißt du nun oder weißt du nicht, wer in das Eckhaus zieht?« Und sie zeigte mit tabakgelbem Zeigefinger auf ihren Gast.

»Nein«, sagte Winnie.

Ella warf ihr Taschentuch zu Boden, eine verstimmte und frustrierte Geste. Dimity, der rettende Engel in allen Lebenslagen, griff ein, damit sich Ella abregte.

»Liebe Winnie«, begann sie geduldig, »meinst du damit ›Nein, du weißt es nicht‹ oder ›Nein, du weißt, wer einzieht‹?«

»Untersteh dich, Dim«, polterte Ella, »fang nicht noch mal an! Winnie will uns mit ihrer Geheimniskrämerei doch nur irrenhausreif machen. Einmal und nie wieder, das ist mein heiliger Ernst. Ich für mein Teil will gar nicht mehr wissen, wer einzieht oder nicht oder was Dotty gesagt oder nicht gesagt hat, ja, ich will überhaupt nichts mehr über das Eckhaus wissen.« Damit lehnte sie sich erschöpft von ihrem Ausbruch zurück.

»Gibt's noch Kaffee?« quengelte sie. Dimity beeilte sich mit der Kanne.

Während sie Ella nachschenkte, ließ sich Winnie Bailey erweichen.

»Dann, liebste Ella, erzähle ich eben nur Dimity, was so gemunkelt wird, du kannst ja weghören«, sagte sie sanft. Ella knurrte gefährlich.

»Betty Bell, die, wie ihr wißt, bei Dotty aushilft, hat das Eckhaus regelmäßig gelüftet, seit die Farmers ausgezogen sind, und hat dabei fast alle Leute kennengelernt, die sich das Haus angesehen haben. Drei Männer mit Familie, jemand vom B.B.C. –«

»Fernsehen oder Hörfunk?« fragte Ella angelegentlich.

»Unser Fernseher hat letztens Macken. Entweder haben wir Schneegestöber oder nichts als Streifen. Also ehrlich, jemand, der um die Ecke wohnt und mal danach sieht, der würde uns gut in den Kram passen.«

»Nein, nicht von dieser nützlichen Sorte«, verkündete Winnie, »nur ein Produzent oder Schauspieler, glaube ich.«

»Schade!« sagte Ella, und ihr Interesse erlahmte.

»Und wer sonst noch?« fragte Dimity.

»Mehrere Frauen reifen Alters, die es allesamt zu groß und zu unbequem fanden –«

»Was ja auch stimmt«, fuhr Ella dazwischen. »Denkt bloß an die häßliche große Waschküche hinten. Und daß man von der Küche zum Eßzimmer den ganzen Flur entlang und die Treppe hoch muß. Bei Mrs. Farmers Abendeinladungen war die Suppe immer eiskalt.«

»Und zwei junge Männer reiferen Alters, die meines Wissens etwas mit Ballett zu tun hatten«, fuhr Mrs. Bailey fort und schloß die Augen, damit sie sich besser konzentrieren konnte, »und dann noch dieser letzte Mann.«

»Und was hat der gemacht?« hakte Dimity nach.

»Nichts. Das heißt, er ist im Ruhestand«, sagte Winnie hastig, da Ella bereits tief Luft zu einem zweiten Ausbruch holte.

»Und von was ruht er sich aus?« fragte Ella drohend. »Heer, Marine, Kirche oder Bühne?«

»Nichts davon«, sagte Mrs. Bell. »Er ist, glaube ich, im Ausland gewesen. Hongkong oder Singapur oder Ghana. Vielleicht war es auch Borneo oder Nigeria, ich komme nicht mehr drauf, aber eins ist sicher, es war etwas Heißes. Er hat sich nämlich gesorgt, wer ihm hier täglich die Wäsche wäscht.«

»Täglich«, polterte Ella.

»Täglich«, piepste Dimity.

»Der Mann hat sie ja nicht alle«, sagte Ella unverblümt, »falls er glaubt, daß ihm jemand täglich die Wäsche wäscht. Und das in Thrush Green. Wieso nicht einmal die Woche wie andere Christenmenschen?«

»Ich könnte mir denken, daß er sie jetzt auch nicht mehr täglich gewaschen haben will«, beschwichtigte Winnie. »Vielleicht hat er es nur nebenbei erwähnt – alte Gewohnheiten sind schwer abzulegen – und Betty Bell hat es behalten, weil es ihr so abartig vorgekommen ist.«

»Kommt mir auch abartig vor«, sagte Ella. »Wann zieht er ein?«

Mrs. Bailey schenkte ihrer Freundin einen Unschuldsblick. Sie wirkte etwas überrascht.

»Ich weiß nicht, ob überhaupt. Betty Bell hat Dotty Harmer nur von den verschiedenen Leuten erzählt, die sich das Haus angesehen haben. Er war der letzte, aber seitdem können noch mehr dagewesen sein. Ich habe Dotty nicht mehr gesehen, seit ich letzten Donnerstag Eier geholt habe.«

Ella stellte die stämmigen Beine wieder nebeneinander, pflanzte die Treter auf den fleckigen Läufer und fixierte ihre Freundin mit Funkelblick.

»Winnie Bailey«, sagte sie streng, »willst du damit sagen, daß du uns zum Narren gehalten hast, uns dieses ganze Gelaber – diesen Kokolores – dieses Jägerlatein – aufgebunden hast, um dann am Ende zu behaupten, du weißt gar nicht, wer in das Eckhaus einzieht?«

In dem darauffolgenden kurzen Schweigen konnte man in der Ferne das Geschrei der aus der Schule befreiten Kinder hören, das durch das offene Fenster hereinwehte. Es war zwölf Uhr. Winnie Bailey war keineswegs eingeschüchtert, stand auf und lächelte die Fragerin entwaffnend an.

»Ganz recht, liebe Ella. Wie ich anfangs schon gesagt habe, ich weiß wirklich nicht, wer das Eckhaus gekauft hat. Das bekommst du wahrscheinlich eher heraus als ich, ich zähle also darauf, daß du mir sofort Bescheid sagst. Nichts ist ärgerlicher«, sagte Winnie Bailey vergnügt und holte sich ihren Binsenkorb von der Fensterbank, »als auf die Folter gespannt zu werden.«

»Früher hätte man dich als Hexe verbrannt, du gemeines Biest«, meinte Ella und begleitete sie zur Tür. »Und das mit Recht!«

2. Wilde Vermutungen

Ella und Dimity waren nicht die einzigen, die sich für das Schicksal von »Quetta« interessierten, wie das Eckhaus amtlicherseits hieß. Es war um die Jahrhundertwende von einem pensionierten Oberst der Indien-Armee erbaut worden, der auf einer der kleinen Rasenflächen beiderseits der Pforte ein säuberliches Schildchen dieses Namens aufgestellt hatte. Abgesehen von Kindern, die es liebend gern als Springbock benutzten, kümmerte sich niemand darum; das Haus hieß seit nunmehr sechzig Jahren allgemein »das Eckhaus«.

Die Farmers hatten mehr als zwanzig Jahre darin gewohnt und waren nur ausgezogen, weil sie zu alt und zu krank dafür geworden waren, und eine Tochter in Somerset sie überredet hatte, ein kleineres Haus in ihrer Nähe zu kaufen. Sie fehlten ihren Nachbarn rings um den Dorfplatz, einer jedoch bedauerte ihren Weggang aus tiefster Seele, und das war Paul

Young, der achtjährige Sohn des einheimischen Architekten, der in einem schönen alten Haus an der Kastanienallee nur einen Katzensprung von den Farmers entfernt wohnte.

Seit Paul laufen konnte, hatte er das Eckhaus besuchen, ja, er hatte sogar in dem großen Garten herumtoben dürfen. Der alte Mr. Farmer war ein leidenschaftlicher Naturkundler, und als er merkte, daß sich der Junge besonders für Vögel und Schmetterlinge interessierte, hatte er ihn dazu angehalten, sie in seinem Garten und dem angrenzenden Wäldchen zu beobachten. Hinter dem Wäldchen fielen die Felder zu einer kleinen Senke inmitten der Hügel ab, und dort bewohnte Dotty Harmer, eine alte Jungfer, die zwar verschroben, aber trotzdem in Thrush Green und Lulling wohl angesehen war, ein einsames Cottage mit einem prachtvollen Kräutergarten.

In noch weiterer Ferne lag der Lulling-Forst, dichte Wälder, in denen so mancher Starenschwarm schwirrte und die Eichelhäher heiser riefen. Paul hielt sich gern in dem kleinen Wäldchen auf, von wo er über die Felder im Tal bis zu den jenseitigen bewaldeten Hängen hinüberblicken konnte. Sein eigener Garten war groß, eben und sonnig, hatte säuberlich gemähte Rasenflächen, farbenprächtige Blumenbeete und hier und da schöne alte Bäume, an denen sein Großvater seine Freude gehabt hatte. Aber er hatte so gar nichts Geheimnisvolles. Alles war so vertraut und alltäglich wie seine rosigen Hände, und er mochte ihn zwar, weil er sein Zuhause war, aber seine wachsende Phantasie und seine Freude an Heimlichkeiten machten das Reich des Nachbarn verlockender für ihn.

Und so hatte er sich ziemlich betrübt von den Farmers verabschiedet und ihnen nachgewinkt, bis ihr Auto auf dem steilen Hang nach Lulling hinunter nicht mehr zu sehen war. Beim Anblick von Betty Bell, wie sie die Pforte zumachte und in das leere Haus zurückging, war ihm so verloren und verlassen zumute, daß es nicht zum Aushalten war. Niedergeschlagen ging er nach Haus.

»Nimm's nicht so tragisch, Paul«, sagte seine Mutter zärtlich, als sie sah, wie blaß er war. »Vielleicht sind die neuen Leute genauso nett wie die Farmers.«

»Ist ja nicht bloß das«, erwiderte Paul. »Es sind auch der Garten und die Vögel. Letztes Frühjahr waren elf Nester im Wäldchen und jede Menge Admirale auf ihrem Schmetterlingsbaum. In unserem Garten sind nie Admirale.« Er trat übellaunig gegen das Bein des Küchentischs.

Seine Mutter, die gerade Möhren schabte, legte ihm stumm eine hin, vielleicht konnte sie ihren Sohn ja mit dem leuchtenden, knackigen Gemüse trösten. Dann sagte sie rasch: »Paul, du weißt doch, daß du den Garten der Farmers nicht mehr betreten darfst. Dein Pech, aber so ist es. Vielleicht läßt der neue Besitzer dich wie letztes Jahr die Nester beobachten, wenn er merkt, daß du nichts anstellst. Aber solange das Haus leersteht, ist Zutritt verboten, verstanden?«

Paul nickte betrübt. Hinterher sagte er sich, er hätte seiner Mutter nichts versprochen. Ich habe keinen Piep gesagt, machte er seinem schlechten Gewissen weis. Und Nicken gilt nicht richtig, redete er sich in den folgenden Wochen immer wieder ein.

Aber Paul war mulmig zumute. Denn obwohl es seine Mutter verboten hatte, wollte er den Garten der Farmers so oft wie möglich aufsuchen. Denn dort gab es noch mehr als nur Admirale und Vögel, nämlich Chris Mullins.

Christopher Mullins war im Frühsommer in Pauls kleine Welt hineingeplatzt. Zu Ostern hatte Paul seine geliebte Miss Fogerty verlassen müssen, die ihn in der Dorfschule unterrichtet hatte, und besuchte seit Mai eine bewährte Privatschule in Lulling.

Die neue Schule war auch nicht größer als die alte, aber er mußte Schuluniform tragen, hatte einen Tornister, wurde nicht mehr von Lehrerinnen unterrichtet, und der Direktor war ein richtiggehend furchteinflößender Mann, all das machte großen Eindruck auf Paul.

Viele seiner Klassenkameraden kannte er bereits, denn Lulling war ein freundliches Städtchen, in dem die Familien seiner Mutter und seines Vaters seit vielen Jahren ansässig waren. Folglich war er nicht übermäßig eingeschüchtert und kam mit den größeren Jungen weitaus besser zurecht als manche der Neuen. Wer sich Gartenschaukeln, Weihnachtsfeiern und Windpocken geteilt hat, hat in einem kleinen Gemeinwesen das Eis für allezeit gebrochen.

Mit Christopher Mullins verhielt es sich jedoch anders. Er war erst zu Schulbeginn aus Deutschland gekommen und vom Duft der großen, weiten Welt umweht, er war größer, älter, besser aussehend und insgesamt interessanter als die Jungen in Pauls Klasse. Er machte auch keinen Hehl daraus, daß er nur in dieser Klasse war, weil er sich noch an das englische Schulsystem gewöhnen mußte, ehe er dann rasch in die nächste Klasse aufstieg – oder sogar in die übernächste – wo er eigentlich hingehörte.

Die meisten Jungen nahmen sein überhebliches Getue mit völligem Gleichmut oder leichtem Spott hin, Paul jedoch fand es unwiderstehlich. Er bewunderte Chris' glattes dunkles Haar, seine ungewohnt gepflegte Kleidung und seine phantastische Armbanduhr, die einen großen roten Sekundenzeiger hatte, der eindrucksvoll über das schimmernde Zifferblatt huschte. Paul war von diesem kultivierten Ausländer entzückt, und der ältere Junge, dem es an Freunden mangelte, war ihm insgeheim für diese Huldigung dankbar. Als Paul ihm eines schönen Morgens in der Frühstückspause die Hälfte seiner Ingwerkekse anbot, war die Freundschaft besiegelt, und Paul jubilierte.

Christophers Vater war Soldat, und die Familie bewohnte den Teil eines alten Hauses an der Hauptstraße, die von Lulling in Richtung Westen führte. Ihr Garten grenzte an die Felder hinter Dotty Harmers Cottage, und so konnte Christopher aus dieser Richtung leicht nach Thrush Green gelangen. Vom Lulling-Forst zog sich ein Fußweg durch die Wiesen und endete in Thrush Green neben Mr. Piggots Häuschen und somit auch in der Nähe der *Zwei Fasane*. Manchmal nahm Christopher diesen Weg, meistens jedoch kletterte er den grasbewachsenen Hang zum Wäldchen der Farmers hoch, wo er sich mit seinem überglücklichen Freund traf.

Sie hielten ihre Treffen geheim, zum einen weil dort Betreten verboten war, zum anderen weil es das alles so herrlich aufregend machte. Zwischen dem Wäldchen und den Staudenrabatten wucherten üppige Margeriten und bildeten den Hintergrund für die niedrigen Pflanzen. Hier, in diesem grünen Gebüsch, hatten die Jungen ihr heimliches Hauptquartier aufgeschlagen. Nichts wies auf einen Ort von Bedeutung hin, es sei denn zwei kleine Kreidebuchstaben auf einem Baumstamm – ein aneinandergeschmiegtes C und P –, die die alten Augen des Farmers oder der gelegentliche Blick Mr. Piggots, der den Farmers zwei-, dreimal im Jahr zur Hand ging, nicht bemerkten.

Sie stellten auch nichts an, sondern tauschten lediglich Neuigkeiten über Nester, Tiere, Freunde oder Verwandte aus, und das in dieser Reihenfolge. Manchmal saßen sie friedlich in ihrem feuchten, grünen Versteck und aßen Lakritzstreifen oder eine gräßlich klebrige Süßigkeit, die es in einer von Lullings Nebenstraßen zu kaufen gab und die sie wegen ihrer Ergiebigkeit sehr schätzten. Einmal rauchten sie auch eine Zigarette, die Paul zu Hause stibitzt hatte, aber sie wiederholten das Experiment nicht.

Alles in allem trafen sie sich dort ungefähr sechsmal im Sommer, und das Fleckchen war Paul sehr ans Herz gewachsen. In der Schule, in Gegenwart der anderen Jungen, verrieten sie nichts von ihren Geheimtreffen. Es war ein köstliches Geheimnis, und deshalb war Paul auch so betrübt, als die Farmers fortzogen.

Mit Herbstbeginn trafen sie sich nicht mehr so häufig. Es wurde ihnen nicht nur zu kalt im grünen Dunkel hinter den Margeriten, sondern die Nachtfröste hatten diese auch betrüblich ausgedünnt, so daß man die Jungen zu leicht ausmachen konnte. Sie beschlossen, ihr Hauptquartier künftig ins Wäldchen zu verlegen, das ihnen mehr Deckung bot.

Und so war Paul, der noch immer aufmüpfig seine Möhre kaute, trotz der mahnenden Worte seiner Mutter und der unangenehmen Gewissensbisse fest entschlossen, sich nicht von seinen Treffen mit Chris abhalten zu lassen.

Nachdem das Schild Anfang Oktober entfernt worden war, begaben sich die Einwohner von Thrush Green mit neuer Energie an die Herbstbestellung, denn die drängte. Die Luft perlte wie Sekt, die Sonne strahlte vom Himmel, den es nur im Oktober so eigenartig durchsichtig gab, und das Herbstlaub leuchtete, daß es eine Pracht war.

Man pflückte Äpfel, erntete Kartoffeln, brachte die Staudenrabatten in Ordnung, und Sam Curdles Uraltlastwagen knirschte und rumpelte unter den Holzladungen, die er auf dem Feldweg von Nidden für umsichtige Hausväter heranschaffte. Und diese füllten ihre Holzschuppen auf, damit sie der Winterkälte trotzen konnten.

Sam Curdle lebte in einem Wohnwagen, ein, zwei Meilen von Thrush Green entfernt und schlug sich mit unterschiedlichsten Gelegenheitsarbeiten bei einheimischen Bauern durch, verkaufte Holz oder transportierte Sachen durch die Gegend. Damit hatte er sich, seine Frau Bella und seine drei Kinder in den letzten zwei Jahren über Wasser gehalten und gehörte somit nach Thrush Green, doch die guten Leutchen hier hatten nicht vergessen, daß ihn die alte Mrs. Curdle, eine bemerkenswerte alte Dame, am letzten 1. Mai ihres Lebens während des großen Jahrmarkts vor die Tür gesetzt hatte, daher hüteten sie sich, Sam etwas Wertvolles anzuvertrauen. Mrs. Curdle hatte herausbekommen, daß er stahl. Und Thrush Green, wo Mrs. Curdle seit mehr als fünfzig Jahren bekannt war, wußte, daß sie sich in der Regel nicht irrte, daher geriet die Geschichte auch nicht in Vergessenheit.

Außerdem wurde übel vermerkt, daß Mrs. Curdles Grab auf dem Friedhof von St. Andrews, wo man sie auf eigenen Wunsch hin begraben hatte, weder von Sam noch von seiner Familie aufgesucht wurde. Das war zwar verständlich, wenn man bedachte, wie sie sich getrennt hatten, wurde aber nicht gut aufgenommen. Wie der Besitzer der *Zwei Fasane* so sehr richtig sagte: »Iss nicht recht, daß der einzige Verwandte weit und breit die alte Dame so was von vernachlässigt – egal, was zwischen ihnen gewesen iss! Wenn der junge Ben nicht mit dem Jahrmarkt unterwegs wär, würd er ihr Grab pflegen wie das vonner Königin, soviel steht fest. Iss'n richtig mieser Typ, dieser Sam. Dem trau ich nicht von hier bis da!« Und damit traf er den Nagel so ziemlich auf den Kopf, denn genauso dachte das übrige Thrush Green.

Trotzdem mußte man mit ihm auskommen, und er schien auch gewillt, sich im Dorf nützlich zu machen, daher begegnete man ihm höflich, handelte mit ihm, gab ihm Gelegenheitsarbeiten und behielt die Bedenken für sich.

Eines strahlenden Oktobernachmittags hatte Winnie Bailey ihn angestellt, er sollte die toten Blätter zusammenkehren und verbrennen, was er mit viel Schwung tat. Blauer Rauch wölkte zum Himmel, und es roch schwermütig nach Herbst.

Winnie Bailey hackte im Vorgarten, der auf den Dorfplatz ging, energisch um die Rosenbüsche herum. In Joan Youngs Garten konnte sie den Rasenmäher hören, der zum letzten Mal in Betrieb war, ehe das Gras zu hoch und zu naß wurde. Miss Fogerty spielte mit den Kleinen auf dem Spielplatz, und diese piepsten bei den altvertrauten Ringelspielen wie Rotkehlchen im Winter.

Der Doktor hielt Mittagsschlaf, und Mrs. Bailey wollte ihre Beete noch gern vor dem Tee fertig bekommen. Ihr Haar hatte sich aus den Nadeln gelöst, ihr Gesicht glühte von der frischen Luft und der Bewegung, und sie erfreute sich gerade an ihren Fortschritten, als Ella von der Pforte her trompetete.

»Kannst du Bartnelken gebrauchen?«

Winnie Bailey lehnte die Hacke an die Wand, ging zu ihr und begrüßte sie.

»Komm herein, Ella.«

»Keine Zeit, liebe Winnie. Ich will zu Sam Curdle, der soll uns Holz bringen.«

»Er ist gerade hier, hinten im Garten«, sagte Winnie. »Komm lieber herein, den Weg kannst du dir sparen.«

Ella drückte ihr ein unordentliches Pflanzenbündel in die Hand, das sie in Zeitungspapier eingeschlagen hatte, und machte die Pforte auf.

»Sind die schön«, sagte Mrs. Bailey ehrlich begeistert. »Die pflanze ich ein, sowie ich mit dem Hacken fertig bin. Sam ist hinten, wenn du mit ihm sprechen willst.«

Ella stapfte resolut davon und war nicht mehr zu sehen. Obwohl Winnie weiterhackte und -scharrte, konnte sie die Stimmen hören, und binnen fünf Minuten war Ella wieder da.

»Geschafft. Wie gut, daß ich vorbeigeschaut habe. Schon mal Holz von Sam gekriegt? Haut er dich auch nicht übers Ohr? War schon immer ein mieser Gauner, das gibt einem doch zu denken.«

Winnie Bailey fand nicht zum ersten Mal, daß Ellas Stimme erstaunlich weit trug, und dachte, daß sie, wenn sie ihre Stimme schon nicht dämpfen konnte, sich wenigstens nicht so drastisch ausdrücken sollte. Zweifellos hatte Sam jede Silbe mitbekommen.

»Ja, ich habe letztes Jahr eine Ladung Holz von ihm bekommen, und es war ganz ausgezeichnet«, antwortete Mrs. Bailey leise in der vergeblichen Hoffnung, daß Ella den zarten Wink mit dem Zaunpfahl verstehen würde. »Donald gegenüber habe ich nichts davon erwähnt, er kann den Mann, wie du weißt, nicht ausstehen, so wie der mit der alten Mrs. Curdle umgesprungen ist. Aber er bekommt das Gott bewahre nie heraus.«

»I woher denn!« posaunte Ella munter.

Sie ging zur Pforte, legte ihre fleischige Hand auf den Pfosten und deutete mit dem Kopf auf das Eckhaus.

»Was Neues?«

»Meines Wissens nicht«, bekannte Mrs. Bailey.

»Letzte Woche, auf der Cocktailparty bei den Johnsons, habe ich mein Möglichstes versucht«, sagte Ella. »Ich habe den jungen Pennefather in einer Ecke festgenagelt und ihn ganz offen danach gefragt, aber du weißt ja, wie Makler so sind. Er hat sich von oben bis unten zugeknöpft und etepetete gegeben. Berufsgeheimnis, so was erwartet die Kundschaft, ha!«

»Also –« begann Winnie zaghaft.

»Quatsch mit Soße!« brauste Ella auf und wischte den Einwurf beiseite. »Man sollte meinen, er hätte den Hypokriteneid geschworen oder wie der Mumpitz heißt, den Ärzte schwören müssen. Ich habe ihm ins Gesicht gesagt – ›Hör mal, mein Junge‹, habe ich gesagt, ›komm du mir nicht mit Berufsgeheimnis und so. Ich kann mich noch gut erinnern, wie du im Kinderwagen gestrampelt hast, und heute schindest du nicht mehr Eindruck als damals‹! Ein aufgeblasener, junger Schnösel!«

Ella schnaubte vor Entrüstung, und Winnie Bailey hatte große Mühe, sich das Lachen zu verbeißen.

»Reg dich ab, Ella. Sicher wissen wir bald Bescheid, und außerdem möchte ich den armen Donald nicht gern wecken müssen, um einen Schlaganfall im Vorgarten zu versorgen.«

Ella blickte nicht mehr ganz so böse und rang sich sogar ein Lächeln ab, als sie die Gartenpforte aufriß.

»Soweit ist es noch lange nicht«, sagte sie und strebte aufgebrachten Schrittes ihrem Cottage zu.

Eine halbe Stunde später überquerte Mrs. Bailey mit den letzten Rosen im Korb den Dorfplatz in Richtung Kirche. Sie war an der Reihe, den Altar mit Blumen zu schmücken, und das wollte sie noch vor Einbruch der Dunkelheit erledigen.

Mr. Piggot widmete sich gerade den Rasenkanten, beschnippelte sie mit einer Schere und hatte sich dazu auf einen zusammengefalteten Sack gekniet, den er während der gemächlichen Arbeit Stück um Stück weiterrückte.

Mrs. Bailey ging zu ihm, um ihm guten Tag zu sagen, und der Küster kam mit einem abgrundtiefen Seufzer mühsam auf die Beine.

»Wollen Sie was von mir?« fragte er mit Märtyrermiene.

»Nein, gar nichts, Mr. Piggot«, sagte Winnie fröhlich, »außer nachfragen, wie es Ihnen geht?«

»Arbeit«, knurrte der Küster. »Nichts als Arbeit! Die Kanten müssen beschnitten werden, und dazu hab ich mehr Gräber zu pflegen, als ich schaffen kann. Gucken Sie sich bloß mal das von der alten Mrs. Curdle an! Wieso kann Sam nicht das Gras schneiden? Ben, der Mann von meiner Tochter, ärgert sich schwarz, wenn er sieht, wie vernachlässigt das Grab von seiner Oma ist, aber für ein Paar Hände ist die Arbeit einfach zuviel.«

Winnie Bailey ging zu dem grasbewachsenen Hügel an der Friedhofsmauer hinüber. Der ordentliche Grabstein am Kopf lautete schlicht:

ANNIE CURDLE
1878–1959

Die kleine Steinvase davor war leer, abgesehen von dem Regenwasser, das sich darin gesammelt hatte. Mrs. Bailey nahm ein halbes Dutzend Rosen aus ihrem Korb, stellte sie eine nach der anderen hinein, und dabei fielen ihr die vielen Blumensträuße ein, die sie zu Lebzeiten der alten Dame von ihr bekommen hatte.

Mr. Piggot sah ihr schweigend und grämlich zu und wischte sich an einem geeigneten Grasbüschel den Dreck von den Stiefeln. Dann richtete er sich auf und stützte sich dabei auf einen bemoosten, alten Grabstein. Die Inschrift war im Laufe der Jahre fast verwittert, und überall machte sich graue Flechte breit.

»Ja, ja, was wir hier nicht alles haben.« Mr. Piggot neigte zur Schwarzseherei. »Der Kerl hier soll in einem Faß Rum aus Afrika zurückgeschippert worden sein.« Liebevoll tätschelte er den Grabstein, und seine Miene heiterte sich bei dem Gedanken sichtlich auf.

»Das glaube ich einfach nicht«, protestierte Mrs. Bailey und trat zu ihm, um sich den Stein anzusehen. »Aber nicht doch, Piggot! Das ist Nathaniel Pattens Grab. Der hat ganz sicher keinen einzigen Tropfen Rum getrunken. Er war, glaube ich, strenger Abstinenzler und ein hervorragender Missionar.«

»Kann sein«, sagte der alte Piggot ungerührt, »aber damals hat man die Leichen in Alkohol eingeweckt, wenn man sie aus fremden Ländern nach Haus transportieren mußte. Das weiß ich ganz genau. Wetten, daß sie auch den alten Nathaniel hier in Rum eingemacht haben, selbst wenn er zu Lebzeiten etwas dagegen hatte.«

»Danach muß ich den Doktor fragen, falls ich es nicht vergesse«, erwiderte Mrs. Bailey, nahm ihren Korb und ging zur Kirche. »Und irgendwann bekomme ich auch mehr über Nathaniel Patten heraus.«

Als sie die stille Kirche betrat, um ihren Pflichten nachzukommen, konnte sie nicht ahnen, daß Nathaniel Patten, der vor so langer Zeit in Thrush Green geboren worden war und nun so friedlich unter dem grünen Rasen lag, an seinem Geburtsort noch für viel Unruhe sorgen würde.

3. Miss Fogerty steht ihre Frau

Eines Montagmorgens im Oktober erreichte Miss Fogerty die Dorfschule von Thrush Green zur gewohnten Zeit, nämlich um zwanzig vor neun.

Ihre Rektorin, Miss Watson, begab sich Punkt neun mit den ungefähr vierzig Schülern zur Andacht, und Miss Fogerty, die Lehrerin der Kleinen und einzige andere Lehrerin an der Schule, hatte vorher gern ein paar ruhige Minuten, damit sie Klassenbuch und Tintenfaß herausholen, Schränke und Schreibtischschublade aufschließen und überprüfen konnte, ob die Putzfrau den Kohlenkasten aufgefüllt und ihr ein sauberes Tafeltuch hingelegt hatte. Und sie wollte vorbereitet sein, wenn ein paar Frühankömmlinge Blumensträuße brachten, die Vase und Wasser benötigten, damit sie nicht verwelkten.

Sie wohnte an der Hauptstraße und hatte den zehnminütigen Spaziergang genossen. Die Luft war frisch, und hinter den Bäumen von Thrush Green ging strahlend die Sonne auf. Tüchtige Hausfrauen, die ihre Wäsche vorausschauend schon am Sonntagabend eingeweicht hatten, hängten diese jetzt geschäftig auf die Leine und freuten sich über das schöne Wetter. Und Miss Fogerty, die durch ihre Lebensumstände gezwungen war, ihre Wäsche jeden Samstagmorgen zu waschen, freute sich, daß Fleiß auch einmal belohnt wurde. Wer seine Wäsche im Oktober nicht ganz früh aufhängen will, sagte sie bei sich, während sie flott ausschritt, kann sie auch gleich am Kamin trocknen, denn die Tage sind kurz, und nach drei Uhr trocknet rein gar nichts mehr. Es sei denn, ein tüchtiger Wind kommt auf, aber der schadet der Wäsche mehr, als daß er nutzt, wickelt sie um die Wäscheleine und zerrt am Stoff. Da hatte er doch am Samstag ihr bestes Paar Baumwollstrümpfe so um die Wäscheleine gewunden, daß sie zerrissen waren.

Das alles ging der ernsten schmächtigen Miss Fogerty beim Dahineilen durch den Kopf. Noch waren keine Kinder unterwegs, und als sie die Schule erreichte, spielten nur ungefähr sechs auf dem Schulhof. Pünktlichkeit gehörte nicht zu den Tugenden von Thrush Green, daher versuchte Miss Watson, sie den Kindern mittels Andachten um Punkt neun einzubläuen. Nachzügler wurden nicht eingelassen und mußten im zugigen Vorraum warten. Während ihre rechtzeitig eingetroffenen Klassenkameraden geistliche Stärkung für den Tag empfingen, dachten die anderen hoffentlich über ihre Sünden nach. In Wirklichkeit aßen die Missetäter in der Regel Süßigkeiten, vertauschten die Mützen und Mäntel der Andächtigen auf den Kleiderhaken, um sie zu ärgern, und spielten mit Murmeln. Sie waren jedoch so gewitzt, daß sie dazu die große Gummimatte vor der Tür nahmen, denn die Erfahrung hatte sie gelehrt, daß die Murmeln auf dem unebenen Backsteinfußboden Krach machten und unberechenbar kullerten. Und Miss Fogerty war dafür bekannt, daß sie während der Bibellesung herausschlüpfte und nachsah, woher der Lärm rührte. Abgebrühte Nachzügler waren sogar so vorsichtig, daß sie erst mit Murmeln spielten, wenn das Klavier das morgendliche Lied klimperte, denn dann, das wußten sie, griff Miss Fogerty in die Tasten und Miss Watson dirigierte den Gesang. Danach tat man gut daran, eine demütige und zerknirschte Miene aufzusetzen und insgeheim darauf zu hoffen, daß man mit einer Ermahnung davonkam, während die fromme Gemeinde zum Unterricht ging.

Die Schule war leer, als Miss Fogerty über den Fußabtreter in ihr Klassenzimmer klapperte. Das überraschte sie nicht weiter, denn Miss Watson wohnte gleich nebenan und war wohl bis zur letzten Minute mit Hausarbeit beschäftigt. Für gewöhnlich kam sie gegen Viertel vor neun, begrüßte ihre Kollegin, las ihre Post und war dann bereit, es mit der versammelten Schule aufzunehmen.

Miss Fogerty hing ihren Tweedmantel und ihren braunen Filzhut hinter der Tür auf und machte sich daran, die Schränke aufzuschließen. Unten in dem Schrank am Ofen, in dem sie Bast und andere Materialien für den Werkunterricht aufbewahrte, lagen Papierschnipsel, und Miss Fogerty musterte sie erschrocken und mißtrauisch. Sie argwöhnte schon seit langem, daß sie eine Maus hatten. Sie durfte also nicht vergessen, Mrs. Cooke zu bitten, eine Falle aufzustellen. Mäuse gehörten zu dem wenigen, was Miss Fogerty nicht duldete. Wie gräßlich, wenn eine während des Unterrichts herausgetrippelt käme und sie sich durch Gekreische blamierte! Nachdem sie sich das muntere Durcheinander von Rohr, Bast und Pappe angesehen hatte, das bequem einem Dutzend kinderreicher Mäusefamilien Unterschlupf bieten konnte, schlug Miss Fogerty die Tür zu und schloß wieder ab. Die Kinder würden heute nachmittag Wachsmalstifte und Zeichenpapier aus dem hinteren Schrank bekommen, beschloß sie. Mrs. Cooke mußte sich der Krise annehmen, ehe sie sich wieder in die Nähe des Schrankes mit den Utensilien für den Werkunterricht wagte.

Die Uhr zeigte fünf vor neun, und inzwischen hörte man auch zwei, drei Dutzend Kinder schreien und kreischen. Miss Fogerty ging in den einzigen anderen Klassenraum und blieb überrascht an der Tür stehen. Er war leer.

Sie sah das ordentlich gefaltete saubere Tafeltuch auf Miss Watsons Schreibtisch liegen, sah die säuberlichen Reihen von Tischen und Stühlen, die auf die Kinder warteten, und die große Reproduktion von Holman Hunts *Das Licht der Welt*, in deren dunklem Glas sich Miss Fogerty spiegelte.

Was sollte sie nur tun? Ob Miss Watson verschlafen hatte?

Ob sie krank war? Beides erschien ihr schlechterdings unmöglich. In den zwölf Jahren, die Miss Watson in Thrush Green unterrichtete, hatte sie noch nie verschlafen oder war auch nur einen Tag unpäßlich gewesen. Wie furchtbar peinlich, wenn sie bei Miss Watson klingelte und diese gerade im Aufbruch wäre. Das wirkt zu beflissen, sagte sich die arme Miss Fogerty, und das geht nicht. Miss Fogerty fürchtete sich ein wenig vor Miss Watson, denn obwohl sie selbst seit dreißig Jahren an der Schule in Thrush Green unterrichtete, hatte sie nur die zweite Lehrerstelle und hatte gelernt, Vorgesetzte zu respektieren. Und selbstverständlich war Miss Watson eine richtige Vorgesetzte, schließlich war sie schon früher Rektorin gewesen und hatte an Stadtschulen unterrichtet. Und die waren so groß und prächtig, daß sie schon von Natur aus viel klüger und erfahrener sein mußte. Sie war immer nett zu der altjüngferlichen, schmächtigen Miss Fogerty und stets bereit, ihr zu zeigen, wie man Perlen zu neuen Mustern aufzog und Pfannkuchen aus Knete machte, und dabei erläuterte sie ihr mit einer Engelsgeduld und mit drei- und manchmal auch viersilbigen Wörtern die psychologische Bedeutung, die all diesen Tätigkeiten innewohnte. Miss Fogerty verspürte ergebene Dankbarkeit für soviel guten Willen, aber es wäre ihr nicht im Traum eingefallen sich aufzudrängen. Miss Fogerty kannte ihre Stellung.

Während sie auf der Schwelle verharrte, ihr dünnes Haar mit aufgeregter Hand zurechtzupfte und zerstreut ihr Spiegelbild in *Das Licht der Welt* betrachtete, kam ein Kind außer Atem in den Vorraum gerannt und rief nach ihr.

»Miss Fogerty! Miss Fogerty!«

Der Junge kam so stürmisch auf sie zugelaufen, daß sie die Hände ausstreckte und ihn bei den Schultern packte, sonst hätte er sie umgeworfen.

Das Kind blickte mit aufgerissenen Augen zu ihr hoch. Es wirkte verstört.

»Miss Watson hat mich ans Fenster gerufen, Miss, sie sagt, Sie sollen zu ihr kommen.«

»Na schön«, sagte Miss Fogerty ruhig. »Kein Grund, so

aufgeregt zu sein. Zieh deinen Mantel aus und häng ihn auf. Du kannst in deine Klasse gehen.«

Das Kind starrte sie noch immer an.

»Aber«, platzte es heraus, »Miss Watson – ist – ist noch im Nachthemd, und es ist schon neun.«

Als Miss Watson ihr die Seitentür öffnete, erschrak Miss Fogerty genauso über ihr Aussehen wie zuvor schon der kleine Junge.

Ihr Nachthemd wurde zwar züchtig von einem roten Morgenmantel verdeckt, doch ihr Gesicht war schmerzverzerrt, und sie taumelte wie betrunken gegen den Türrahmen.

»Was ist passiert?« rief Miss Fogerty und trat ein.

Miss Watson schloß die Tür und lehnte sich schwerfällig dagegen.

»Ich bin überfallen worden – ein Schlag auf den Kopf«, sagte sie. Sie hörte sich benommen und irgendwie erstaunt an und tastete zwischen ihren zerzausten grauen Locken herum. Die entsetzte Miss Fogerty legte ihrer Rektorin die Hand unter den Ellbogen und stützte sie.

»Kommen Sie, setzen Sie sich. Ich rufe Doktor Lovell an. Der müßte eigentlich zu Hause sein. Erzählen Sie mir, was Ihnen zugestoßen ist.«

»Ich kann nicht laufen«, antwortete Miss Watson und stützte sich auf Miss Fogertys zerbrechliche Schulter. »Anscheinend habe ich mir beim Fallen den Knöchel verstaucht. Es tut sehr weh.«

Sie streckte ein nacktes Bein aus und siehe da, der Knöchel war dick und geschwollen. Es bildeten sich bereits blaue Flecke, und Miss Fogerty wußte aus ihrem Erste-Hilfe-Kurs, daß man verstauchte Gelenke mit abwechselnd heißen und kalten Umschlägen behandeln mußte. Aber konnte die arme Miss Watson in ihrem augenblicklichen Schockzustand eine solche Behandlung überhaupt durchstehen? Sie half der Jüngeren in die Küche, bugsierte sie auf einen Stuhl und blickte sich suchend nach dem Wasserkessel um.

»Es geht nichts über eine Tasse Tee, liebe Miss Watson«,

sagte sie tröstend und ließ Wasser einlaufen. »Mit viel Zucker.«
Miss Watson erschauerte, äußerte sich jedoch nicht dazu. Die zweite Lehrerin schaltete den Kessel ein und musterte ihre Rektorin mit besorgtem Blick. Ihr sonstiger Respekt, in den sich immer etwas Furcht mischte, war tiefer Sorge gewichen. Zum ersten Mal, seit sie sich kannten, führte Miss Fogerty das Regiment.

»Heute morgen gegen halb sechs hat es an der Tür geläutet«, begann Miss Watson stockend. »Es war noch dunkel. Ich habe mich aus dem Schlafzimmerfenster gebeugt, und da stand unten ein Mann, der behauptete, zwei Autos wären zusammengefahren und ob er mal telefonieren dürfe.«

»Wie hat er ausgesehen?« fragte Miss Fogerty.

»Ich konnte doch nichts erkennen. Ich habe ihm gesagt, daß ich komme. Dann habe ich mir Morgenmantel und Hausschuhe angezogen und habe die Haustür aufgemacht –« Sie schwieg jäh und holte tief Luft. Miss Fogerty erschrak über die verstörte Miene ihrer Rektorin.

»Sie müssen mir nichts erzählen, wenn es Sie zu sehr mitnimmt. Es ist wirklich nicht nötig.« Sie tätschelte beruhigend den roten Morgenmantel, aber Miss Watson riß sich zusammen und fuhr fort:

»Er hatte sich einen schwarzen Schal oder einen Strumpf oder sonst was übers Gesicht gezogen, daher konnte ich unter der Hutkrempe nur seine Augen sehen. Er hatte eine Art Prügel – einen ziemlich kurzen – in der Hand und sagte so etwas wie ›das ist ein Überfall‹ oder ›ein Raubüberfall‹ oder irgend etwas, das ich nicht richtig mitbekommen habe. Ich habe mich vorgebeugt, wollte sehen, wer das ist – denn irgendwie kam er mir bekannt vor, die Stimme und so –, und da hat er zugeschlagen und mich seitlich am Kopf getroffen –« Die Stimme stockte der armen Miss Watson, und bei der Erinnerung an den gemeinen Hieb stiegen ihr die Tränen in die Augen.

Der Deckel des Wasserkessels fing fröhlich an zu klappern, Miss Fogerty schnalzte mitfühlend und widmete sich der Zubereitung des Tees.

»Ich kann mich noch erinnern, daß er sich an mir vorbeigedrängelt hat. Ich bin auf der Fußmatte zusammengebrochen und erinnere mich noch, daß etwas schrecklich weh getan hat, aber ob das nun mein Kopf oder mein Knöchel war, das kann ich nicht sagen. Als ich wieder zu mir gekommen bin, war die Tür zu und der Mann verschwunden. Es wurde schon hell.«

»Warum haben Sie nicht früher Hilfe geholt?« fragte Miss Fogerty. »Das dürfte gegen sieben gewesen sein. Jetzt ist er über alle Berge.«

»Mir war so furchtbar schlecht«, gestand Miss Watson. »Ich bin mit Mühe zur Außentoilette gekrochen, und da bin ich die meiste Zeit gewesen.«

»Ach, Sie Ärmste, Sie Ärmste«, rief Miss Fogerty. »Wie müssen Sie gefroren haben.«

»Die Treppe habe ich nicht geschafft, sonst hätte ich mich auch angezogen. Aber ich habe gedacht, ich warte, bis ich Sie kommen höre, ich wußte, Sie würden sich meiner annehmen.«

Miss Fogerty strahlte vor Freude. Es geschah nicht oft in ihrem zaghaften Leben, daß man nicht ohne sie auskam. Das Wissen, gebraucht zu werden, vermittelte ihr ein berauschendes Machtgefühl. Sie schenkte vorsichtig Tee ein und stellte die Tasse behutsam vor ihrer Patientin ab.

»Soll ich sie für Sie anheben?« fragte sie fürsorglich, aber Miss Watson schüttelte den Kopf, hob die dampfende Tasse selbst hoch und trank dankbar.

»Die Kinder —« sagte sie jäh, als deren Jauchzen bis in die stille Küche drang.

»Machen Sie sich keine Sorgen«, sagte Miss Fogerty mit frisch gewonnenem Zutrauen. »Ich sage den Großen kurz Bescheid, dann komme ich zurück und rufe den Doktor an.«

»Erzählen Sie ihnen aber nichts von dem hier«, bat Miss Watson plötzlich aufgeregt. »Sie kennen doch Thrush Green. So was spricht sich im Nu herum.«

Miss Fogerty versicherte ihr, sie würde nichts verraten, und schlüpfte aus der Seitentür.

Die Kinder schrien und tobten und freuten sich, daß sie

vor dem Unterricht unverhofft noch soviel Zeit zum Spielen hatten.

Miss Fogerty beugte sich über die niedrige Bruchsteinmauer, die Schulhof und Schulgarten trennte.

»Behaltet die Kleinen im Auge, liebe Kinder. Ich bin gleich wieder da, und dann gehen wir zusammen hinein.«

»Ist Miss Watson krank?« fragte ein Mädchen, und ihre Augen strahlten voller Vorfreude.

Miss Fogerty war hin- und hergerissen, sollte sie nun die Wahrheit sagen oder ihr Versprechen halten? Sie antwortete ausweichend.

»Nicht richtig, aber sie kann ein Weilchen nicht kommen. Nichts, was euch bekümmern müßte.«

Sodann eilte sie zurück zu ihren Pflichten.

Ihre Patientin hatte den Tee ausgetrunken, sich mit geschlossenen Augen zurückgelehnt und den geschwollenen Knöchel auf einem Stuhl hochgelagert. Sie schlug die Augen auf, als Miss Fogerty eintrat, und lächelte kläglich.

»Sagen Sie«, fragte Miss Fogerty, der gerade eben etwas eingefallen war. »Hat der Mann etwas mitgehen lassen?«

»Das Portemonnaie aus meiner Tasche. Viel war nicht drin. Und dann noch meine Brieftasche mit ungefähr sechs Pfund, glaube ich.«

Miss Fogerty war wie vom Donner gerührt. Sechs Pfund war eine Menge Geld für eine Lehrerin, selbst wenn sie Rektorin war.

»Und möglicherweise hat er meinen Schmuckkasten oben gefunden, aber das konnte ich noch nicht nachprüfen. Viel Wert haben die Sachen nicht, ich meine, außer für mich. Eine Staubperlenkette, ein Geschenk meines Vaters, und zwei Ringe von meiner Mutter und ein, zwei Broschen – aber nichts, was viel Geld wert ist.«

»Wir müssen nicht nur Doktor Lovell, sondern auch die Polizei anrufen!« verkündete Miss Fogerty.

»Müssen wir wirklich?« rief Miss Watson und verzog gequält das Gesicht. »O je, und dabei kann ich das ganze Theater nicht ausstehen – aber es geht wohl nicht anders.«

Es griff Miss Fogerty ans Herz, wie sich ihre Patientin grämte. Und es erinnerte sie daran, daß sie diese unbedingt ins Bett schaffen mußte, damit sie sich ein wenig von ihrem Schrecken erholte. Also frisch ans Werk. Sie sprang auf, um ihrer Rektorin behilflich zu sein.

»Ab ins Bett«, sagte sie bestimmt, »danach telefoniere ich. Und jetzt, hauruck!«

Fünf Minuten später hatte Miss Fogerty ihre Patientin wohlbehalten im Bett und sprach mit Doktor Lovell und danach mit der Polizeiwache in Lulling. Als das getan war, ging sie zum Schulhof hinüber und machte sich seelisch darauf gefaßt, die mehr als vierzig Kinder an diesem Tag allein zu unterrichten.

Normalerweise wäre die schüchterne, schmächtige Miss Fogerty bei dem Gedanken in ihren Schuhen gestorben. Ihre Erlebnisse hatten ihr jedoch Kraft gegeben, und so kam sie sich einen Meter achtzig groß und wie ein Fels in der Brandung vor, als sie die gesamte Schule zur Andacht führte und sich den vielen fragenden Blicken mit ungewohnter Fassung und Autorität stellte.

Zum ersten Mal in ihrem Leben führte Miss Fogerty das Regiment und stellte dabei fest, daß es ihr gefiel.

Wie Miss Watson befürchtet hatte, verbreitete sich die Neuigkeit in Windeseile. Es war wohl auch zuviel erwartet, daß der Besuch von Doktor Lovell und später der Anblick eines Polizisten, der dem Schulhaus zustrebte, in Thrush Green an so einem schönen Montagmorgen unbemerkt bleiben würden. Nachbarinnen, die Fußmatten ausschüttelten, die Wäsche einer ganzen Woche aufhängten oder schlicht über die Hecke hinweg schwatzten, bekamen alles mit und verbreiteten die Kunde.

»Hat sich wohl die Grippe eingefangen, die überall rumgeht«, sagte eine, als Doktor Lovell schlanken Schrittes auf die Tür des Schulhauses zuging. »Schlägt dieses Jahr auf den Magen«, setzte sie hinzu und offenbarte damit ihr ganzes medizinisches Wissen.

»Hat seit Wochen schon nicht gut ausgesehen«, sagte eine andere. »Muß ganz schön anstrengend sein, das Unterrichten. Andauernd Kinder anbrüllen – das haut den stärksten Seemann um.«

»Die arme Miss Watson, was sie wohl hat? Ist natürlich ein schwieriges Alter für 'ne alte Jungfer«, meinte eine dritte Matrone, versetzte ihrem kreischenden Neunten und Jüngsten eine Ohrfeige und fühlte sich dabei gleichzeitig unerklärlicherweise erhaben.

Bereits zehn Minuten nach Doktor Lovells Erscheinen hatte Thrush Green Miss Watson jede Krankheit, von Ohrenschmerzen bis Epilepsie angedichtet, und jeder hatte großes Mitleid mit ihr.

Binnen einer halben Stunde tauchte der Polizist auf. Er war erhitzt und außer Atem, da er sein Rad den steilen Hügel von Lulling hatte hochschieben müssen. Auch er verschwand im Haus, und schon stieg Thrush Greens Temperatur wieder an.

»Wenn Doktor Lovell nicht so unheimlich eigen wäre, ich würde meinen, jemand wollte sich an ihr vergreifen«, sagte eine Nachbarin ernst zur anderen und verwünschte im gleichen Atemzug die Moral der übrigen Ärzteschaft und Miss Watsons spärlichen Charme.

»Könnte auch versuchter Selbstmord gewesen sein«, sagte eine andere mit leuchtendem Blick. »Unterrichten kann Lehrer so fertigmachen, daß sie manchmal nicht mehr richtig ticken. Kein Wunder auch, wenn den ganzen Tag Kinder um einen rumwuseln.«

»O wie wahr«, schloß sich ihr die Busenfreundin mit weisem Kopfnicken an. »Die arme Miss Watson ist wahrscheinlich gewalttätig geworden, und der Doktor hat die Polizei gerufen. Oder sie hat was Schlimmes angestellt und es dem Doktor gerade gebeichtet –«

Und so wetzten sie munter die Schnäbel. Als die Kinder um halb elf zur Pause gingen, hatte Thrush Green Miss Watson jedes erdenkliche Verbrechen angehängt, angefangen damit, daß sie vergessen hätte, die Fernsehgebühren zu bezahlen – die bei weitem schmeichelhafteste Verdächtigung – bis hin zum totalen Rappel, während dessen sie dem jungen Doktor Lovell mit dem Brotmesser die Kehle aufgeschlitzt hätte. Schließlich hatte sie zwölf Jahre lang ununterbrochen unterrichtet. So meinten einige, auf die die kürzliche Lektüre der Sonntagszeitung abgefärbt hatte. Das war mit Sicherheit genug Stoff zum Klatschen für viele vergnügliche Tage, und als Doktor Lovell sich verabschiedet und der Polizist sein Notizbuch mit der Aussage der armen Miss Watson und einer detaillierten Beschreibung des fehlenden Portemonnaies, der Brieftasche und – o weh – des Schmuckkastens und einer kleinen vergoldeten Uhr verstaut hatte, da schwirrten Gerüchte um den Dorfplatz, die für ein ganzes Jahr ausreichten.

Wie Ella Bembridge später sagte: »Es regnet nie, es gießt«, denn ehe die Kinder Schlag Viertel vor elf wieder hineingingen, erschütterte ein weiteres Ereignis von enormer Tragweite Thrush Green.

Ein großer Mercedes hielt vor dem Gartentor des Eckhauses. Eine militärische Gestalt stieg aus und sah sich gerade lange genug um, daß die wachsamen Augen der künftigen Nachbarinnen ein sonnengebräuntes Gesicht und einen weißen Schnurrbart ausmachen konnten, ehe der Mann einen Schlüssel hervorholte, den Gartenweg entlangeilte und sein neues Heim aufschloß.

Für einen kurzen Augenblick verblaßte Miss Watsons Ruhm vor der Leuchtkraft dieses neuen Ereignisses.

Endlich war das Eckhaus wieder bewohnt.

4. Party-Pläne

Ein paar Tage nach der ganzen Aufregung saßen Ella und Dimity am Eßtisch und schrieben Einladungen. Um die Wahrheit zu sagen, Dimity schrieb, während Ella die Liste zusammenstellte und gelegentlich eine Briefmarke auf einen adressierten Umschlag klatschte.

»Wurde aber auch Zeit«, meinte Ella und sah zu, wie Dimity säuberlich SHERRY in die linke Ecke schrieb. »Wie lange ist es her, daß wir Budenzauber gemacht haben, Dim?«

»Gut und gern zwei Jahre«, sagte Dimity und griff zu einem Umschlag. »Das muß im Frühling gewesen sein, gleich nach Mrs. Curdles Jahrmarkt. Ihrem letzten«, setzte Dimity hinzu und bekam feuchte Augen.

Ella mußte ihre ganze Munterkeit aufbieten. Viel zu gefühlsduselig, die arme, alte Dim! Hätte einen Mann und sechs Kinder haben sollen, auf die hätte sie die ganzen liebevollen Gefühle verschwenden können, dachte Ella nicht zum ersten Mal.

»Tolles altes Mädchen!« stimmte sie ihr aus vollem Herzen zu. »Hat ihr Geld sauer verdient, aber unter dem jungen Ben läuft der Jahrmarkt auch wie geschmiert. Weihnachten will er mit Molly nach Thrush Green kommen, sie wollen den alten Piggot besuchen.«

Damit hatte sie Dimity abgelenkt, was auch beabsichtigt war.

»Ach, wie nett. Molly Piggot – ich meine Curdle, würde ich gern einmal wiedersehen.« Bei dem Gedanken lächelte Dimity und nahm den Kartenstapel erneut in Angriff.

»Wen haben wir schon?« fragte sie Ella, die die Liste abhakte.

»Die Baileys, die Youngs, den Pfarrer, die Lovells, Dotty und die drei Lovelock-Schwestern. Bleiben nur noch vier. Ich weiß sowieso nicht, wie wir die alle in unserem Cottage unterbringen wollen.«

»Auf Cocktail-Partys braucht man nicht so viel Platz«, beruhigte Dimity sie. »Weil alle stehen müssen, gehen mehr ins Zimmer. Lädt man zum Tee ein, kommen einem überall Beine in die Quere.«

»Gräßlich, diese vielen Frauen«, meinte Ella besorgt, als sie die Liste überflog.

»Wie kannst du sie bloß gräßlich nennen«, sagte Dimity entgeistert.

»Nein, nein«, erwiderte Ella gereizt. »Nicht gräßlich. Nur einfach zuviel.« Dann heiterte sich ihre Miene auf.

»Dim, wir haben vergessen, den Neuen auf die Liste zu setzen. Los, schreib ihm eine Einladung.«

»Aber wir kennen ihn doch noch gar nicht«, verwahrte sich Dimity. »Wir haben ihm noch keinen Anstandsbesuch gemacht.«

»Ich schon«, sagte Ella knapp. Dimity blickte sie mit offenem Mund an.

»Das hast du mir aber nicht erzählt.«

»Vergessen. Ich hab ihm das Gemeindeblatt gebracht, er war gerade im Vorgarten. Scheint ein netter Kerl zu sein.«

Dimity wirkte ein wenig gekränkt, schrieb aber gehorsam eine Einladung und steckte sie in einen Umschlag. Dann blickte sie mit dem Füller in der Hand auf.

»Wie heißt er?«

»Harold Shoosmith«, sagte Ella prompt. »Und ›o‹ statt ›e‹ bei ›Shoo‹. Und ›o‹ bei Harold, Gott sei Dank nicht ›a‹. Wenn ich etwas nicht ausstehen kann, dann Harald mit ›a‹. Wie in ›Harald ist das Leben, heiter ist die Kunst‹«, witzelte Ella.

Dimitys Füller schwebte noch immer in der Luft. Sie überhörte Ellas lahmen Witz mit ungewohnter Strenge.

»Ist er nun pensionierter Heeres- oder Marineoffizier?« fragte sie.

»Keinen blassen Schimmer«, sagte Ella. »Winnie Bailey behauptet, er war Korvettenkapitän, Joan Young sagt Major, und Ruth Lovell will gehört haben, daß er Staffelkapitän war. Wenn man bedenkt, daß wir auf dem Dorf wohnen, finde ich nach einer Woche Bekanntschaft, daß ›Herr‹ in diesem Fall völlig ausreicht.«

Sie sah zu, wie Dimity die Adresse schrieb und seufzte erleichtert, als der Umschlag ihr wegen der Briefmarke zugeschoben wurde.

»Ich muß schon sagen, ich bin richtig froh, daß auf einer unserer Partys mal wieder ein alleinstehender Mann ist. Den letzten haben wir in grauer Vorzeit unter unserem Dach gehabt, was, Dim?«

»Der Pfarrer schaut ziemlich oft herein«, bemerkte Dimity ein wenig spitz.

»Ach, der zählt doch nicht«, meinte Ella nüchtern, »obwohl er ein Schatz ist. Außerdem ist er Witwer.«

»Harold Shoosmith vielleicht auch«, sagte Dimity und schrieb dabei recht schnell. Sie spitzte den Mund, und Ella merkte, ihr war noch nicht ganz verziehen, daß sie den Neuen vor ihr kennengelernt hatte. Sie sah der flinken Feder halb zerknirscht, halb belustigt zu.

Dimity schrieb die Karte fertig und blickte Ella vielsagend an.

»Oder sogar verheiratet!« sagte sie mit Nachdruck.

Sie hätte glatt noch ein »Ha!« anfügen können, dachte Ella, während sie schweigend die Briefmarke aufklebte, so triumphierend hörte sich ihre Stimme an.

Das übrige Thrush Green teilte Ellas lebhaftes Interesse an Harold Shoosmith. Man munkelte, der Pensionär hätte im Heer, bei der Marine, in der Luftwaffe gedient, wäre Beamter oder beim B.B.C. gewesen. Er war Teepflanzer in Ceylon, Kakao-Berater in Ghana und Kaffee-Mischer in Brasilien gewesen. Und anscheinend hatte er auf Jamaika eine Zuckerrohrplantage, in Malaysia eine Gummiplantage und in Südafrika ein Diamantenbergwerk – natürlich ein ziemlich kleines, aber mit ungewöhnlich schönen Diamanten – besessen.

Bedauerlicherweise war er, wie man hörte, nie verheiratet gewesen, war unglücklich verheiratet und lebte von seiner Frau getrennt, war glücklich verheiratet gewesen und hatte seine Frau im Kindbett verloren und war, o Schreck, noch immer verheiratet, und seine Frau würde binnen Tagen im Eckhaus eintreffen. Die Einwohner von Thrush Green kamen voll auf ihre Kosten, als der Neue am ersten Sonntag nach seiner Ankunft den Morgengottesdienst besuchte, und das im taubengrauen Anzug, der, das mußte der Neid ihm lassen, von weitaus besserem Schnitt war als bei den männlichen Gemeindemitgliedern sonst üblich. Der Pfarrer und ein, zwei Nachbarn hatten ihm schon ihre Aufwartung gemacht und ihn, nach Geschlechtern getrennt, als »sehr netten Mann« oder als »netten Knaben« bezeichnet.

Der Pfarrer freute sich aufrichtig, als der Neuankömmling zu den ganz wenigen gehörte, die am darauffolgenden Sonntag im 8-Uhr-Gottesdienst am Altar zum Abendmahl kamen. Ungefähr ein halbes Dutzend treue Christen weiblichen Geschlechts, darunter auch Dimity Dean – nicht Ella, die nicht so oft zur Kirche ging – und Dotty Harmer, leisteten dem Pfarrer gewöhnlich beim Frühgottesdienst Gesellschaft. Dem Pfarrer tat es gut, nun einen Mann unter seinen wenigen Schäflein zu erblicken. Hoffentlich machte das gute Beispiel Schule.

Betty Bell war hinsichtlich Harold Shoosmith die wichtigste Nachrichtenquelle, da sie in der Woche dreimal morgens und dreimal abends bei ihm arbeitete. Daß sie dort morgens arbeitete, verstand Thrush Green so gerade noch, schließlich konnte man von einem allein lebenden Mann nicht erwarten, daß er wienerte und putzte, kochte und schrubbte und wusch und bügelte, obschon Ellas Meinung nach jede Menge Frauen allein lebten, eben dieses mit links schafften und obendrein noch einer Arbeit nachgingen, was jedermann für selbstverständlich hielt.

Doch auch für die abendliche Arbeit fand sich unschwer eine Erklärung, und die lieferte Betty Bell selbst. Sie kam für eineinhalb Stunden, kochte ihm das warme Abendessen, das sie morgens vorbereitet hatte, und wusch hinterher ab.

»Das ist mir mal ein kluger Mann«, sagte Betty Bell eines Morgens zu ihrer anderen Arbeitgeberin, Dotty Harmer. »Möchte selber kochen lernen. In den heißen Ländern hat er nämlich keine Gelegenheit dazu gehabt. Da sind in seiner Küche jede Menge Schwarze rumgewimmelt und sich gegenseitig auf die Füße getreten, und wie ich gehört hab, durfte er nicht mal zusehen.«

»Man sollte meinen, ein Spiegelei könnte er schon zuwege bringen«, sagte Dotty und schnitt dabei Quitten in Stücke. »Ach, Betty«, seufzte sie und musterte die junge Frau durch ihre dicken Brillengläser, »das hier bedeutet, daß der Sommer wirklich vorbei ist. Wenn ich Quittenmarmelade koche, weiß ich, daß er zu Ende ist. Bald ist es November, Betty, und dann steht auch schon der Winter vor der Tür.«

»Das hab ich Mr. Shoosmith auch gesagt«, bestätigte Betty und kehrte damit zu ihrem Thema zurück, denn im Augenblick hatte sie nichts anderes im Kopf. »Sie wollen sicher kochen lernen, falls ich im Winter mal nicht kommen kann‹, hab ich zu ihm gesagt. Und dann hab ich ihm gezeigt, wie man Schinken, Eier und Würstchen brät und wie man einen Eintopf macht. Er ist wirklich schnell von Begriff, das muß ich schon sagen.«

»Der Ärmste«, sagte Dotty, »dem wird die Sonne noch fehlen, das sage ich dir. Würdest du ihm bitte ein Glas von meiner Marmelade mitnehmen, wenn sie fertig ist?« Bei dem Gedanken heiterte sich ihre Miene auf. Sie hatte sich nach dem Frühgottesdienst mit dem Neuen bekannt gemacht und sich gefreut, daß der innere Zirkel von Thrush Green einen so stattlichen Neuzugang begrüßen konnte.

Betty nahm das Angebot zurückhaltend an und machte sich im Geist einen Knoten ins Taschentuch, den nichtsahnenden Empfänger vor dem Verzehr zu warnen. Dotty, die besessene Kräuterhexe, schreckte vor nichts zurück, tat als zusätzliche Vitamingabe ein paar Zweiglein hiervon und ein paar Tropfen davon an ihre Speisen, und die Zahl der Leute, die sich aufgrund ihrer Kochkünste »Dottys Flotten« zugezogen hatten, war beträchtlich.

In diesem Augenblick tauchte der Postbote am Küchenfenster auf und reichte ein unordentliches Päckchen und einen einzigen Brief hinein.

»Das ist sicher der getrocknete Huflattich und andere Sachen für meine Wintersalben und Hustensäfte«, sagte Dotty aufgeregt, ließ von den Quitten ab und riß das Päckchen mit klebrigen Fingern auf. Stark riechende, getrocknete Blätter flatterten auf den Küchentisch und auf die schwarze Katze, die sich dicht neben den Marmeladezutaten sonnte. Empört sprang sie vom Tisch und stolzierte mit hocherhobenem, bebendem Schwanz entrüstet zum Herd.

»O je«, sagte Betty, »jetzt haben Sie Mrs. Curdle erschreckt, und das, wo sie in Hoffnung ist.«

Dotty las jetzt die Karte, die sie dem Umschlag entnommen

hatte. Die Kräuter lagen überall verstreut, wohin sie gerade gefallen waren.

»Wie schön!« verkündete Dotty, und ihr zerknittertes Gesicht strahlte vor Freude. »Miss Bembridge und Miss Dean laden für den 31. Oktober zu einem Sherry ein. Also, wenn das nicht nett ist.«

»Halloween, der Abend vor Allerheiligen«, bemerkte Betty dazu und bückte sich, um die empörte Mrs. Curdle durch Kraulen zu beruhigen. Man hatte sie nach der berühmten alten Dame genannt, denn sie war genau an dem Tag geboren, als Curdles Jahrmarkt vor zwei Jahren in Thrush Green gastierte. Und die Katze besaß tatsächlich etwas von der dunklen Schönheit und dem königlichen Selbstbewußtsein ihrer berühmten Namensschwester. Sie gestattete Betty, ihr das Fell zu glätten, kehrte jedoch ihrem gedankenlosen Frauchen den Rücken zu.

»Stimmt«, rief Dotty. »Eine Halloween-Party! Ja, ja, da muß ich unbedingt hin!«

Sie griff nach den Quittenstückchen und warf sie zusammen mit ein paar herumliegenden Kräutern aus dem Päckchen in den Topf.

Beim Umrühren spähte sie eingehend in die blubbernde Masse, und Mrs. Curdle, die schon auf ihr Futter lauerte, ließ sich dazu herab, zu ihrem Frauchen zurückzukehren.

»Das wird mir ja ein schöner Hexensabbat«, dachte Betty Bell bei sich, während sie ihr zusah. »Aber ich paß schon auf, daß mir auch nicht das kleinste bißchen von der Quittenmarmelade über die arglosen Lippen von meinem armen, lieben Mr. Shoosmith kommt! Ui je, der Mann hat ja keine Ahnung, auf was er sich eingelassen hat – kommt einfach so und will in Thrush Green leben!«

Miss Watsons Angreifer hatte sich bislang nicht ermitteln lassen. Die Polizei tappte im dunkeln. Miss Watson konnte ihnen nicht mehr erzählen als anfangs, und es gab keine nützlichen Fuß- oder Fingerabdrücke, die die Untersuchung vorangebracht hätten. Seit über einem Monat herrschte strahlendes und trockenes Wetter, und selbst wenn der Bösewicht Fußabdrücke hinterlassen hätte, wären sie von den paar Dutzend Kindern, die ungefähr eine Stunde später zur Schule kamen, größtenteils zertrampelt worden. Zweifellos hatte der Mann Handschuhe angehabt, und in der Tat entsann sich Miss Watson, daß der Prügel von einem stahlgrauen, ledergesäumten Wollhandschuh gehalten wurde.

Sie zermarterte sich tagelang den Kopf, wurde das ungute Gefühl nicht los, daß sie die Handschuhe und den Mann dazu kannte, doch vergebliche Liebesmüh. Am Ende hatte sie die Grübelei aufgegeben und lieber Miss Fogertys guten Rat beherzigt, die Sache ruhen zu lassen.

Miss Watson gestand sich ein, daß sie es ohne Miss Fogertys grenzenlose Hilfsbereitschaft nicht geschafft hätte. Jeden Morgen war die Gute um acht Uhr gekommen und hatte ihr das Frühstück ans Bett gebracht, doch am Ende der Woche hatte Miss Watson darauf bestanden, wieder in die Schule zu gehen. Dort fand sie alles tipptopp vor. Buchführung und Korrespondenz waren erledigt, frische Blumen schmückten die beiden Klassenräume, und sogar der Kalender war tagtäglich abgerissen worden.

Die Freundlichkeit und Tüchtigkeit ihrer zweiten Lehrerin gaben Miss Watson schwer zu denken. Während der zwei, drei Tage Bettruhe hatte sie endlich Zeit gehabt, sich darüber klarzuwerden, welch lauterer Charakter sich doch hinter Miss Fogertys graumäusigem Äußeren verbarg. Zwölf Jahre lang hatte sie die Ältere als selbstverständlich hingenommen, und wie oft war ihr der Geduldsfaden gerissen, weil diese so schüchtern war und so veraltete Methoden hatte. Am Ende eines jeden Tages hatte sie sich mit einer gewissen Erleichterung von Miss Fogerty verabschiedet. Damit war es nun vorbei. Miss Fogerty hatte sich als wahre Freundin erwiesen.

Während die Rektorin in den nächsten Wochen durch ihre Schule humpelte, wurde immer deutlicher, daß Miss Fogerty an Selbstbewußtsein gewonnen hatte, und das war während ihrer Abwesenheit erblüht. Sie hatte die ängstliche Fügsamkeit abgelegt, mit der sie Miss Watson oft gereizt hatte, jetzt konnten sie auf einmal schulische Probleme partnerschaftlich durchsprechen.

Das Mißgeschick hatte beide einander nähergebracht und gestärkt, und das kam der Schule in Thrush Green zugute.

Der Raubüberfall hatte in der Nachbarschaft für einige Unruhe gesorgt. Leute, die noch nie im Leben ihre Tür abgeschlossen hatten, suchten jetzt nach verlegten Schlüsseln und drehten sie im Schloß herum, ehe sie sich zum morgendlichen Einkauf in Lulling aufmachten. Wer seinen Schlüssel unter einem umgedrehten Blumentopf oder unter dem Fußabtreter versteckt hatte, besann sich eines besseren und dachte sich statt des wohlbekannten Verstecks ein neues aus.

»Mein Schlüssel liegt jetzt unter der Matte der hinteren Veranda«, erzählte Mrs. Bailey ihren engsten Freundinnen. »Weiß doch jeder, daß er sonst auf dem Türsims gelegen hat.«

»Wir legen unseren hinter den Heizölkanister im Schuppen«, sagte Dimity.

Mr. Piggot hatte einen Türschlüssel von kirchlichem Zuschnitt, der gut und gern seine dreiviertel Pfund wog, den befestigte er an einem robusten Hosengürtel und nahm dabei gelegentliche Hiebe in Kauf, wenn er gebückt auf dem Friedhof arbeitete. Der Einbruch machte ihm merklich zu schaffen, und er nahm kein Blatt vor den Mund, was die schlampige Arbeit der Polizei anging.

»Keine Ahnung, wozu wir die bezahlen«, knurrte er bei einem Bierchen in den *Zwei Fasanen*. »In Thrush Green ist man ja seines Lebens nicht mehr sicher – und was tun die dagegen, hä? Wetten, ich würd den Kerl finden, wo das getan hat, wenn ich mich tüchtig ins Zeug leg?«

»Hast recht«, sagte der Gastwirt und zwinkerte den anderen Gästen zu. »Spiel du ruhig Sherlock Holmes – zeig der Polizei, wo's langgeht.«

Während die letzten Oktobertage ins Land gingen, hatte jeder mit der Herbstbestellung soviel zu tun, daß der Raubüberfall in Vergessenheit geriet. Rabatten mußten umgegraben, Goldlack mußte gepflanzt werden, und dazu kamen noch all die anderen Vorbereitungen auf den Winter, zu denen das freundliche Wetter geradezu einlud. Es dauerte nicht mehr lange, und Thrush Green versank im kalten Regen und Nebel eines Cotswold-Winters. Wenn die Wetterfrösche recht behielten, würde es dieses Jahr auch schneien. Umsichtige Hausväter nutzten den Aufschub nach besten Kräften, die Aufregung über den Neuen und den Überfall auf Miss Watson legte sich, man ging zur Tagesordnung über.

Doch für den alten Piggot gewann der Einbruch immer mehr an Bedeutung. Seitdem seine Tochter Molly mit dem jungen Ben Curdle fortgezogen war, lebte er allein und hatte viel Zeit, sich in seinen bierseligen Phantasien mit diesem Geheimnis zu befassen. Während er in seinem feuchten Häuschen herumhantierte oder der Form halber seinen einfachen Aufgaben als Küster von St. Andrew's gleich nebenan nachkam, wiegte er sich in herrlichen Tagträumen und spielte Privatdetektiv in Thrush Green, machte der Polizei etwas vor und wurde für seine bewundernden und dankbaren Nachbarn zum Helden.

»Denen zeig ich's«, brummelte der alte Piggot und hieb wild auf die Brennesseln ein, die Nathaniel Pattens Grabstein verschlingen wollten. »Denen zeig ich's allesamt – o ja!«

5. Nelly Tilling

Der Tag der Sherry-Party dämmerte kalt und windig herauf. Ella und Dimity saßen am Frühstückstisch und blickten den leuchtenden Blättern nach, die über das Gras wirbelten. Ein Regenschauer prasselte gegen die Fensterscheiben, und Dimity fröstelte.

»Was meinst du, ob wir im Wohnzimmer zusätzlich zum Kamin noch den Ölofen anmachen sollten?«

»Gar keine schlechte Idee, ihn heute morgen anzuzünden, aber wir lassen ihn nicht den ganzen Tag an, sonst verstänkert er uns die Bude. Mief schlägt sich auf die Festlaune.«

»Aber er riecht doch gar nicht!« protestierte Dimity.

»Jede Frau bildet sich ein, ihr Ölofen stinkt nicht«, sagte Ella dramatisch und drückte ihren Zigarettenstummel im Bodensatz ihrer Teetasse aus. Diese widerwärtige Angewohnheit hätte eine weniger ergebene Gefährtin sicher längst in die Flucht geschlagen, doch Dimity schüttelte sich täglich und verzichtete darauf, ihr die Meinung zusagen. »Ein ganz natürliches Phänomen«, fuhr Ella fort, ohne zu merken, daß sich ihre Freundin ekelte, »seine eigene Stimme hört man ja auch nicht.«

Ella lehnte sich bequem zurück, schlug ein stämmiges Bein über das andere und schien willens, sich weiter über diese interessante Theorie auszulassen. Aber Dimity wußte, was noch alles für die Party zu tun war, stand hastig auf und begann, das Frühstücksgeschirr abzuräumen.

»Dann will ich mir mal Mutters kleine Silberbonbonnieren vornehmen und putzen. Die gesalzenen Nüsse machen sich darin so gut«, sagte sie geschäftig.

»Sie laufen doch bloß an«, protestierte Ella. »Was spricht gegen Untertassen?«

»Untertassen?« rief Dimity entsetzt. »Bei einer Party?«

»Ich meine doch die vom guten Geschirr«, sagte Ella in dem vergeblichen Bemühen, Dimity zu beschwichtigen.

»Kommt überhaupt nicht in Frage!« entgegnete Dimity ungewohnt scharf. »Wir nehmen auf jeden Fall die Silberschälchen, und ich habe auch durchaus nichts dagegen, sie hinterher wieder zu putzen.«

Sie hätte noch anfügen können, daß außer ihr in diesem Haus sowieso niemand Silber putzte, aber Dimity war daran gewöhnt, sich auf die Zunge zu beißen und erlag der Versuchung auch dieses Mal nicht.

Ella hievte sich mit einem Seufzer hoch.

»Na schön, Dim. Wie du willst. Aber laß uns die Dekoration mal bei Tageslicht ansehen, dann merken wir ja, ob wir den Ofen anmachen müssen.«

Die beiden Freundinnen gingen über die kleine Diele ins Wohnzimmer, das sie am gestrigen Abend geschmückt hatten. Denn kaum, daß sie die Einladungen abgeschickt hatten, ging den beiden Damen auf, daß sie die Party für den Halloween-Abend angesetzt hatten, und Ella hatte mit Einfallsreichtum und geschickten Händen für die Ausschmückung gesorgt.

Ein Schwarm Hexen aus festem schwarzen Karton flog an Fäden aufgehängt quer durchs Zimmer und drehte und wendete sich höchst temperamentvoll mit jedem Luftzug. Haar wehte von den spitzen Hüten, und Ella hatte ihren Geschöpfen noch zusätzlich grüne Pailletten als Augen aufgeklebt, die hämisch funkelten, wenn sich das Licht in ihnen fing.

In zwei großen Kupferkrügen standen Sträuße aus Herbstlaub, in jeder Ecke des Raumes leuchteten Kapstachelbeeren, und auf dem Kaminsims stand ein goldener Kürbis. Das war ein Geschenk von Dotty Harmer, und Ella hatte ihn ausgehöhlt, zwei runde Augen, ein Dreieck als Nase und einen Halbmond als Mund herausgeschnitzt und eine Kerze hineingestellt. Wenn man sie anzündete, leuchtete der ausgehöhlte Globus und gab dem Ganzen etwas herrlich Gespenstisches.

Dimity betrachtete das Werk ihrer Freundin mit ungeheuchelter Bewunderung.

»Es wirkt einfach prächtig, liebe Ella. Was hältst du davon, wenn wir ein paar Halloween-Spiele planen würden – Äpfelkullern und so?« Dimitys verwaschene Augen strahlten allein schon bei dem Gedanken, doch ihre Freundin setzte ihrer Begeisterung jäh einen Dämpfer auf.

»Dim, in deinem Alter! Die Gäste kommen auf ein Glas Sherry in gepflegter Umgebung und um Freunde zu treffen. Die wissen dir keinen Dank für kaltes Wasser im Halsausschnitt und Grapschen nach grünen Äpfeln – und eins zu zehn haben sie am Wochenende eine doppelseitige Lungenentzündung.«

Ihr Ton veränderte sich, als sie merkte, wie geknickt ihre Freundin aussah.

»Solche Spielchen sind nichts für uns bemooste Häupter«, sagte sie etwas freundlicher. Sie tätschelte Dimity mit der massigen Hand den Arm. »Laß uns für ein, zwei Stunden

den Ofen anmachen und die Getränke überprüfen. Übrigens, haben wir Zitronen?«

»Drei«, sagte Dimity, »sieben Pence das Stück.« Ihre Stimme hörte sich noch immer bedrückt an, und Ella ärgerte sich, daß sie Dim wegen der Spiele derart über den Mund gefahren war.

»Wir kriegen sicher einen recht munteren Haufen zusammen«, sagte Ella, um Wiedergutmachung bemüht. »Wie schön, daß der Neue auch kommt.«

Sie ging ins Eßzimmer, und Dimity trippelte hinter ihr her. Sie wirkte noch immer wie ein getretenes Kätzchen.

»Und, Dim, vergiß nicht, in den Spiegel zu blicken, wenn du dir heute abend das Haar bürstest«, witzelte Ella lahm. »Am Halloween-Abend soll man darin seinen Ehemann sehen!«

Daß Ella damit unbewußt an ihre vorherige Bemerkung anknüpfte, hätte ein genauer Beobachter vielleicht gemerkt, doch weder Ella noch Dimity fiel es auf. Die beiden Freundinnen sahen nur eins – die eine hielt den Olivenzweig hin, und die andere nahm ihn dankbar entgegen.

Liebevoll untergehakt gingen sie zum Barschrank.

Im Verlauf des Morgens nahmen Regen und Wind noch zu. Die honigfarbenen Häuser rings um den Dorfplatz färbten sich dunkelgolden, während der Regen auf ihre glänzenden Mauern prasselte. Tausende von Tropfen rannen von einer Dachpfanne aus Cotswold-Stein zur nächsten die steilen Dächer zu den aufnahmebereiten Regenrinnen hinunter, die gurgelten und spuckten, weil sie so ungewohnte Mengen schlucken mußten. In den stabilen hölzernen Bäuchen der Regentonnen, die in den letzten Wochen fast leer gestanden hatten, rumorte und blubberte es; und die durstigen Gärten tranken den Überfluß und dufteten zum Dank dafür herrlich.

Regenschirme wippten den Hügel nach Lulling hinunter, Autos fuhren durch die großen Pfützen auf dem Dorfplatz und spritzten Fontänen hoch. Die Roßkastanie schlug mit den Ästen um sich und warf die letzten Blätter ab, die sich zu ihren Gefährten unten im Morast gesellten.

Der Wind heulte in den Schornsteinen von Thrush Green, und das Schild *Die zwei Fasane* hatte gewaltig Schlagseite nach Süden. In dem kleinen Hinterhof hatten sich zwei Geschirrtücher um die Leine gewickelt, und das sah aus, als hielten sich dort zwei Riesenraupen fest.

Über dem Kirchturm von St. Andrew's kreiste und tauchte ein Schwarm Saatkrähen im böigen Wind. Sie sahen aus wie angekokelte Papierfetzen, die von einem Feuerstoß hochgewirbelt wurden, und ab und an konnte man sie über dem Toben des Windes leise krächzen hören.

Tief unter ihnen, unter dem windumtosten Kirchturm, unter dem summenden Glockenturm mit seinen pfeifenden Schallöchern und unter dem zugigen Altarraum schuftete Mr. Piggot im Heizraum wie ein irdischer Maulwurf.

Hier war nichts von Wind und Sturm, war kein eisiges Regengeprassel zu hören. Der große Kessel verströmte eine herrliche Wärme und bullerte leise, während er seinen Koks verdaute.

Sein Hüter stand dicht daneben. Mr. Piggot hatte zwei Wäscheklammern im Mund und sein überzähliges Hemd in der Hand. Ein paar Kleidungsstücke baumelten trübselig von der kleinen Wäscheleine und dampften in der Hitze.

Mr. Piggots Waschtag richtete sich nicht nach dem Wetter. Warum sollte die Hitze, mit der er die Andächtigen wärmte, nicht genausogut seine Wäsche trocknen, verteidigte sich der Küster im stillen, während er das Hemd auf die Leine klammerte.

Dann trat er zurück und betrachtete stolzgeschwellt seine Wäsche. Mag sein, sie war nicht so weiß wie die seiner Nachbarinnen, wenn die auf der Leine flatterte, aber hier, zwischen all dem Koks, kam sie Mr. Piggot genau richtig vor.

Er zückte eine große Uhr und blinzelte kurzsichtig. Inzwischen war sicherlich offen! Wie schön, der Zeiger stand auf halb elf.

Mr. Piggot stieg die steile Steintreppe vom Heizraum bemerkenswert flink hoch und bereitete sich darauf vor, dem Wetter zu trotzen.

Der Lärm zu ebener Erde überraschte ihn. In dem luftigen Dunkel hoch über ihm summte es bedrohlich, und die Bäume vor der Kirche rauschten, daß es sich wie ein einziges, wirres Toben anhörte. Mr. Piggot ging das lange Mittelschiff entlang, bückte sich hier und da und las ein verirrtes, trockenes Blatt oder einen Papierschnipsel auf, die der Wind von draußen hereingeweht hatte. Während er sich so betätigte, hörte er noch andere Geräusche, nämlich das metallische Klicken des Portals, ein Gekratze, das andeutete, jemand säuberte sich die schweren Schuhe auf dem drahtenen Fußabtreter, und dann das Keuchen eines atemlosen Wanderers.

»Schleppt mir den ganzen Dreck rein«, brummelte Mr. Piggot wenig gastfreundlich und riß die schwere Kirchentür mit einem hinterhältigen Ruck auf. Jemand quietschte überrascht, dann drehte sich der Neuankömmling um und drückte die Hand auf den üppigen Busen.

»Du liebe Zeit, Albert, hast du mir einen Schreck eingejagt!« schnaufte die gute Frau. »Ich konnt ja nicht ahnen, daß du hier bist. Wollte mich nur eine halbe Minute unterstellen, es regnet so. Das darf ich doch, oder?«

Ein Blick aus kleinen, dunklen, tief in rosiges Fleisch gebetteten Augen traf den Küster. Unter ihrem regennassen Kopftuch lugten ein paar dunkle Locken hervor, auf denen Regentropfen glitzerten. Sie setzte sich auf eine der Steinbänke und wollte sich die nassen Handschuhe ausziehen.

Mr. Piggot sah ihr verdrießlich zu. Er kannte Nelly Tilling seit Kindesbeinen, sie hatten in der Dorfschule sogar ein, zwei Jahre lang zusammen die Schulbank gedrückt. Hat sich gut gehalten, falls man auf mollig steht. Ei, ei, die bringt sicherlich ihre hundertsechzig Pfund auf die Waage, überlegte er, während er die Leibesfülle seiner alten Schulkameradin mit dem Kennerblick eines Schweinemästers taxierte.

»Ich würd mich nicht auf Stein setzen«, riet Mr. Piggot mißmutig. »Kriegst bloß Nierensausen.«

»Ein bißchen kalt ist es schon«, meinte die gute Frau und hievte sich hoch. »Aber ich bin völlig erschlagen, weil ich die ganze Zeit gegen den Wind ankämpfen mußte.«

»Dann solltest du lieber reinkommen«, sagte Mr. Piggot mürrisch, machte aber keine Anstalten, die Tür zu öffnen. Die Besucherin war ihm lästig. Ob er sie einladen sollte, sich im Heizraum zu trocknen? Doch der Gedanke an seine baumelnde Wäsche störte ihn. Er hatte keine Lust, sich vor Nelly Tilling zu blamieren. Bei ihm zu Hause war es kalt, und seine Nachbarn mußten auch nicht unbedingt mitbekommen, daß er die dralle Witwe mitnahm, denn Nelly Tilling stand in dem Ruf, daß sie nach einem zweiten Ehemann Ausschau hielt, nachdem sie den ersten vor einem Jahr begraben hatte, und Mr. Piggot machte sich nicht gern zum Gespött. Wenn er sie in die *Zwei Fasane* einlud, mußte er sie freihalten, und daran war natürlich überhaupt nicht zu denken.

Andererseits war Mr. Piggot überrascht, daß ihm ein klein wenig warm wurde, während er zusah, wie Mrs. Tilling die Handschuhe auszog und sich die Regentropfen von ihrem riesigen Mantel wischte. Schließlich waren sie zusammen zur Schule gegangen, und es war ein Hundewetter, und die Ärmste würde sich noch den Tod holen, wenn sie in den nassen Sachen herumhockte und keinen Schluck zum Aufwärmen bekam. Und das mußte man ihr lassen, gut sah sie aus, und auf einmal ging ihm schlagartig auf, wie lange er sich schon einsam fühlte. Ehe er sich's versah, sagte er: »Komm mit und leiste mir auf einen Schluck Gesellschaft. Ich wollte gerade in die *Zwei Fasane*.«

Die gute Frau reagierte beängstigend auf seinen arglosen Vorschlag. Ihr rosiges Gesicht wurde noch röter, ihre dunklen Augen sprühten Blitze, und der Busen schwoll ihr vor Entrüstung, daß die Mantelknöpfe schier abzuplatzen drohten. Sie erinnerte Mr. Piggot an einen sich plusternden Puter.

»Ich bin am selben Tag den Abstinenzlern beigetreten wie du, falls du das vergessen haben solltest, Albert Piggot! Und was mich angeht, so hab ich mein Gelübde nicht gebrochen – was man von dir kaum behaupten kann!«

Der Küster wurde ganz klein mit Hut, während sie ihm mit molligem Finger drohte. Er zog sich verängstigt zurück, bis er mit der speckigen Mütze an einen gleichmütigen Cherub stieß, der blicklos von der Kirchenwand herabschaute. Nelly Tilling zornentbrannt, das war ein furchterregender Anblick. Sie schien eins zu werden mit den ringsum tobenden, wütenden Elementen, und obwohl ihr Angriff ihn erschreckt hatte, verspürte Mr. Piggot widerwillig Bewunderung für ihren Schneid.

»Brauchst gar nicht so gemein zu werden«, erwiderte der Küster ungewohnt milde. Er rieb sich die Beule am Kopf und überdachte gleichzeitig die Lage.

Nelly Tilling hatte sich nach ihrem Ausbruch ein wenig beruhigt, sie stand an der Tür und prüfte das Wetter. Hinter ihren stämmigen Schultern erhaschte Mr. Piggot einen Blick auf das Wirtshausschild, das im Sturm ächzte und knarrte. Und schon hatte er wieder Durst.

»Na schön, wenn du kein Schlückchen willst, ich schon«, sagte er ungalant. »Mach's dir hier gemütlich, ich jedenfalls geh rüber. Heizen macht durstig, und ich hab auch nie damit angegeben, daß ich das Gelübde abgelegt hab!«

Er wollte sich an ihr vorbeischieben, doch die gute Frau drehte sich um, sah ihn an und vertrat ihm den Weg. Ihr roter Mund verzog sich zu einem verführerischen Lächeln, und Albert Piggot fand das beängstigend und bezaubernd zugleich.

»Ehem, laß mich –« fing er lahm an.

»Du, Albert, gegen eine gute Tasse Tee hätt ich nichts einzuwenden, wenn du mich zu dir einladen würdest. Na, wie wär's?«

Anscheinend konnte man Mr. Piggot die Angst vor der Neugier seiner Nachbarn von der besorgten Miene ablesen.

»Das wär an einem Tag wie heute nur gastfreundlich«, drängte Nelly Tilling. »Ich bleib auch nicht länger als ein, zwei Minütchen – nur solange es so gießt.«

Mr. Piggots Miene heiterte sich ein klein wenig auf, aber seine Mundwinkel hingen immer nach unten.

»Ich kann sowieso nicht lange bleiben«, fuhr Nelly einschmeichelnd fort. »Ich hab daheim einen Schafskopf am Köcheln.«

Mr. Piggot gestand sich ein verhaltenes Lächeln zu.

»Einen Schafskopf!« flüsterte er heiser. »Mein Gott, seit Molly geheiratet hat, hab ich keinen Bissen Schafskopf mehr gekriegt!« Seine wäßrigen alten Augen starrten ausdruckslos in die windige Ferne hinter Nellys Kopf.

Mrs. Tilling fröstelte heftig und nieste ungemein glaubwürdig.

»Ich hol mir noch eine Erkältung, wenn ich nicht bald was Warmes zu trinken bekomm«, sagte sie kläglich. Ihre dunklen Augen sahen den alten Schulkameraden mit flehendem Hundeblick an.

Dem erlag Mr. Piggot.

»Dann komm mit«, sagte er tapfer und öffnete das Portal. Ein gemeiner Windstoß verschlug ihnen den Atem, und der Regen tanzte wie Silbermünzen auf den alten Steinplatten des Weges.

»Zieh den Kopf ein, Nell, und dann nichts wie durch«, rief der Küster.

Mrs. Tilling war windzerzaust und außer Atem und daher dankbar für den Sessel, den Mr. Piggot ihr anbot.

»Ich räum ein bißchen auf«, sagte ihr Gastgeber und stopfte ein gutes Dutzend ungewaschene Socken hinter das schmuddelige Kissen. Mrs. Tilling sah seinem Tun mit gemischten Gefühlen zu, nahm aber vorsichtig auf der Sesselkante Platz.

»Mach's dir gemütlich«, sagte Mr. Piggot und reichte ihr einen veralteten Gemeindeboten. »Ich setz Wasser auf.«

Er verschwand in der kleinen Küche, die vom Wohnzimmer abging, und gleich darauf hörte Nelly den Wasserhahn laufen. Ihr Blick wanderte durch das unappetitliche Zimmer. Das Haus schreit ja geradezu nach einer weiblichen Hand, war der dramatische Gedanke der guten Frau.

Sie bemerkte die fettige Chenille-Tischdecke, die an den Tischkanten durchgewetzt war – Nellys Meinung nach ein sicheres Zeichen dafür, daß sich das Tischtuch monatelang nicht vom Fleck gerührt hatte. Ihr Blick wanderte zu dem toten Farn in seinem trockenen Topf, der Asche auf dem verrosteten Kaminrost, den Spinnwebgirlanden, die sich von den schmutzigen Vorhangleisten zu den Fotorahmen zogen, und blieb an der beängstigend dicken Staubschicht hängen, die sich auf die tristen Gegenstände auf der Anrichte gelegt hatte.

Der Kirchenkalender von St. Andrew's, den Mr. Piggot an die Wand über dem wackligen Kartentisch gehängt hatte, auf dem wiederum ein vorsintflutlicher Radioapparat prangte, war der einzige Lichtblick im Raum.

Allmählich legte sich ihr das Zimmer aufs Gemüt, und so erhob sie sich von dem sockenträchtigen Sessel (der wohl den Großteil des Miefs verströmte) und begab sich auf eine Besichtigung der Küche.

Neben dem Wasserkessel stand ein mißmutiger Mr. Piggot und wartete, daß das Wasser kochte. Typisch Mann, dachte sein Gast etwas gereizt, natürlich nutzt er die Zeit nicht, um sich Tassen und Untertassen, Milch und Zucker und so weiter zu holen, was doch auch alles gebraucht wurde. Haarscharf wie mein armer, alter George, dachte Nelly, und bei dem Gedanken an ihren verstorbenen Mann gab es ihr einen Stich. »Immer schön der Reihe nach«, hatte der sich immer wichtig getan, als ob das eine Tugend wäre. Und sie hatte spitz darauf hingewiesen, daß sie nicht mal ein Viertel ihrer Arbeit schaffen würde, wenn sie wie er Maulaffen feilhielte. Bis das Wasser kochte, konnte man den Tisch decken, Feuer anzünden und dabei noch das brutzelnde Frühstück im Auge behalten. Männer, dachte Mrs. Tilling, zu nichts zu gebrauchen!

Die Küche war noch dreckiger als das Wohnzimmer. Es roch muffig und säuerlich in dem schmuddeligen Raum. In der Ecke stand eine Untertasse auf dem Fußboden, auf der die Milch schon lange zu ungenießbarer Dickmilch mit blauem Schimmel geronnen war. Daneben lagen zwei ungemein tote Heringsköpfe. Das Ablaufbrett verschwand unter einem Berg von schmutzigem Geschirr, und beim Anblick von Albert Piggots Bratpfanne an der Wand drehte sich Mrs. Tilling der Magen um. In dem grauen Fett konnte man die Reste von mehr als einem Dutzend Mahlzeiten ausmachen: schwarze, verkohlte Zwiebelringe, versteinerte Schinkenrinde, filigranartige, braune Spiegeleierreste und jede Menge Überbleibsel von Tomaten, Würstchen, Steaks, Koteletts, Leber, Kartoffeln, Brot und Bohnen. Ein reiches Betätigungsfeld für jemanden, der Mr. Piggots Speiseplan des vergangenen Jahres erforschen wollte.

»Wo hast du denn die Tassen?« fragte Nelly Tilling, als sie wieder Luft bekam. Ihr Blick kehrte besorgt zu dem Berg auf dem Ablaufbrett zurück. Mr. Piggot schien ihre Bedenken zu spüren.

»Hab ein paar im anderen Zimmer, über der Kredenz«, sagte er. »Das gute Geschirr von meiner Seligen«, erläuterte er. »Hat Molly manchmal benutzt.«

»Die holst du, und ich mach den Tee«, sagte Mrs. Tilling bestimmt. »Ist das hier die Kanne?« Sie spähte in die trüben Tiefen des verbeulten Gegenstands auf dem Herd.

»Ja! Tee ist schon drin«, sagte Mr. Piggot und ging zur Kredenz.

Das Wasser kochte. Nelly schüttelte sich, goß aber tapfer Wasser auf die Teeblätter und tröstete sich mit dem Gedanken, daß kochendes Wasser alle Arten von Keimen tötet.

Fünf Minuten später setzte sie ihre leere Tasse ab und schenkte ihrem Gastgeber ein Lächeln.

»Das hat gut getan«, sagte sie ehrlich. »Geht mir auch schon viel besser. Aber jetzt muß ich rüber zu Doktor Lovell und meine Tabletten abholen.«

»Es gießt noch immer«, sagte Mr. Piggot. »Noch ein Täßchen?«

»Ich schenk ein«, sagte Nelly. »Reich mir deine Tasse rüber.«

»Ist nett, mal eingeschenkt zu bekommen«, bekannte Mr. Piggot. Unerklärlicherweise wurde ihm immer fröhlicher zumute, obwohl er auf sein gewohntes Bier verzichten mußte. »Was hier fehlt, ist die Frau im Haus.«

»Das kann man wohl sagen!« bestätigte Nelly aus vollem Herzen. »Und ein paar Liter heiße Seifenlauge! Wann ist deine Molly das letzte Mal hiergewesen?«

»Ist gut ein Jahr her. Sie kommt zu Weihnachten – sie und Ben und das Baby. Vielleicht macht sie ja ein bißchen sauber.«

»Du würdest dir dabei auch keinen Zacken aus der Krone brechen«, sagte Nelly unverblümt. »Aber als erstes tu die dicke Milch und den Fisch weg.«

»Die Katze hat tagelang nicht gefressen«, verwahrte sich ihr Gastgeber, denn ihre Kritik tat weh.

»Kann ich ihr nicht verdenken«, gab Nelly zurück. »In diesem Hundeloch hält es keine Katze aus.«

»Ich muß mich schließlich um meine Kirche kümmern«, sagte Mr. Piggot streitlustig. »Ich hab keine Zeit zum –«

»Wenn Molly zu Weihnachten in den Schweinestall hier kommt, kann sie mir von Herzen leid tun«, legte Mrs. Tilling noch eins drauf. »Und das Baby auch. Das holt sich noch was und stirbt dir unter den Händen weg.«

Sie schwieg und ließ ihre Worte einwirken. Mr. Piggot brummelte etwas Abfälliges in seinen Bart. Dabei ging es im wesentlichen um die Unleidlichkeit von Frauen, ihren Übereifer, ihren Putzfimmel und daß sie einen nie in Ruhe lassen konnten, doch er hütete sich, allzu laut zu sprechen.

»Weißt du was?« sagte Mrs. Tilling jetzt freundlicher. »Ich schau vor Weihnachten mal vorbei und helf dir beim Saubermachen. Was hältst du davon?«

Mr. Piggot überkamen erneut ungute Gefühle. Was würden die Nachbarn dazu sagen? Was heckte Nelly Tilling aus? Was würde aus seinem geruhsamen, bequemen Junggesellenleben, wenn er zuließ, daß die Frau da ihren Kopf durchsetzte?

Nelly las ihm die Gedanken der Reihe nach an der langen Nase ab. Nach einem Weilchen sah sie, daß seine Miene milder wurde und er nicht mehr so besorgt, sondern eher berechnend blickte, und da schlug ihr Herz ein wenig schneller.

»Schaden könnt es nicht«, sagte der alte Brummbär widerwillig. »Wär ein freundlicherer Empfang für Molly, was?«

»Stimmt«, bestätigte Mrs. Tilling, stand auf und wischte sich massenhaft klebrige Krümel vom Mantel. »Eine Hand wäscht die andere, und wir beide kennen uns so lange, daß wir uns als gute Nachbarn aushelfen sollten, meinst du nicht auch, Albert?«

Als sie dann zur Tür ging, war Mr. Piggot so benommen von ihrem herzlichen Lächeln, daß ihm die Worte fehlten.

Der Wind heulte, hob die schmutzigen Vorhänge und blies das Kirchenblättchen in die Ecke, als sie die Haustür aufmachte. Das lüftet die Bude ein bißchen durch, dachte Nelly, als sie in den Sturm hinaustrat.

»Und danke für den Tee, Albert. Ich schau mal wieder rein, wenn ich vorbeikomm«, rief die gute Frau und verschwand in dem Aufruhr der Elemente.

Mr. Piggot nickte stumm, knallte die Tür zu und atmete tief durch. Halb freute er sich, halb zürnte der in die Jahre gekommene Mann, aber weil er so aufgewühlt war, brauchte er um so dringender ein Bier.

»Weiber!« schnaubte Mr. Piggot und zog sich den nassen Regenmantel an. »Können einen einfach nicht in Ruhe lassen!«

Diesen Satz drehte und wendete er im Geist. Er hatte etwas an sich, daß sich Mr. Piggot jünger vorkam – wie ein Galan, ein Mordskerl, ein Mann, hinter dem sie noch immer her waren.

»Können einen einfach nicht in Ruhe lassen!« wiederholte Mr. Piggot laut. Er setzte die feuchte Mütze auf, dieses Mal jedoch ungewohnt forsch und keck, und strebte wiegenden Schrittes seinem sicheren Hafen nebenan zu.

»Weißt du was«, sagte Dimity Dean, als sie von den Silberkörbchen aufblickte, die sie für die abendliche Festlichkeit putzte, »gerade ist Nelly Tilling aus Piggots Haus gekommen.«

»Nelly Tilling?« wiederholte Ella und blickte von der unordentlichen Zigarette hoch, die sie sich gerade drehte. »Wer ist denn das?«

»Du weißt doch«, sagte Dimity etwas ungeduldig. »Die fette Witwe, die angeblich auf der Suche nach einem zweiten Ehemann ist!«

»Hm!« knurrte Ella. »Den alten Piggot kann sie gern haben!«

6. Halloween

Ella und Dimity erwarteten ihre Gäste um halb sieben. Beide Damen hatten sich in Schale geworfen, trugen Kleider, die seit einem Jahrzehnt in Thrush Green und Lulling als ihre Cocktailkleider bekannt waren, und beide dufteten nach ihrem kürzlichen Bad, Dimity nach Lavendel und Ella nach Wright's Teerseife.

Dimitys graues Crêpekleid hatte einen halsfernen Rollkragen, die große Mode gleich nach dem Krieg, und einen bauschigen Rock, unter dem eine Frau mit etwas mehr Chic einen steifen Petticoat getragen hätte. Über Dimitys schmalem Unterrock jedoch hing der gekrauste Stoff schlapp herunter und endete in einem zipfeligen Saum, an dem eindeutig die Reinigung und nicht die Schneiderin schuld war. Die zerdrückte, beigefarbene Rose in der Taille war ein vergeblicher Versuch, dem Ganzen etwas mehr Pfiff zu geben.

Ella wirkte in ihrem schlichten, schwarzen Wollkleid, dessen einziger Schmuck aus Zigarettenasche auf dem Oberteil bestand, erstaunlich elegant. Sie hatte die gewohnten Treter ausgezogen, und ihre Füße sahen in den schwarzen, gut geschnittenen Wildlederschuhen mit dem niedrigen Absatz bemerkenswert schmal aus und bewiesen, daß Ella trotz ihrer sonstigen Korpulenz noch immer attraktive Fesseln vorzuweisen hatte.

Das Feuer knisterte und loderte einladend, es roch lieblich nach brennendem Apfelholz. Auf dem Kaminsims leuchtete der goldene Kürbis, sein groteskes Gesicht strahlte zum Empfang. Ella zählte flink die Flaschen durch und betätigte sich mit Flaschenöffner, Zitronen und Gläsern, während Dimity hin- und herwuselte und Schälchen mit gesalzenen Nüssen und anderen Leckereien erst hierhin, dann dorthin stellte und besorgt die Wirkung überprüfte.

»Alles, was ich will«, sagte Ella und blinzelte durch den Zigarettenrauch, der ihr in die Augen stieg, zu ihrer Gefährtin hinüber, »ist ein Schüsselchen Oliven ganz für mich allein, hinter den Azaleen. Ich habe den jungen Lovell auf Partys erwischt, wie er sie nur so reingeschaufelt hat. Bis endlich alle zu trinken haben, ist nichts mehr übrig«, sagte die Gastgeberin, ohne ein Blatt vor den Mund zu nehmen.

»Aber liebe Ella«, protestierte Dimity. »Ich kann mir nicht vorstellen, daß er sich so benimmt! Er ist ein sehr wohlerzogener junger Mann.« Doch sie gehorchte und stellte ein Schüsselchen mit Oliven in Ellas Nähe hinter die Azalee, und die griff sich gleich drei, warf sie in den Mund, als wären es Tabletten, und kaute genüßlich.

»Wetten wir um einen Sixpence in das Tierschutz-Schweinchen, daß Dotty als erste aufkreuzt«, sagte Ella mit vollem Mund.

»Natürlich ist sie die erste«, sagte Dimity. »Darauf zu wetten lohnt nicht.« »Außerdem«, sagte sie nachdenklich, »weiß ich nicht so recht, ob man überhaupt wetten sollte. Erst gestern hat der Pfarrer gesagt, daß das Wettfieber immer mehr zunimmt.«

»Ach herrje, hat der ein sonniges Gemüt«, rief Ella und wischte sich die olivenfeuchten Hände am Rock ab. »Was tut er wohl seiner Meinung nach, wenn er zugunsten der Orgel eine Tombola veranstaltet?«

»Das läßt sich doch gar nicht vergleichen –« wollte Dimity entrüstet dagegenhalten, doch da läutete es, und beide Damen eilten ihrem ersten Gast entgegen. Wie schon vermutet war es ihre alte Freundin Dotty Harmer im wohlbekannten Seehundjäckchen. Dieses archaische Kleidungsstück hatte ihrer Mutter gehört und besaß mit seiner betonten Taille und den angedeuteten Keulenärmeln den Charme längst vergangener Zeiten.

»Immer hereinspazieren«, rief Ella zur Begrüßung und riß die Tür so stürmisch auf, daß das Haus erzitterte.

»Laß mich eben meine Überschuhe auf dem Tritt ausziehen«, sagte Dotty und bückte sich. »Nach dem vielen Regen ist mein Fußweg völlig aufgeweicht. Was für ein Wetter – was für ein Wetter!«

»Du kommst rein«, sagte Ella etwas herrisch. »Bei dem Wind holen wir uns in unseren dünnen Fähnchen noch sonst was. Und der Kamin fängt auch an zu qualmen.«

Dem konnte sich Dotty nicht verschließen, sie schob sich also auf die kleine Diele, die Haustür wurde zugemacht, die Windsbraut ausgeschlossen.

»Meine neuen Überschuhe«, verkündete Dotty stolz. »Die ziehe ich über die Schuhe, so, und dann trete ich einfach aus ihnen heraus und schleppe niemandem Dreck auf den Teppich.« Ihr knittriges altes Gesicht wurde vor Aufregung ganz rosig, sie freute sich so aufrichtig wie ein sechsjähriges Kind.

»Wirklich sehr vernünftig«, sagte Dimity freundlich und sah zu, wie ihre Freundin vergebens an einem Überschuh zerrte. Die stand dabei auf einem Bein und geriet gefährlich ins Schwanken. »Soll ich dir helfen?«

»Ich setze mich nur eben auf die Treppe«, sagte Dotty. »Sie sind noch ein bißchen steif.«

»Komm rein«, beschwor Ella sie und rieb sich die kalten Hände. Sie konnte sich bereits ausmalen, wie Dotty auf der Treppe allen im Wege war, da sie noch ein Weilchen ächzend und keuchend mit ihren infernalischen Überschuhen kämpfen würde. »Oder geh nach oben ins Schlafzimmer.«

»Aber genau das ist nicht der Sinn der Sache«, protestierte Dotty. »Es dauert nur einen Augenblick.«

»Laß mich –« begann Dimity, aber Dotty winkte ab.

»Nein, nein, nein! Sie sind nur neu«, schnaufte sie und schlug ein dünnes Bein über das andere und spiegelte dabei eine beängstigende Fülle von Untergewändern in der Glastür. Also wirklich, dachte Ella gereizt, sie treibt die Wunderlichkeit auf die Spitze. Gleich sind die anderen da – auch der Neue –, und den vergrault uns die alte Dotty für allezeit, wenn er sie in ihrem Seehundsfell und mit dem Überschuh am Ohr erblickt. Sie ärgerte sich, und es zog auf der kleinen Diele, doch da hatte sie eine Eingebung.

»Zieh das Ganze in einem Rutsch aus, Dotty, Schuhe und alles. Und dann holst du deine Schuhe raus.«

Die beiden anderen Damen blickten sie voller Hochachtung an. Dotty gehorchte, zog ihre Schuhe heraus und ließ sich das Seehundjäckchen abnehmen. Da stand sie nun im ziegelfarbenen Kleid und mit der Korallenkette, deren zarte Farbschattierungen die Nachbarn seit jeher entzückt hatten.

»Hilfe, meine Jacke!« jammerte Dotty, als sie ins Wohnzimmer gebeten wurde. »Ich habe euch Quittenmarmelade mitgebracht. Die ist in der Jackentasche.«

»Wie nett«, sagte Dimity. »Ich bringe sie sofort in die Küche.« Sie flatterte davon und ließ Dotty Zeit, die Verwandlung ihres Kürbisses zu bestaunen.

Jetzt strömten die Gäste in Scharen ins Haus, und das kleine Wohnzimmer war voller Geplauder und Gelächter. Alle Anwesenden kannten sich seit Jahren, und der Großteil hatte sich bereits tagsüber getroffen, während man seinen Alltagsgeschäften nachging. Harold Shoosmith war noch nicht da, und Ella überlegte schon, ob er sie vergessen hätte, während sie mit einem vollbeladenen Getränketablett durchs Zimmer ging.

Die kleine Uhr auf dem Kaminsims schlug sieben, als die Türglocke läutete, und Ella und Dimity reagierten sofort darauf.

Harold Shoosmith trat mit einem Windstoß und einem Schwall Entschuldigungen ein. Das Telefon hatte geläutet, als er gerade im Aufbruch war – ein Ferngespräch – eine alte Freundin in Nöten – unterwegs nach Norden, die Windschutzscheibe gesplittert – wollte vielleicht später noch einmal anrufen. Die Worte purzelten heraus, während Ella ihm Mantel und Schal abnahm. So dauerte es etwas, bis sie ihn mit Dimity bekannt machen konnte, die diesem gutaussehenden – und alleinstehenden – Mann, den sie wahr und wahrhaftig unter ihrem Dach hatten, errötend und erwartungsvoll entgegenblickte.

Harold Shoosmith schenkte Dimity ein Lächeln, bei dem ihr das Herz aufging, murmelte ein paar höfliche Worte, folgte seiner Gastgeberin ins Wohnzimmer und fuhr sich dabei übers weiße Haar, das der Wind ihm unterwegs zerzaust hatte. Sein dunkler Anzug war untadelig geschnitten, sein Schlips gediegen gestreift, was eine Schule, eine Universität oder ein Regiment allererster Güte auswies, da waren sich die beiden Damen ganz sicher. Sie waren stolz auf ihren kultivierten Gast, als sie ihn mit ihren Freunden bekannt machten. Dimity bedauerte zum ersten Mal, daß sich die Männer von Thrush Green mit ihrer Kleidung nicht ebensoviel Mühe gaben. Ja, der junge Doktor Lovell, das merkte sie erst jetzt, trug doch wahrhaftig ein Jackett mit Hahnentrittmuster und Lederflicken auf den Ärmeln! Aber, schalt sie sich hastig, vielleicht kommt er direkt von einem Krankenbett. Man mußte Nachsicht üben.

Der Neue wurde bei einem Gin mit Tonic schon bald warm und vertiefte sich in eine Unterhaltung mit Doktor Bailey und dem Pfarrer. Und dann gesellten sich auch noch Doktor Lovell und sein Schwager Edward Young, der einheimische Architekt, zu der Gruppe, und Ella stellte etwas enttäuscht fest, daß sie wie gewohnt wieder einmal ländlich bunte Reihe hatten, das heißt, jedes Geschlecht blieb für sich.

Sie schob sich zum weiblichen Lager durch und schenkte Violet Lovelock nach. Die drei Lovelock-Schwestern hatten sich auf die niedrige Fensterbank gesetzt, wackelten mit dem silbrigen Kopf und hatten, wie Ella bemerkte, vollkommen leere Gläser.

Die drei Damen, alle in den Siebzigern, bewohnten an Lullings High Street ein Puppenhaus im georgianischen Stil. Dort waren sie geboren worden, ein adrettes Kinderfräulein hatte ihre Weidenkörbchen die flachen Stufen hinuntergerumpelt, junge Männer hatten sich eingestellt, aber keine der drei hochgewachsenen Schwestern hatte das Haus als Braut verlassen. Sie lebten recht einträchtig zusammen, beschäftigten sich mit guten Werken und den Angelegenheiten ihrer Nachbarn und sammelten mit skrupellosem Feuereifer, der im Umkreis von Meilen Legende war, *objets d'art* für ihr übervolles Schmuckkästchen.

So manche Gastgeberin war einen Porzellankrug oder einen ausnehmend entzückenden Briefbeschwerer los, wenn die Lovelock-Schwestern aufstanden und gingen, denn sie hatten es in der Kunst des einschmeichelnden Bettelns zur Vollendung gebracht. Sie klagten ständig über ihre Armut, obwohl sie in guten Verhältnissen lebten, daher war man in Lulling und Thrush Green auf der Hut vor ihnen. Die Geschichten über die Heldentaten der Lovelocks machten die Runde.

Eine handelte von dem Angebot, sich während der Abwesenheit der Besitzerin um deren Garten zu kümmern, in dem diese bei ihrer Rückkehr kein einziges Stück reifes Obst und Gemüse mehr vorfand. »Es hat uns ins Herz geschnitten, diese Verschwendung mit ansehen zu müssen. Wir wußten, du würdest es gern sehen, wenn wir zugreifen, und es wächst ja auch alles nach. Wir müssen dir ein Glas Himbeeren abgeben – einfach köstlich.«

Auf Nachbarn, die so unvorsichtig waren, den Lovelocks während ihrer Abwesenheit ihre Hühner anzuvertrauen, warteten bei ihrer Rückkunft nur selten Eier, und in einigen Fällen war ein besonders fettes Huhn eingegangen. »Es tut uns ja so leid! Das arme, liebe Ding lag auf dem Rücken, streckte alle viere von sich und machte einen so schrecklich erbarmungswürdigen Eindruck! Wir haben es in unserem Garten vergraben, du solltest dich doch nicht aufregen.«

Die Damen schenkten Ella ein liebenswürdiges Lächeln, als diese ihre Gläser nahm. Alle drei tranken Whisky, der nur wenig mit Sodawasser getauft war, und das in einer Schnelligkeit, die ihre Freunde schon lange nicht mehr erschreckte. Ella bemerkte mit einiger Sorge, daß sie das Silberkörbchen fixierten, das Dimity herumreichte.

»Magst du gesalzene Nüsse, Bertha?« fragte Dimity ängstlich die jüngste Miss Lovelock. Bertha, Ada und Violet griffen mit Klauenhänden zierlich nach ein, zwei Nüssen. Ihr prüfender Blick hing an der glänzenden Silberschale.

»Was für ein entzückendes Körbchen!« murmelte Violet.

»Wir haben zu Hause das Gegenstück«, sagte Ada zuckersüß. »Ein Pärchen macht sich immer besser, finde ich.«

»Ja, wir sollten Dimity bitten, Mitleid mit unserem armen, einsamen Schälchen daheim zu haben!« zirpte Bertha und lachte leise.

Ella fuhr barsch, aber gutmütig dazwischen.

»Bringt lieber eure einsame Schale hierher! Wir haben noch ein paar, die ihr Gesellschaft leisten können, stimmt's, Dim?«

Die drei Schwestern zwitscherten höflich und stärkten sich mit Whisky, während Dimity ihrer Beschützerin einen dankbaren Blick zuwarf und sich zu der jungen Mrs. Lovell flüchtete, das Silberkörbchen ihrer Mutter an die beigefarbene Seidenrose gedrückt.

Ruth Lovell war ihr ganz besonderer Liebling. Dimity hatte sie schon als Kind gekannt und sich mit ganz Thrush Green gefreut, als sie vor einem Jahr Doktor Lovell heiratete.

Ruth sah jung und blühend aus. Dimity entsann sich noch, wie mitgenommen und bedrückt sie vor ein paar Jahren gewirkt hatte, als jemand das arme Mädchen grausam sitzengelassen hatte. Sie wollte bei ihrer Schwester Joan Young wieder zu sich finden und hatte sich bald darauf mit Doktor Baileys neuem jungen Partner getröstet.

»Wir beiden haben uns lange nicht gesehen«, sagte Dimity und setzte sich neben die junge Frau. »Und wie hübsch Sie in dieser rosa Bluse aussehen! Mir gefällt die Art, wie ihr jungen Dinger die Blusen lose über Röcken oder Hosen tragt. Wirklich, überaus kleidsam. Offen gestanden, Sie haben etwas zugenommen, liebe Ruth, aber es steht Ihnen.« Sie tätschelte Ruth aufmunternd das Knie.

»Das war wohl zu erwarten, Dimity«, erwiderte Ruth lächelnd. »Sie wissen doch, daß wir zu Weihnachten ein Baby erwarten. Darum habe ich auch diesen bauschigen Kittel an. Mir paßt rein gar nichts mehr!«

Dimity machte große Augen und errötete vor Freude und Verlegenheit.

»Wie mich das freut, liebe Ruth! Nicht zu fassen, aber ich habe kein Sterbenswörtchen gehört. Das gibt es doch nicht. Hoffentlich haben die Männer meine gedankenlose Bemerkung nicht mitbekommen.« Sie blickte besorgt zu den Männern hinüber, die in einer bläulichen Tabakwolke zusammenstanden und sehr viel Lärm machten.

»Keine Bange«, sagte Ruth. »Die sind viel zu vertieft. Aber Sie müssen mir versprechen, daß Sie sich mein Baby als allererste ansehen. Über ihren Besuch würde ich mich besonders freuen.«

Dimity nickte entzückt, warf ihr einen Verschwörerblick zu und trat zu den Männern, um bei ihnen nach dem Rechten zu sehen.

»Das war einer der Gründe, warum ich mir Thrush Green als Wohnort ausgesucht habe«, sagte Harold Shoosmith gerade. »Ich hege die allergrößte Hochachtung für Nathaniel Patten, und als man mir in seinem Geburtsort ein Haus zum Kauf angeboten hat, konnte ich einfach nicht widerstehen.«

»Ein prächtiger Mensch«, schloß sich ihm der Pfarrer an. Die runden, blauen Augen in dem Pausbackengesicht blickten zu dem hochgewachsenen neuen Gemeindemitglied hoch. Der Pfarrer von Thrush Green hatte eine auffallende Ähnlichkeit mit den Cherubim, die seine Kirche schmückten, und war in seinem Wesen genauso kindhaft und unschuldig wie sie. Seine lautere Demut und Herzensgüte waren ungeheuchelt. Dazu strahlte er vom glänzenden, kahlen Scheitel bis zur Sohle seiner kleinen, schwarzen Schuhe einen Frohsinn aus, der jedermann entwaffnete. Thrush Green war zu Recht stolz auf Pfarrer Charles Henstock und blickte liebevoll hinter ihm her, wenn er rundlich und klein durch seine Pfarrei pilgerte.

»Sie wissen natürlich«, sagte Harold Shoosmith an die ganze Runde gerichtet, »daß wir kommenden März den hundertsten Geburtstag von Nathaniel feiern.«

»Ich nicht«, bekannte Edward Young ehrlich.

»Ich auch nicht«, sagte Doktor Lovell. »Wer war der alte Knabe überhaupt?«

»Aber, aber«, rügte ihn der alte Doktor Bailey lachend. »Nathaniel Patten ist doch allseits bekannt. Er war mit Leidenschaft Missionar, stimmt's?« wandte er sich an Harold Shoosmith.

»Ja, das stimmt«, sagte dieser. »Er hat in der Stadt, in der ich in Übersee gearbeitet habe, eine ausgezeichnete Missionsstation gegründet. Dort schmiedete man schon große Pläne für alle möglichen Festlichkeiten im März. Zur Feier seines Geburtstags hofft man, einen neuen Trakt an das Krankenhaus anbauen zu können.«

»Wirklich, wir sollten auch etwas tun«, sagte der Pfarrer und legte die Stirn in Falten. »Ich muß gestehen, daß ich nicht gebührend darüber nachgedacht habe, obwohl ich wirklich vorhatte, diesen Monat einen kurzen Artikel für den Gemeindeboten zu verfassen.«

»Er war ein staunenswert guter Mensch«, sagte Harold Shoosmith. »Es wäre doch schade, wenn sein Geburtstag ausgerechnet an seinem Geburtsort unbemerkt vorbeiginge. Anderswo geschieht das nicht, das können Sie mir glauben.«

»Wie wäre es, wenn wir eine kleine Gedenktafel anbrächten«, schlug Edward Young vor. »In der Kirche oder vielleicht an seinem Haus.« Er wirkte plötzlich nachdenklich. »Falls noch jemand weiß, in welchem Haus er geboren wurde«, setzte er unsicher hinzu.

»Wahrscheinlich in einem Häuschen neben den *Zwei Fasanen*, sagte Harold Shoosmith. »Wohnt in einem davon nicht der Küster?«

»So ist es«, sagte der Pfarrer. »Ich muß mehr über Nathaniel Patten herausbekommen. Es ist eine Schande, wie wenig wir über den bedeutendsten Sohn von Thrush Green wissen.«

»Ich habe einiges über ihn zusammengetragen«, sagte der Neue. »Sie können jederzeit vorbeikommen und sich alles abholen. Ich halte es für eine ausgezeichnete Idee, Thrush Green daran zu erinnern, wie angesehen Nathaniel in der übrigen Welt ist. Und es wäre mir eine große Freude, wenn ich etwas zu seiner Geburtstagsfeier beitragen könnte.«

Der Pfarrer bedankte sich bei ihm und versprach, ihn zu besuchen. Edward Young überlegte, ob Piggots Häuschen überhaupt noch einer Leiter standhielt, falls man an den altehrwürdigen Mauern eine Gedenktafel anbringen wollte. Doktor Lovell machte sich in Gedanken einen Knoten ins

Taschentuch, seine Frau zu fragen, ob sie schon mal von diesem alten Missionsknaben gehört hätte, der auf Harold Shoosmith einen so tiefen Eindruck machte. Doktor Bailey ließ die Gedanken zu seinen ersten Jahren in Thrush Green zurückwandern und versuchte sich zu erinnern, ob Nathaniel Pattens Tochter zu seinen Patienten gehört hatte, und wenn ja, wie sie nach ihrer Hochzeit geheißen hatte, doch vergebens. Ich muß Winnie fragen, sagte er bei sich, wenn wir wieder zu Hause sind.

Inzwischen ergriff Dimity, die sich am Rande der Gruppe aufgehalten und zugehört hatte, die Gelegenheit, die Gläser der Männer einzusammeln.

»Ein ganz reizendes Zimmer«, sagte Harold Shoosmith, nahm ihr das Tablett ab und trug es zu Ella hinüber. »Und der unterhaltsamste Abend seit meiner Ankunft in Thrush Green.«

Auf einmal knisterte das Feuer für Dimity fröhlicher, der Kürbis strahlte leuchtender, und die Gläser klirrten und funkelten doppelt so hell. Eine Party, wie sie im Buche steht, sagte sie im stillen und war auf einmal blendender Laune. Soll der Wind ruhig draußen heulen, soll der Regen gegen die Fensterscheiben prasseln! Wir hier drinnen haben es warm und gemütlich und können uns freuen, daß wir alte Freunde haben und daß neue dazugekommen sind.

7. Der Neue gewöhnt sich ein

Wie alle, die aufs Land ziehen, stellte auch Harold Shoosmith recht bald fest, daß er ständig zu tun hatte. Während der Jahre seiner Berufstätigkeit im Ausland hatte er gelegentlich von seinem Ruhestand in England und dessen beschaulichen Freuden geträumt. Er hatte sich ausgemalt, wie er in einem englischen Garten herumwerkelte und sich mit einem aufgeschlossenen, hart arbeitenden Gärtner über den Standort neuer Rosenbeete oder das Anlegen eines Obstgartens oder über den besten Platz für die Spalierbirnen an der Südmauer unterhielt. Er spielte mit der Idee, Porzellan zu sammeln – eventuell die niedlichen Häuschen, in denen man Räucherkegel verbrannte und für die er seit jeher eine große Schwäche hatte –, und in seinen rosigsten Träumen wandelte er in seinem Salon entrückt zwischen gut abgestaubten Regalen, die seine Schätze beherbergten.

Er freute sich darauf, ein bescheidenes gesellschaftliches Leben zu führen: einfache Abendessen für Freunde oder vielleicht eine Einladung zum Tee für die, welche Kinder hatten. Ihm war natürlich klar, daß es schwierig werden könnte, eine Haushaltshilfe aufzutreiben, doch in seinen Vorstellungen hatte es im Hintergrund immer einen tüchtigen, aber selbstlosen Dienstboten gegeben.

Wie er dem Pfarrer erzählt hatte, war seine Bewunderung für Nathaniel Patten ausschlaggebend gewesen, sich in Thrush Green niederzulassen. Denn als er sich allmählich Sorgen wegen eines passenden Hauses für den Ruhestand zu machen begann, war er zufällig in der Zeitung auf eine Anzeige gestoßen, in der das Eckhaus zum Verkauf angeboten wurde. Die Sache war schnell geregelt, endlich schienen seine Träume in Erfüllung zu gehen.

Die Wirklichkeit war ein Schock. Der Garten, der bei seiner Ankunft schrecklich verwildert war, sah aus, als ob alle Hilfe, die Harold Shoosmith möglicherweise fand, daran nichts mehr ändern könnte. Er hatte nichts gegen Graben, Unkrautjäten, Hacken und Beschneiden, wußte jedoch, daß die hier anstehende Arbeit weit über seine Kräfte ging, und außerdem brauchte er den Rat von Einheimischen hinsichtlich Bodenbeschaffenheit, Entwässerung und eine verläßliche Quelle für Pflanzen, Büsche und Gartenbedarf wie Dünger, Mulch und so weiter. Eine Anzeige in der Heimatzeitung erbrachte zwei Antworten. Eine von einer Frau mittleren Alters in Reithosen mit metallisch gelbem Haar, in dem ein breiter, dunkler Scheitel prangte und deren Äußeres Mr. Shoosmith derart verschreckte, daß er ihre Bewerbung gar nicht erst in Betracht zog. Er griff diplomatisch zu einer frommen Lüge und sagte, die Stelle wäre bereits vergeben, und hatte später jedesmal ein schlechtes Gewissen, wenn er ihr auf Cocktailpartys begegnete. Der zweite Bewerber war alt und zittrig, hatte rote Triefaugen und konnte sich selbst kaum auf den Beinen, geschweige denn ein Gartenwerkzeug halten, nicht einmal das leichteste.

Eifriges Herumfragen bei seinen Nachbarn in Thrush Green und Lulling führte auch zu nichts, und am Ende dämmerte es Harold Shoosmith, daß er sich glücklich preisen konnte, wenn der alte Gauner Piggot sich dazu herabließ, ein, zwei Stunden auszuhelfen, weil er sich ein paar Mark extra für Bier verdienen wollte.

Was eine Haushaltshilfe anging, so war auch die praktisch nicht aufzutreiben. Anstatt der Perle, der ergebenen Köchin, die er hatte einstellen wollen – erstklassige Arbeitszeugnisse natürlich vorausgesetzt – bekam er Betty Bell, und er wußte, daß er mit ihr das große Los gezogen hatte, obwohl sie nicht gerade die Ordentlichste war. Er war ein vernünftiger Mann, der ziemlich schnell merkte, daß er sich allerhand Flausen in den Kopf gesetzt hatte, und so schickte er sich ungemein heiter in seinen jetzigen Lebensstil, gewann die redselige Betty Bell lieb und fand sich damit ab, daß jedwede ins Auge gefaßte Sammlung unter anheimelnden Staubschichten verschwinden würde, es sei denn, er raffte sich selbst zum Staubwischen auf.

Und was die Räucherhäuschen anging, die er auf Reisen für einen Spottpreis hatte erstehen wollen, so platzte auch dieser Traum. Er mußte feststellen, daß selbst ein kleines, das ihm gefiel, über seine Verhältnisse ging. Und auch seine Pläne für einfache Abendessen mit zwei, drei gut gekochten Gängen verflüchtigten sich, und er gab sich damit zufrieden, seinen Nachbarn, wie in Thrush Green üblich, eine Zigarette und etwas zu trinken anzubieten.

Ein Großteil seiner Zeit ging für kleinere häusliche Tätigkeiten drauf, für die er jedoch von Natur aus eine Hand hatte. Er hackte Feuerholz, trug Kohlen ins Haus, fegte die Wege, strich Gartentore und Zäune und war äußerst emsig. Gegen Abend war er dann oft ziemlich müde und bereits um zehn Uhr bettreif. Zwar hatte das Leben in Englands ländlicher, tiefster Provinz nicht mehr die Gemächlichkeit des 19. Jahrhunderts wie in seinen Träumen, war aber trotzdem sehr angenehm, und so sah Harold Shoosmith den Jahren seines Ruhestands zufrieden entgegen.

Es war einfach atemberaubend, wie viele dörfliche Aktivitäten, mit denen man während seiner ersten Wochen im Eckhaus an ihn herantrat, seiner Unterstützung bedurften. In Thrush Green und Lulling gab es Pfadfinderinnen, Pfadfinder, Wichtel, Wölflinge, einen Bibelkreis, eine kirchliche Jugendgruppe, eine Müttergruppe, einen Frauenkreis und zahllose Funktionen in den verschiedenen Sportvereinen.

Und so schenkte er drei kleinen Wichteln mit Handwagen Kleidung für ihren Flohmarkt, lieh den Pfadfindern seine Leiter, damit sie das Dach ihres Versammlungsraums reparieren konnten, und spendete verschiedenen trefflichen Menschen, die mit der Sammelbüchse bei ihm klingelten, eine halbe Krone. Einmal wurde er so unter Druck gesetzt, daß er sogar den frischgebackenen Schokoladenkuchen herausrückte, den er, wie ihm Betty Bell versicherte, als Beitrag für das Kindergottesdienstfest versprochen hatte.

Aber das war noch nicht alles. Der Pfarrer, Doktor Lovell und andere Einwohner drängten ihn, dem Vorstand von mindestens einem Dutzend einheimischer Gruppierungen beizutreten. Die Bitten waren so dringlich, daß sich Harold Shoosmith fragte, wie man es überhaupt so viele Jahre ohne ihn geschafft hatte. Am dringendsten benötigte man ihn anscheinend im Thrush-Green-Vergnügungsausschuß, der, wie der Pfarrer feierlich sagte, »frisches Blut« brauchte.

Er hatte Mr. Shoosmith eines regnerischen Novemberabends aufgesucht und kam in der früh einsetzenden Dunkelheit durch die Pfützen der frisch gekiesten Auffahrt geplatscht.

Den leuchtenden Oktobertagen war eine Reihe trüber Novembertage gefolgt. Es goß stundenlang, der Dorfplatz verwandelte sich in einen Sumpf, und aus den Regenrinnen gurgelten wahre Sturzbäche. Gummistiefel und Regenmäntel gehörten zur tagtäglichen Kleidung, wer auf dem Feld arbeitete wurde naß bis aufs Hemd, und in der Dorfschule dampfte jeden Morgen eine Reihe feuchter Handschuhe auf dem Kamingitter vor sich hin. Gärtner standen am Fenster und ärgerten sich schwarz, daß sie nicht in den Garten konnten. Der schwere Boden der Cotswolds war derart lehmig und schwer, daß man ihn nicht umgraben konnte. Die letzten Blumen lagen verregnet auf der morastigen Erde, und die Kühe auf der Wiese standen geduldig mit dem Rücken gegen Regen und Wind, während ihnen das Wasser unablässig vom glänzenden Fell troff. Und es rann so stetig von den Reetdächern der ein, zwei Cottages in Thrush Green, daß die Steine darunter so saubergewaschen wurden wie Kiesel in einem Forellengewässer. Alle waren mit den Nerven am Ende, während ein nasser Tag auf den anderen folgte und die Wäsche am Kamin getrocknet werden mußte. Die Frauen wußten nicht mehr, woher sie noch trockene Kleidung nehmen sollten, und die Fenster waren Tag und Nacht beschlagen.

»Ein Hundewetter«, sagte Harold Shoosmith und bot seinem Freund einen Platz am Kamin an. Er bemerkte die durchnäßten Schuhe des Pfarrers, die bei jedem Schritt quatschten. Sie mußten dringend besohlt werden. Der Knabe braucht jemanden, der sich um ihn kümmert, dachte Harold Shoosmith.

»Soll ich Ihnen Hausschuhe holen? Dann können Ihre Schuhe trocknen, solange Sie hier sind.«

Das cherubinische Gesicht des Pfarrers lief rosig an, er blickte bekümmert.

»Hoffentlich habe ich Ihnen nicht den Teppich dreckig gemacht. Ich habe nicht daran gedacht, wie matschig es draußen ist.«

Sein Freund beruhigte ihn, konnte ihn aber nicht überreden, sich von seiner skandalösen Fußbekleidung zu trennen, die im Flammenschein sacht vor sich hin dampfte. Der Pfarrer machte es sich in seinem Ledersessel gemütlich und blickte sich wohlgefällig um.

»Sie haben es ungewöhnlich behaglich«, meinte er. Man

konnte Betty Bells hausfrauliche Bemühungen an dem glänzenden Kupferkessel vor dem Kamin und den auf dem Sideboard gegenüber aufgereihten Silberbechern ablesen, das alles spiegelte nur so. Harold Shoosmith hatte in jüngeren Jahren Sport getrieben, und auch das verband die beiden Männer, denn Mr. Henstock war einst für seine Universität als Steuermann im Achter gestartet, doch damals hatte er auch nur knapp hundert Pfund gewogen.

Harold Shoosmiths gemütliches Heim und der freundliche Empfang versetzten ihn in ausnehmend gute Laune. Pfarrer Charles Henstock war nämlich viel einsamer, als er sich eingestand. Seine Frau war vor ein paar Jahren gestorben, und er hatte den Verlust sehr tapfer getragen. Dabei war ihm sein Glaube der größte Trost, denn er lebte in der Gewißheit, daß er sie wiedersehen würde, kaum daß er diese Welt verlassen hatte. Die Zuneigung und Freundlichkeit seiner Schäflein erstaunte ihn stets aufs neue. Der Gedanke, daß es seine eigene lautere Aufrichtigkeit, Bescheidenheit und Güte waren, die ihm die Achtung seiner Nachbarn eingetragen hatte, kam ihm nie in den Sinn. Er war in allen Häusern der Gemeinde ein wohl gelittener Gast, mochte aber nie lange bleiben. Väter kamen von der Arbeit, Kinder von der Schule, Hausfrauen vom Einkaufen. Daher fand er, der Unbeweibte und Kinderlose, großen Gefallen an der Gesellschaft des Neuen. Sie waren ungefähr gleich alt, mochten die gleichen Dinge und hatten viel Zeit für sich. So kam es ganz von selbst, daß der Pfarrer immer häufiger im Eckhaus vorbeischaute. Und Harold Shoosmith seinerseits gewann den Pfarrer mit jedem Mal lieber.

»Ich habe mir Gedanken über das Denkmal für Nathaniel Patten gemacht«, sagte der Pfarrer und wärmte die Hände am Feuer. »Das Thema wurde auf der letzten Sitzung des Vergnügungsausschusses angeschnitten.«

»Wieso ausgerechnet da?« fragte Harold sehr erheitert.

»Wir beredeten gerade die Vorbereitungen für das nächste Fell-und-Feder –« setzte der Pfarrer ernst an.

»Fell-und-Feder?« platzte sein Freund heraus, ließ vom

Feuer ab, in dem er herumgestochert hatte, und blickte auf. »Was ist denn das? Ein Pub?«

»Nein, nein! Das Fell-und-Feder-Whistturnier, um genau zu sein«, erläuterte der Pfarrer. »Es findet jedes Jahr zur Adventszeit in der Schule statt.«

»Aber warum Fell-und-Feder?« beharrte der Weitgereiste. »Woher kommt der Name?«

Der Pfarrer erklärte ihm geduldig, daß die Preise für dieses ganz besondere Whistturnier aus Geflügel und Wild bestünden. Die Stirn seines Freundes glättete sich.

»Ach so. Danke. Aber wie hängt das wiederum mit Nathaniel zusammen?«

»Na ja, Sie kennen doch Versammlungen auf dem Dorf – da wird über alles und jedes geredet, nur nicht über die Punkte auf der Tagesordnung. Was mir bei der Gemeindearbeit sehr zugute kommt. Ich höre, wer krank oder in Not ist und so weiter. Aus diesem Grund muß ein Gemeindepfarrer in vielen Ausschüssen sein. Ich wüßte wirklich nicht, was ich ohne sie anfinge.«

«Die Idee findet also Anklang?«

»O ja. Im großen und ganzen neigt man mehr zu einem richtigen Denkmal. Ich habe eine Bank auf dem Dorfplatz vorgeschlagen, aber die meisten finden anscheinend, daß es ein Standbild sein muß.«

»Ganz schön teuer, möchte ich meinen. Und wenn es häßlich ausfällt?«

»Vielleicht kann man dafür jemand von hier nehmen«, sagte der Pfarrer unschlüssig. »Miss Bembridge hat eine ungemein künstlerische Ader.«

»Allmächtiger!« Harold erschrak so, daß er fluchte. »Meinen Sie, die würde so was machen?«

»Man hat sie natürlich noch nicht angesprochen«, antwortete Mr. Henstock. »Aber vorgeschlagen wurde es, glaube ich.«

Drückendes Schweigen. Der Pfarrer versuchte, sich zu erinnern, um was er seinen neuen Freund hatte bitten wollen. Harold Shoosmith überprüfte mißmutig den Spalt, den er gerade erfolgreich in einen großen Kohlebrocken geschlagen hatte und war blind für die fröhlich knisternden Flammen, die wie gelbe Krokusse in der Ritze erblühten. Ein Denkmal für seinen geliebten Nathaniel Patten, das war eine Sache – ein gräßliches Greuelding von der furchteinflößenden Ella eine andere. Ihn schauderte bei dem Gedanken, was sein argloser Vorschlag möglicherweise angerichtet hatte.

Als ein besonders bösartiger Regenschauer gegen die Fensterscheiben prasselte, zuckte der Pfarrer zusammen.

»Ich muß los«, sagte er mit einem Seufzer. »Eigentlich wollte ich Sie noch um etwas bitten – aber anscheinend ist es mir entfallen.« Er blickte sich in dem behaglichen Raum um, der sich so sehr von seinem eigenen tristen Wohnzimmer unterschied, das kein noch so loderndes Kaminfeuer wohnlich zu machen schien.

»Hat es etwas mit einem Ausschuß zu tun?« fragte Harold Shoosmith ergeben. Er war bereits Mitglied im Cricketklub, im Fußballklub, im Frontkämpferverband, im Kirchenvorstand und im Ortsverband des Tierschutzvereins.

Die gerunzelte Stirn des Pfarrers glättete sich.

»Sie haben es getroffen!« rief er. »Ja, das war's. Der Vergnügungsausschuß von Thrush Green hat mich gebeten, Sie zum Eintritt zu bewegen. Wir planen die meisten einheimischen Festivitäten. Daher wird auch die Sache mit dem Denkmal über den VATG abgewickelt.«

Harold Shoosmith überlegte rasch. Er hatte das Gefühl, Nathaniel Pattens Schatten flatterte verängstigt neben ihm und flehte, daß er sich seiner erbarmte und ihm Gerechtigkeit widerfahren ließe. Wenn er die Einladung des Ausschusses annahm, konnte er zumindest die Sache seines längst verstorbenen Freundes vertreten und nach besten Kräften dafür sorgen, daß sein Denkmal würdig geriet.

»Gern«, sagte Harold aufrichtig, während er die Haustür öffnete und den Pfarrer in die ungemütliche Nacht entließ.

»Wirklich sehr nett von Ihnen«, sagte der Pfarrer herzlich. »Sie sind mehr als willkommen. Der Vergnügungsausschuß braucht frisches Blut. Ja, ja, das braucht er!«

Damit nahm der Pfarrer vergnügt Abschied und platschte in seinen nassen Schuhen tapfer zum Gartentor.

8. Sam Curdle steht unter Beobachtung

Den ganzen November über peitschte der Regen die Cotswolds, und die bewaldeten Hügel hüllten sich in wabernde graue Schleier. Die Stoppelfelder, die sich unter einem freundlichen Oktoberhimmel ausgebleicht und schimmernd erstreckt hatten, wurden langsam und geduldig von ächzenden Traktoren gepflügt, die ihre Bahnen zogen und Furche um Furche Erde aufwarfen, die wie nasse Schokolade glänzte.

Der junge Doktor Lovell hatte alle Hände voll zu tun. Husten, Erkältungen, Lungenpfeifen, Ohrenschmerzen, Rheumatismus, verkühlte Mägen und Depressionen hielten ihn auf Trab, und so war er ständig mit dem Auto auf Thrush Greens fast unpassierbaren Feldwegen unterwegs. Es war seine erste Praxis, und er war glücklich. Thrush Green hatte ihm nicht nur Arbeit, sondern auch eine liebenswerte Frau beschert. Der Gedanke an ihr Kind, dessen Geburt bevorstand, gab ihm eine tiefe Befriedigung. Kein Wunder also, daß Doktor Lovell so munter wie ein Rotkehlchen im Winter vor sich hinpfiff, während er seine kranken Patienten besuchte. Einige sahen seine Fröhlichkeit mit scheelem Blick.

»Richtiggehend herzlos, dieser junge Bursche«, brummelten sie und suhlten sich im eigenen Elend.

Doch die meisten freuten sich über das bißchen Fröhlichkeit in der Novemberdüsternis.

Doktor Bailey, sein Seniorpartner in der Praxis, arbeitete im Augenblick nur sehr wenig, denn das Wetter machte ihm schwer zu schaffen. Wie die meisten Einwohner von Thrush Green saß er am Kamin, während es draußen Bindfäden regnete.

Winnie, seiner Frau, machte sein Zustand insgeheim Sorgen. Er schien Schwierigkeiten beim Atmen zu haben, und sie versuchte nach besten Kräften, ihn zu einem Urlaub im Ausland zu bewegen, wo man vielleicht etwas Sonne hatte.

»Geht nicht, mein Schatz«, keuchte der betagte Doktor. »Zum einen ist es zu teuer, und zweitens hat der junge Lovell sowieso schon zuviel zu tun. So kann ich wenigstens ab und an die Sprechstunde übernehmen. Und er muß Zeit für Ruth haben, wenn das Baby da ist.«

Er bemerkte die besorgte Miene seiner Frau und fuhr heiter fort: »Mach dir keine Sorgen. Dieses Jahr geht es mir besser als seit einer Ewigkeit. Das macht nur das feuchte Wetter. Es geht vorüber, Ehrenwort.«

»Du mußt dich vorsehen, Donald. Bleib im Warmen und lies – oder noch besser, ich erkundige mich, ob Harold Shoosmith heute nachmittag Zeit für eine Partie Bridge hat.«

Die Augen des Doktors leuchteten auf. Der neue Einwohner von Thrush Green besaß viele Qualitäten, die bei seinen Nachbarn Anklang fanden. Doch die Tatsache, daß er ein mehr als nur mittelprächtiger Bridgespieler war, machte ihn bei den Baileys besonders beliebt.

»Keine schlechte Idee«, meinte Doktor Bailey und hörte sich auf einmal munterer an. »Vielleicht können ja Ella und Dimity auch.«

Er sah seiner Frau nach, wie sie aus dem Zimmer und ans Telefon eilte, und lehnte sich ganz zufrieden in den tiefen Sessel zurück. Er war müder, als er zugeben mochte. Der Gedanke an Sonne weckte Sehnsüchte, aber die Anstrengung, dorthin zu gelangen, ging über seine Kräfte, wie er sehr wohl wußte. Da blieb er lieber ruhig in Thrush Green und wartete die Regentage ab, bis der Frühling sie wieder mit englischem Sonnenschein und Osterglocken verwöhnte.

Es war sehr still im Zimmer. Der alte Mann schloß die Augen und lauschte auf die leisen Geräusche im Haushalt. Das Feuer im Kamin wisperte, ein Scheit zischte leise, während seine moosige Rinde in den Flammen trocknete. Die uralte Katze des Doktors schnurrte rauh. Irgendwo draußen hörte man von fern Metall auf Stein schlagen, ein Arbeiter, der einen Torpfosten ausbesserte. Ein Kind rief mit hoher und bebender Stimme wie ein blökendes Lamm, ein Mann antwortete. Doktor Bailey spürte einen großen Frieden ringsum, und ein paar Zeilen aus *Die Aufgabe* kamen ihm in den Sinn, die er vor fast siebzig Jahren als kleiner Junge hatte auswendig lernen müssen.

> Stille mit Lauten ach so sacht,
> verzaubert mehr als Schweigen.

Ich habe Glück, dachte er bei sich, ich besitze ein gutes Gedächtnis, das mir Freuden wie diese schenkt und mir den Alltag verschönt. Er hatte auch Glück mit seiner wunderbaren Frau und einer Schar guter Freunde. Im Halbschlaf umschwebten ihn ihre Gesichter, Freunde aus der Kindheit, Freunde aus Studententagen, Freunde unter seinen Patienten. Am deutlichsten aber sah er das Gesicht der prächtigen Mrs. Curdle vor sich, die sie vor zwei Jahren auf dem Friedhof von St. Andrew's zu Grabe getragen hatten. Die funkelnden dunklen Augen, die herrische Hakennase und das schwarze geflochtene Haar entzückten ihn wie eh und je. Er stellte sich vor, wieder in ihrem Wohnwagen zu sitzen und an dem bitteren, starken Gebräu zu nippen, das sie Tee nannte und mit dem sie ihn immer willkommen hieß. Wieder sah er den blitzblanken Herd, ihren ganzen Stolz, die schaukelnde Petroleumlampe und das Foto von George, ihrem heißgeliebten Sohn, dessen Geburt die Mutter fast das Leben gekostet hätte, wäre der junge Doktor Bailey vor vielen, vielen Jahren nicht so flink zur Stelle gewesen. Blumensträuße aus grellfarbigen Kunstblumen schwebten vor den geschlossenen Augen des alten Mannes – jeder ein Tribut an sein fachliches Können, eine Schuld, die jedes Jahr von der beeindruckenden Zigeunerin abgetragen wurde, die er zu seinem großen Stolz seine Freundin nennen durfte. Die liebe Mrs. Curdle, deren Jahrmarkt jedes Jahr den Mai nach Thrush Green brachte – sie hatte nicht ihresgleichen.

Die Tür ging auf, und da stand seine Frau.

»Alle kommen«, sagte sie lächelnd.

»Gott sei Dank gibt es noch gute Freunde«, sagte der Doktor schlicht und wandte sich von den Toten wieder den Lebenden zu.

Harold Shoosmith war als Bridgespieler bei den Baileys ebenso willkommen wie nebenan bei Miss Watson und Miss Fogerty in der Dorfschule.

Wer sich um Kinder zu kümmern hat, braucht unbedingt duldsame Nachbarn. Die Zahl der Bälle, die über den Zaun fliegen und aufgehoben werden müssen, grenzt ans Wunderbare. Es gibt Nachbarn, die beantworten das schüchterne, recht leise Klopfen an der Haustür mit Märtyrermiene, so daß dem Ruhestörer das Herz in die Hose rutscht. Zu denen gehörte der Neue nicht. Und er warf die Bälle auch nicht so auf den Schulhof zurück, daß sie durch die Gegend kullerten, sondern nahm sie auf wie ein verspielter, vorbeilaufender Jagdhund.

Wenn die Kinder gerade draußen waren, gab er ihnen ihr Eigentum mit einem Lächeln zurück. Und er ging noch weiter. Falls er über leuchtende Bälle auf Rasen oder Beeten stolperte, wenn die Schule schon aus war, machte er sich die Mühe, Miss Watson aufzusuchen und sie ihr mit einer kleinen altmodischen Verbeugung und seinem reizenden Lächeln zu überreichen, das so manches weibliche Herz in Thrush Green höher schlagen ließ.

Miss Fogerty leistete Miss Watson neuerdings an so manchem Abend Gesellschaft, und so war es nur natürlich, daß beide Damen das Glück priesen, das ihnen einen so angenehmen Nachbarn beschert hatte.

Miss Watsons verstauchter Knöchel tat noch immer weh, obwohl sie den Stock in die Ecke gestellt hatte. An den wenigen Novembernachmittagen, wenn der Regen nachließ, half Miss Fogerty ihrer Freundin beim Umgraben der Blumenbeete längs der Steinmauer, die den Schulgarten von Harold Shoosmiths Grundstück trennte. Nach getaner Arbeit zogen sie sich in das Wohnzimmer im Schulhaus zurück und bereiteten sich ein leichtes Abendessen aus Sandwiches und Obst.

Miss Fogerty genoß diese geselligen Stunden. Sie wohnte schon jahrelang in ihrer ordentlichen und etwas tristen Wohnung und hatte nur sehr wenige Freundinnen. Miss Watsons Einladungen machten sie sehr glücklich, aber der Gedanke, daß sich ihre Rektorin auch einsam gefühlt haben könnte, kam ihr, bescheiden wie sie war, nicht in den Sinn. Sie war froh, daß sie in einer Krise hatte helfen können und freute sich über Miss Watsons Freundschaft.

Eines Abends betonte Miss Watson bei Käsesandwiches wieder einmal, wie nett ihr Nachbar sei. In diesem Jahr trugen die Apfelbäume eine Rekordernte, und Harold Shoosmith schwante, daß er für den Rest des Jahres Äpfel in immer neuen Variationen würde essen müssen. Daher hatte er den Schulkindern einen Sack voll geschenkt, und der stand jetzt vor Miss Watsons Hintertür.

»Wir haben wirklich Glück, daß er nebenan wohnt«, bestätigte Miss Fogerty.

»Er dürfte seiner Firma fehlen«, fuhr Miss Watson fort und schenkte Kaffee ein.

»Welcher Firma?« wiederholte Miss Fogerty. »Meines Wissens ist er bei der Infanterie gewesen.«

»Und bei der Marine und bei der Luftwaffe«, sagte Miss Watson etwas scharf. »Einfach schrecklich, welche Gerüchte die Leute verbreiten!« Wer sie so hörte, konnte glatt auf den Gedanken kommen, die Streitkräfte insgesamt brächten jemanden in Mißkredit.

»Er hat mich gestern netterweise aus Lulling mitgenommen und mir ganz offen von seiner Arbeit in Afrika erzählt. Ich habe nicht die geringste Ahnung, wieso alle glauben, daß er ein Geheimnis aus seiner Vergangenheit macht.«

»Vielleicht hat er gedacht, daß er sich Ihnen anvertrauen kann«, meinte Miss Fogerty und fixierte ihre neue Freundin mit feuchtem Hundeblick. Miss Watson blickte erfreut.

»Also, ich weiß nicht recht –« fing sie in dem etwas abfälligen Ton an, den man gern anschlägt, wenn man insgeheim mit einer Bemerkung einverstanden ist. »Aber erzählt hat er mir eine ganze Menge über sich. Offenbar war er mehr als dreißig

Jahre für Schlafwohl tätig. Als Geschäftsführer für ganz Afrika – ein überaus verantwortungsvoller Posten, möchte ich meinen.«

»Schlafwohl?« wiederholte Miss Fogerty ratlos. »Ach, Sie meinen das Zeug, das man in heiße Milch rührt?«

»Selbstverständlich«, sagte Miss Watson. »Die Menschen in Afrika, könnte ich mir vorstellen, brauchen genauso ihren Schlaf wie in England.«

»Aber heiße Milch«, protestierte ihre Freundin. »In Afrika! Das kommt mir ganz verkehrt vor. Dort trinkt man sicherlich lieber Obstsaft oder etwas Kaltes.«

»Die Nächte können dort, glaube ich, recht kühl sein«, sagte Miss Watson mit der ganzen Überzeugung, die sie aufbringen konnte. Sie war etwas verunsichert, was das Klima auf dem Schwarzen Kontinent anging, und hielt es für geraten, die Unterhaltung auf festeren Boden zu lenken.

»Wie auch immer, Schlafwohl scheint dort ein sehr beliebtes Getränk zu sein«, fuhr sie fort, »sonst wäre Mr. Shoosmith kaum so lange dort geblieben.«

»Wo in Afrika hatte er denn geschäftlich zu tun?« wollte Miss Fogerty wissen. »Die Familie meines Vetters stammt aus Nairobi. Vielleicht hat er sie kennengelernt.« Das hörte sich bei ihr an, als ob Afrika und Thrush Green ungefähr die gleiche Größe hätten.

»Soviel ich weiß irgendwo an der Westküste.« Miss Watson kräuselte die Stirn. »Ein Ort, der so ähnlich wie Winnie Khaki heißt. Wo Nathaniel Patten seine Missionsstation gegründet hat. Er hat mit einer kleinen Missionsschule angefangen und jetzt, so sagt Mr. Shoosmith, gibt es dort ein Dorf mit einer Kirche, einer Schule und einem prächtigen Krankenhaus.«

»Ist es nicht seltsam«, sagte Miss Fogerty nachdenklich, »daß Thrush Green Nathaniel Patten nach Afrika ausgesandt und Nathaniel Patten indirekt Mr. Shoosmith nach Thrush Green gesandt hat.«

»Womit wir das große Los gezogen haben«, sagte ihre Freundin flink und räumte die Reste ihrer einfachen Mahlzeit ab. »Er ist ein großer Gewinn für den Ort.«

Und damit begaben sie sich zur Spüle und wuschen ab, ehe sich Miss Fogerty auf den Heimweg machte.

Dem kleinen Paul Young und seinem Kumpel Christopher Mullins jedoch erschien Harold Shoosmith in einem anderen Licht. Man mußte ihm aus dem Wege gehen, ihn überlisten und ihn fürchten. Natürlich hatte Harold Shoosmith davon keine Ahnung.

Die beiden Jungen hatten ihr Hauptquartier aus dem jetzt durchsichtigen Margeritenstrauch zu einem Baum in Harold Shoosmiths Wäldchen verlegt, wo sie vom Haus aus am wenigsten entdeckt werden konnten. Man hatte die wurmstichige Ulme beim Einzug der Farmers in das Eckhaus gut drei Meter über dem Erdboden abgesägt. Danach hatte es halbherzige Versuche gegeben, den hohlen Stumpf zu entfernen, doch er hatte seinen Angreifern getrotzt, stand noch immer unverrückbar und überblickte das kleine, graswachsene Tal, in dem Dotty Harmer wohnte.

Aus der abgesägten Krone sprossen buschige junge Triebe und schützten die Jungen vor neugierigen Blicken. Sie hatten sich im vermoderten Inneren des gespaltenen Stammes eine grobe Treppe geschaffen und konnten so ziemlich leicht in ihr aufregendes neues Versteck klettern. Es war nicht anzunehmen, daß der neue Besitzer sie entdeckte und daß er ernstlich etwas dagegen hätte, falls er sie sah, aber für die beiden Jungen war der Kitzel größer, wenn sie so taten, als wäre der arme Harold Shoosmith ein Ungeheuer. In ihrer Einbildung war er jederzeit bereit zu brüllen, einen Stock zu schwenken und sie bei ihren Eltern, der Polizei, dem Direktor anzuschwärzen, falls er sie auf seinem Grundstück ertappte. Gerade das machte ihre Treffen doch so herrlich aufregend.

Eines diesigen Samstagnachmittags im November saßen die beiden Freunde hoch oben in ihrem Adlerhorst, was ihre Eltern natürlich nicht wußten.

»Ich soll zu Chris Mullins zum Spielen kommen«, hatte Paul seiner Mutter erzählt, und blauäugig wie sie war, glaubte sie, die Jungen spielten in Mullins' Garten.

»Ich soll zu Paul Young zum Spielen kommen«, hatte Christopher seiner Mutter erzählt, und die dachte natürlich, ihr Sohn spielte artig auf dem Grundstück der Youngs.

Mit dieser schlichten Strategie haben Jungen aller Zeiten ihre ruchlosen Pläne in die Tat umgesetzt.

Paul kam als erster und beobachtete, wie sein Freund aus der Pforte des Gemüsegartens jenseits des Tales kam. Dann sah er ihn den grasbewachsenen Hang hochrennen und hörte ihn im Näherkommen einen Eulenschrei ausstoßen. Das war ihr Geheimzeichen, doch der Gedanke, daß ein Eulenschrei am hellichten Tag verdächtig wirken mußte, war den Jungen noch nicht gekommen.

Chris kam ziemlich außer Atem beim Baum an, und Paul zog ihn fröhlich die einfache Treppe hoch.

»Ich habe ein Mars und ein paar Abziehbilder«, verkündete er stolz, nachdem sein Freund auf dem wackligen Sitz Platz genommen hatte.

»Ich hab nur zwei Äpfel«, gestand Chris. »Mehr gibt's bei uns anscheinend nicht«, fuhr er verbittert fort. »Äpfel, Äpfel, ewig Äpfel!«

Paul hatte Mitleid mit ihm. Selbst ein kleiner Junge kann nur eine begrenzte Zahl Äpfel essen. Die diesjährige Ernte wurde allmählich zur Plage.

»Meine Mum«, sagte Christopher, »behauptet, daß sie die Zähne sauberhalten und daß Schokolade schlecht für die Zähne ist. Das hat sie wohl aus der Zeitung.« Er sagte das in einem abfälligen Ton. Paul fand Verachtung von Eltern einfach toll und halbierte behutsam den Mars-Riegel. Ein paar leckere, feuchte Krümel fielen auf seine Kordhose, er leckte sie sorgsam auf und fuhr mit dem Fingernagel die Stoffrillen entlang, um auch noch den letzten Krümel zu erwischen, der sich dort versteckte. Sie kauten stumm und friedlich. Von ihrem Ausguck hatten sie eine gute Sicht. Hinten im Westen konnte Paul sehen, wie weißer Bodennebel den tieferen Teil einer fernen Senke verhüllte. Aus dem versunkenen Tal ragten nur noch die Wipfel des Unterholzes heraus – wie Hasenohren, ging es Paul durch den Kopf –, und er sah zu, wie eine ferne Hecke in den wirbelnden Nebelschwaden immer gespenstischer wurde. Bis jetzt war es in ihrem eigenen kleinen Tal nur etwas diesig, aber mit Einbruch der Nacht würde der Nebel auch hier alles verschlingen.

»Laß mal deine Abziehbilder sehen«, sagte Christopher und wischte sich die klebrigen Hände flüchtig an der Hose ab. Paul kramte in seiner Hosentasche und reichte ihm ein zerknautschtes Büchlein. Er beobachtete seinen Freund mit besorgtem Blick. Ob der sie kindisch fand? Einige zeigten Spielzeug – einen Ball, einen Drachen oder eine Puppe. Wie gräßlich, wenn sich sein Abgott über ihn lustig machte.

Doch zu seiner Erleichterung schien Chris sie gut zu finden. Er riß sich den Union Jack heraus, legte ihn sorgsam mit dem Gesicht nach unten auf den Handrücken und befeuchtete ihn tüchtig mit seiner Schokoladenzunge. Paul wählte einen Fußballstiefel – eine männliche Wahl, so schien ihm – und leckte genauso eifrig.

»Hast du den alten Schuhsenkel gesehen?« fragte Chris, während sie darauf warteten, daß die Abziehbilder klebten. Diesen Spitznamen fanden die beiden Jungen urkomisch.

»Nicht die Bohne«, sagte Paul. »Ist wohl nicht zu Hause.« Bei diesen Worten hörten sie auf der anderen Seite des Wäldchens Zweige knacken.

»Duck dich!« flüsterte Chris dringlich. Die beiden Jungen kauerten sich in das spärliche Astwerk. Paul hörte sein Herz unter dem grünen Pullover klopfen, den Tante Ruth ihm gestrickt hatte. Seine Nase war so dicht am Abziehbild auf seiner Hand, daß er den beißenden Klebstoffgeruch riechen konnte. Die Stille wurde unerträglich. Auf einmal zwitscherte eine Amsel und stob aus dem kleinen Gehölz auf. Wieder senkte sich Stille herab, und nachdem sie noch ein paar Minuten den Atem angehalten hatten, richteten sich die beiden wieder auf.

»Junge, Junge!« hauchte Chris, »ich dachte schon, diesmal hat er uns erwischt.« Sie saßen und lauschten noch ein Weilchen, und dann seufzte Paul erleichtert auf.

»Keiner da, Chris. Und jetzt abziehen. Du bist erster.«

»Nein, du«, sagte Christopher und knuffte seinen Freund liebevoll am Arm. »Meins dauert länger bei den ganzen Streifen auf der Fahne.«

»Und was ist mit dem Kleinkram an meinem Stiefel?« wehrte sich Paul. »Gut, gut«, sagte er hastig, als sein Freund erneut die Faust hob. »Ich mach ja schon.«

Behutsam hob er die Ecke seines feuchten Abziehbildes an. Er streckte vor Anstrengung die Zunge heraus, während er es sacht von der rosigen Hand abzog. Das Bild blieb auf halbem Weg kleben.

»Schnell wieder andrücken«, drängte Christopher. »Und pusten. Abziehbilder muß man immer anpusten. Dann bleiben sie schön feucht und haben die richtige Temperatur.« Er sah gebannt zu, während Paul gehorchte.

Sie legten die Hände auf die Knie und hauchten die Rückseite ihrer Abziehbilder tüchtig an. Paul versuchte es noch einmal und zog das feuchte Papier vorsichtig ab. Er wurde mit dem beinahe vollkommenen Abbild eines Fußballstiefels belohnt.

»Bloß eins von den Schnürbändern ist ein bißchen verrutscht«, sagte er stolz. »Gar nicht schlecht, was?« Er hielt seine Hand Chris zum Bewundern hin, doch sein Freund war zu sehr damit beschäftigt, sein eigenes Meisterwerk abzuziehen. Das Ergebnis enttäuschte. Auf Christophers Hand klebte nur ein halber Union Jack.

Paul gab sich Mühe, seine Schadenfreude zu verbergen. Er wußte, Christopher hatte immer gern die Nase vorn und wurde handgreiflich, wenn etwas schiefging.

»Weißt du, wieso meins sich nicht richtig abdrückt?« brauste Chris auf. »Ich kann's dir sagen«, fuhr er fort, ohne seinem erschrockenen Freund Zeit zum Antworten zu geben, »das kommt davon, weil ich soviel stärker bin als du! So ist das!« Er setzte eine angriffslustige Miene auf.

»Stärker?« stammelte der kleinere Junge.

»Ja«, sagte Christopher. »Da guck mal, mein Handrücken. Ganz voller Haare.« Er hielt die dreckige Pfote hoch und gegen das Licht, so daß man ein, zwei Härchen sehen konnte.

»Daran merkt man, wenn jemand stark ist. So wie Samson. Und Abziehbilder kleben nun mal nicht auf Haar. Das klappt nur, wenn man Patschpfoten hat wie du. Ist sowieso Kinderkram.« Er warf Paul das Buch zu, und der steckte es stumm wieder in die Hosentasche. Der Nachmittag lief nicht wie geplant, und Paul überlegte, ob sich daran noch etwas ändern ließ.

Genau in diesem heiklen Augenblick sahen sie den Mann.

Er kam in ihr Blickfeld, als er hügelabwärts auf Dotty Harmers Garten zuging. Offenbar kam er vom Fußweg, der von Thrush Green nach Nod und Nidden führte, und war noch ungefähr zweihundert Meter von dem Baum entfernt, aus dem ihn die Jungen beobachteten.

Er erreichte die niedrige Gartenpforte in Dottys Hecke, stützte sich darauf und sah sich um. Abgesehen von Dottys Cottage ging kein anderes Haus auf dieses kleine Tal. Harold Shoosmith wurde der Blick durch das Wäldchen verwehrt, daher fühlte sich der Mann anscheinend unbeobachtet. Er öffnete die Pforte, ging zum Hühnerhaus und verschwand darin.

Im Haus rührte sich nichts, als die Hühner anfingen zu gackern. Dotty war gerade zum Einkaufen in Lulling, und das Haus war, abgesehen von Mrs. Curdle, Dottys schwarzer Katze, leer.

Binnen Minuten tauchte der Mann wieder mit einer braunen Packpapiertüte auf. Er legte den Riegel des Hühnerhauses vor und machte sich flinken Schrittes davon. Die Jungen konnten sein Gesicht klar erkennen, als er über die Kuppe in Richtung Fußweg verschwand.

»Das war Sam Curdle«, sagte Paul. »Ob er wohl was geklaut hat? Eier oder vielleicht sogar ein Huhn?« Er sah ziemlich verstört und besorgt aus. Christopher, der über die Geschichte der Familie Curdle nicht so gut Bescheid wußte wie sein Freund, war nicht so erschrocken.

»Der hat nicht so ausgesehen, als ob er was verbrochen hätte. Vielleicht hat ihn jemand gebeten, die Hühner zu füttern.«

»Kann sein«, sagte Paul zweifelnd. »Aber er klaut echt, Chris. Das sagen alle. Müssen wir das erzählen?«

»Wenn wir das tun«, meinte Chris, »fragen sie uns auch, was wir hier zu suchen gehabt haben, und dann ist es aus mit dem Lagerleben.«

»Daran hab ich gar nicht gedacht«, gestand Paul betrübt. Sie saßen ein Weilchen schweigend da und ließen sich das Problem durch den Kopf gehen. Paul war überzeugt, daß Sam nichts Gutes im Schilde geführt hatte; aber Chris hatte recht, sie konnten es sich nicht leisten zu sagen, was sie gesehen hatten. Außerdem, redete sich Paul ein, hatte Dotty, wie Chris meinte, Sam vielleicht wirklich gebeten, sich um ihre Hühner zu kümmern. Es konnte alles mit rechten Dingen zugehen. Hoffentlich – aber eher um der Geheimhaltung ihres Verstecks als um Dottys willen.

Die Sache war ihm jedoch nicht geheuer. Er beobachtete den Nebel, der in der fernen Senke immer dichter wurde, und sah, daß er allmählich auch in ihr Tal sickerte. Auf einmal erschien ihm der Nachmittag kühl und scheußlich. Alles war schiefgegangen. Das mit den Abziehbildern hatte nicht geklappt, Chris hatte weitaus stärker zugeschlagen als unter guten Freunden üblich, und ihm war etwas übel von der Schokolade, und noch übler war ihm von seinem schlechten Gewissen, denn er durfte seiner Mutter nicht erzählen, was er gesehen hatte.

Auf einmal wollte er nur noch nach Hause und bei ihr sein – warm und geborgen an einem flackernden Feuer und bei plaudernden Eltern. Eine große Abneigung gegen das Lager, den alten Schuhsenkel und den feuchten Modergeruch des abgestorbenen Baumes überfiel den Jungen plötzlich.

»Ich geh nach Haus«, sagte er abrupt und ließ sich zu Boden gleiten.

Chris folgte ihm erstaunt und stumm.

»Bis Montag«, sagte Paul knapp und lief westlich um das Wäldchen herum. Christopher wartete nicht, sondern rannte hügelabwärts in die entgegengesetzte Richtung und in den dichter werdenden Nebel hinein. Beim Laufen merkte er, daß sein Handrücken klebrig war. Gereizt kratzte er die Reste des mißlungenen Abziehbilds mit den Fingernägeln ab.

Verärgert dachte er, so ein blöder Nachmittag.

Während der melancholische November ins Land ging, lernten Dimity und Ella den Neuen recht gut kennen. Man traf ihn nicht nur beim gelegentlichen Bridgespielen und auf Spaziergängen, sondern der Pfarrer, der sie schon immer oft und gern in ihrem Cottage besucht hatte, kam jetzt häufig in Begleitung seines neuen Freundes.

Beide Damen freuten sich darüber. Denn wie Ella sagte, gab es in Thrush Green viel zuwenig alleinstehende Männer, und deren Gesellschaft war nach all den alleinstehenden Freundinnen eine richtige Erholung.

Harold Shoosmith ging anfangs mit einigem Zögern in das Cottage, aber der Pfarrer hatte ihn ein-, zweimal nach einem Spaziergang querfeldein dazu gedrängt. Er wurde jedesmal so herzlich empfangen, daß sich seine Zurückhaltung legte. Und schon bald stellte er fest, daß er beide Frauen durchaus anziehend fand. Dimity tat ihm leid, denn er sah ja, wie empörend ihre herrschsüchtige Freundin sie behandelte. Der Pfarrer war da einsichtiger und machte ihn darauf aufmerksam, daß Dimitys dienendes Leben ihre Krone war, und daß sie sich dabei vollkommen glücklich fühlte.

Ella gegenüber hegte Harold Shoosmith zwiespältige Gefühle. Ihr Freimut schockierte und erheiterte ihn gleichermaßen. Ihre Großzügigkeit und Warmherzigkeit gewannen ihm Bewunderung ab. Aber das war nichts gegen das faszinierte Entsetzen über ihr künstlerisches Schaffen. Er hielt nämlich viel von erkennbaren Mustern. Seine Hemden waren gestreift oder kariert, die Schlipse unifarben, gestreift oder herkömmlich türkisch gemustert. Seine Vorhänge zierten bourbonische Lilien, und die Sesselbezüge paßten dazu.

Ellas kräftige Farbkleckse, die wie aufs Geratewohl auf zittrigen schwarzen zerfledderten Karos prangten, verstießen gegen seinen Ordnungssinn. Ihn fröstelte allein schon bei dem Gedanken, sie auf Nathaniels Denkmal loszulassen.

Diese Aussicht machte Harold Shoosmith soviel zu schaffen, daß er das Cottage möglichst oft aufsuchte. Doch bislang hatte er nichts weiter über Ellas Beteiligung an diesem Projekt gehört. In der Schule hatte eine Sitzung stattgefunden, auf der man herausfinden wollte, was Thrush Green von diesem Plan hielt. Die Einwohner standen wie ein Mann hinter dem Entschluß, den hundertsten Geburtstag Nathaniels mit einem angemessenen Denkmal zu feiern. Außerdem hatten sie abgestimmt, daß die Einnahmen aus dem diesjährigen Fell-und-Feder-Whistturnier in die Stiftung einfließen sollten. Der Pfarrer hatte alle gebeten, sich zu Hause Gedanken zu machen, welche Art Denkmal dem größten Sohn von Thrush Green errichtet werden sollte, und ihre Vorschläge in einen Kasten im Kirchenvorraum zu stecken. Zur Abstimmung über diese Vorschläge sollte Anfang Dezember eine weitere Sitzung stattfinden.

Harold Shoosmith konnte die Spannung fast nicht mehr ertragen. Die beiden Damen redeten nie darüber, und er wagte nicht, ein so heikles Thema anzuschneiden. So tröstete er sich mit dem Gedanken, daß Ella die Angelegenheit sicherlich erwähnt hätte, falls man an sie herangetreten wäre. Jemand, der so offenherzig war, konnte so etwas einfach nicht taktvoll übergehen.

Er bemühte sich auch, besonders nett zu der schüchternen, schmächtigen Dimity zu sein, und die anspruchslose Frau wußte diese Aufmerksamkeit sehr zu schätzen, sogar Ella Bembridge merkte auf – der gute Pfarrer übrigens auch.

Selbst der sauertöpfische alte Piggot hatte etwas für den Neuzugang übrig, gab er dem Küster doch Gelegenheit, seine Detektivrolle weiterzuspielen.

Am letzten Tag des Monats ging er zum Eckhaus, um die Lorbeerhecke zu stutzen, die direkt hinter der gemeinsamen Mauer zwischen Schulgarten und Harold Shoosmiths Garten wuchs.

Beherzt rückte er ihr mit einer kleinen Schere zu Leibe, denn der Lorbeer war tüchtig in die Höhe geschossen. Um ihn herum flatterten glänzende Blätter zu Boden. Und als er sie besonders heftig attackierte, fiel ihm ein kleiner Gegenstand vor die Füße, der sich in der Verästelung verfangen hatte. Der alte Piggot bückte sich mühsam, hob ihn auf und hielt ihn in das schwindende Licht.

Fats hätte er vor Freude noch einen Luftsprung mit seinen alten Knochen gemacht. Es war eine Brieftasche, zweifelsohne jene, die Miss Watson in der Nacht des Einbruchs abhanden gekommen war. Sie war leer, aber das war auch nicht anders zu erwarten gewesen.

»Der erste Anhaltspunkt!« freute sich der alte Piggot und verstaute sie sorgsam. »Den schnapp ich noch!«

Darauf begab er sich ungemein beschwingt wieder an die Arbeit.

TEIL ZWEI

Weihnachten in Thrush Green

9. Das Denkmal

Die Sitzung, auf der über Nathaniel Pattens Denkmal abgestimmt werden sollte, fand in der Schule statt und war gut besucht. Im Raum der Erstkläßler herrschte ein unangenehmes Gedränge. Wer klein und dünn war, quetschte sich hinter die Pulte, während es sich die Stattlicheren auf den Pulten oder auf den wenigen niedrigen Tischen bequem machten, an denen sonst die Kleinen bastelten. Der Stapel mit klitzekleinen Wiener Stühlen blieb in der Ecke stehen, denn nicht einmal die schmächtige Dimity hätte darauf Platz gefunden.

Der Pfarrer saß als Vorsitzender an Miss Fogertys Schreibtisch. Harold Shoosmith teilte sich einen Pultdeckel mit Ella und überlegte etwas ungalant, ob dieser ihrer beider Gewicht wohl tragen würde.

Da noch immer Nachzügler hereinschlüpften, sich an die Trennwand oder das alte Klavier lehnten, hatte Harold Zeit, die Zettel an den Wänden genau zu studieren. Sie waren in großen, schwarzen Buchstaben geschrieben und entstammten eindeutig Miss Fogertys Feder. »HEUTE IST MEIN GEBURTSTAG« lautete einer. Unter dieser dramatischen Verlautbarung waren zwei Namen, Anne und John, in den dafür vorgesehenen Schlitz gesteckt.

»KLASSENORDNER HEUTE« besagte ein anderer, John, Elizabeth, Anne.

»WIR HABEN UNSER TASCHENTUCH VERGESSEN« bekannte ein dritter freimütig. Hier schien nur John der Übeltäter zu sein.

»Dieser John scheint ja sehr aktiv zu sein«, sagte Harold zu Ella. »Anne übrigens auch.«

»Heute heißen alle Anne oder John«, erklärte Ella freundlich. »Falls sie nicht Amanda, Roxana, Jacqueline oder Marilyn oder so ähnlich heißen.«

»Ah, ja«, sagte Harold, dem ein Licht aufging. »Ein Jammer, daß die alten Namen nicht mehr in Gebrauch sind«, überlegte er laut. »Meine Schwestern hatten Freundinnen mit so guten alten Namen wie Bertha und Gertrude.« Er schwieg und schien sich den Kopf über weitere zu zerbrechen, doch mehr fielen ihm nicht ein. »Was gibt es an Bertha und Gertrude auszusetzen?« Es war eine rein rhetorische Frage.

»Viel«, sagte Ella schlicht.

In diesem Augenblick klopfte der Pfarrer mit Miss Fogertys Schreibtischtintenfaß auf den Schreibtisch und eröffnete die Sitzung.

»Ich habe Ihnen für die ausgezeichneten Vorschläge zu danken, die Sie in den Kasten gesteckt haben«, begann der Pfarrer. »Insgesamt kommen wir auf fünf – na ja, in Wirklichkeit vier Vorschläge. Ich lese sie einfach vor, und wenn noch mehr Ideen kommen, schreiben wir sie auch auf die Liste.«

Er rückte sich die Halbbrille auf der Stupsnase zurecht und bemühte sich, seine Notizen auf der Rückseite des vierteljährlichen *Hirtenbriefs* zu entziffern, auf dem er sie notiert hatte. Die Brille verlieh seinem pausbäckigen Gesicht etwas Pickwickhaftes. Die Versammlung sah ihm andächtig zu.

»Warum schreiben wir die Vorschläge nicht an die Tafel?« schlug ein junger Schlauberger vor, der auf dem Naturkundetisch neben Stechpalmenzweigen hockte.

»Eine ausgezeichnete Idee«, schloß sich ihm der Pfarrer an. Miss Fogerty kam vom Klavier herbeigeeilt.

»Wenn Sie gestatten, so stelle ich sie auf.« Und schon trippelte sie zum nächtlichen Ruheplatz der Tafel vor einer Karte des Heiligen Landes und holte sie.

Harold Shoosmith und der junge Schlauberger eilten Miss Fogerty bei dem ungleichen Kampf galant zu Hilfe, diese errötete vor Freude, zog sich wieder auf ihren Platz am Klavier zurück und sah den Männern zu, wie sie sich mit den Pflöcken abmühten.

»Wenn ich etwas sagen darf –« fing sie schüchtern an, als sich der junge Mann mit dem ganzen Gewicht gegen einen Pflock lehnte, der zu groß für das Loch war, »eins höher geht es leichter.«

Die Tafel hatte Schlagseite, als wäre sie betrunken, während der junge Mann den heiklen Pflock neu einsteckte. Er und Harold hoben sie noch ein Loch höher und traten zurück, um ihr Werk zu bewundern. Eine schlichte, aber ergreifende Geschichte stand in Miss Fogertys säuberlicher Druckschrift auf der Tafel zu lesen.

**NED SÄGT EIN BRETT
SEIN BRUDER TED
IST GAR NICHT NETT
ER KLAUT DAS BRETT**

Alle Augen hingen so aufmerksam an der Tafel, daß Miss Fogerty eigentlich das Herz hätte aufgehen müssen, wäre sie nicht so erschrocken gewesen. Ein, zwei entzückte Schüler höheren Alters lasen die Worte laut, langsam und ganz versunken vor.

Der Pfarrer merkte, daß seine Schäflein nicht mehr bei der Sache waren, seufzte, nahm die Brille ab und wartete.

»Genau das habe ich gemeint«, sagte Harold zu Ella. »Ned! Den Namen Ned bekommt man heutzutage nie mehr zu hören.« Er las bedächtig.

»Ted übrigens auch nicht. Als ich jung war, gab es Teddys gleich dutzendweise. Ich meine richtig als Name, nicht die Halbstarken.«

Ella antwortete nicht, da sie versuchte, Dimitys Blick zu erhaschen. Diese hatte sich als Sitzplatz einen niedrigen Tisch unter dem Fenster auserkoren und fummelte zerstreut an den Rolladengriffen herum.

Der Pfarrer hüstelte höflich und rief seine verirrte Herde zur Ordnung.

»Dürfen wir Ihre Lektion abwischen, Miss Fogerty?« erkundigte er sich freundlich.

»O ja, natürlich. Bitte«, zirpte diese. Der junge Schlauberger griff eifrig zu dem dargebotenen Tafeltuch und wischte die Schrift zum allgemeinen Bedauern aus, daß die Kreide nur so staubte.

»Der erste Vorschlag«, sagte der Pfarrer und setzte die Brille wieder auf, »eine Sonnenuhr.«

»Soll ich das aufschreiben?« fragte der junge Mann und fummelte mit dem herrlich langen Kreidestück herum, das Miss Fogerty ihm aus ihrem Vorrat gegeben hatte.

»Ja, bitte«, sagte der Pfarrer.

Das Wort wurde in annehmbarer Schreibschrift, wenn auch etwas krakelig, auf die Tafel geschrieben. Im nachhinein setzte der junge Mann noch 1. davor.

»Zweitens«, sagte der Pfarrer, »ein Springbrunnen. Vermutlich ein Trinkbrunnen«, fügte er unschlüssig hinzu.

»Ganz und gar nicht«, sagte die älteste Miss Lovelock. »Ich habe dabei an Wasserfontänen gedacht, die im Sonnenschein funkeln. Wie in Versailles.«

»Ah, ja«, sagte der Pfarrer ernst.

»Wasser auf dem Dorfplatz verlegen? Das ist eine Arbeit für jemand, der Vater und Mutter totgeschlagen hat«, meinte jemand in der vordersten Reihe.

»Wißt ihr noch, wie sie die elektrischen Leitungen verlegt haben?« schwelgte sein Nachbar in Erinnerungen. »Mann-o-Mann! Das war vielleicht ein Kuddelmuddel, das kann ich euch sagen! Hat fast den ganzen Sommer über –«

»Bitte, bitte«, sagte der Pfarrer flehend. »Wir müssen weiterkommen. Diskussionen bitte später.«

Abbittendes Gemurmel, der Pfarrer befragte erneut seine Liste.

»Als nächstes haben wir ein keltisches Kreuz.«

»Keltisch!« trompetete Ella so laut, daß sie in dem ramponierten Klavier eine Saite zum Klirren brachte. »Wieso keltisch? Was ist an einem englischen Kreuz für Thrush Green auszusetzen? Andauernd dieser Quark mit Götterdämmerung und Deidre von den Schmerzen!«

Der Pfarrer blickte sie eher besorgt als verärgert an, und Ella gab mit einem barschen »Tschuldigung!« Ruhe.

»Wie buchstabiert man ›keltisch‹?« fragte der junge Mann an der Tafel und spielte unschlüssig mit der Kreide.

Mehrere Leute boten mehrere Versionen an. Eher zufällig

als wissentlich einigte man sich endlich auf eine Schreibweise, mit einer säuberlichen 3 davor.

»Es gab eine ganze Reihe Zettel«, fuhr der Pfarrer fort, »auf denen ein Denkmal für Nathaniel Patten vorgeschlagen wurde.«

Beifälliges Gemurmel lief durch den Raum. Es war eindeutig die bevorzugte Lösung.

»Denkmal«, sagte der junge Mann und drückte so stark mit der Kreide auf, daß sie entzweibrach. Seine Fingernägel kratzten über die Tafel, es quietschte, und ein paar Leute hielten die Luft an.

»So was geht mir durch Mark und Pfennig«, sagte der alte Mr. Piggot mißmutig.

»Nicht so schlimm wie Griffel auf Schiefertafel«, sagte sein ältlicher Nachbar.

»Au ja! Und ich kann nicht in Socken über Steinfußboden laufen«, steuerte ein anderer bei. »Vor allem, wenn meine Füße ein bißchen feucht sind. Da krieg ich gleich das Schnattern.«

»Entschuldigung, Leute«, sagte der junge Mann fröhlich, bückte sich und holte die Stücke unter dem Klavierpedal hervor. Der Pfarrer merkte, daß seine Schäflein schon wieder abirrten und klopfte noch einmal forsch mit dem Tintenfaß.

»Es gibt unterschiedliche Versionen des letzten Vorschlags«, sagte er mit fester Stimme und blickte den alten Piggot streng über seine Halbbrille an, denn der wollte sich gerade in einen langatmigen Erguß über den Unterschied zwischen zweiten und dritten Zähnen stürzen, wenn einem etwas so durch und durch ging, daß man schnattern mußte. Widerwillig brummelnd hörte er auf.

»Einige haben ›in Lebensgröße‹ geschrieben, einige haben auch das Material ihrer Wahl angegeben wie Bronze oder Stein, und ein ganz reizender Vorschlag lautet dahingehend, Nathaniel mit afrikanischen Kindern zu umgeben, da er für sie so viel getan hat.« Der gütige Blick des Pfarrers schien zu Dimity abzuschweifen, die den Rolladengriff so aufgeregt hin und her drehte, daß er abging und unter den Heizkörper rollte.

»Lassen Sie mich das machen«, sagte Harold Shoosmith und ging so flink und geschmeidig in die Knie, daß der Pfarrer neidisch wurde. Nicht einmal seine Knie knacken, stellte er betrübt fest, weil ihm eingefallen war, wie regelmäßig seine eigenen, sich versteifenden Gelenke den Gottesdienst durch Knacken störten.

Der Griff war weit nach hinten in das Dunkel unter dem Heizkörper gerollt. Harold legte sich der Länge nach hin und förderte ein Toffeepapier, ein Puzzleteilchen, eine verrostete Reißzwecke, zwei Perlen und eine Handvoll graue Fusseln zutage.

»Also wirklich!« sagte Miss Watson und errötete. »Ich muß ein Wörtchen mit der Putzfrau reden.« Sie blickte sehr ärgerlich. Erst wurde Miss Fogertys altmodische Leselektion publik, was nicht gerade erfreulich war. In den Regalen standen farbenprächtige, moderne Fibeln zuhauf, die ihnen der neue Seminarleiter ihres Schulbezirks wärmstens ans Herz gelegt hatte. Durch das Zeug auf der Tafel mit Ned und seinem klauenden Bruder Ted entstand ein ganz falscher Eindruck. So gern sie die liebe Agnes auch hatte, sie hinkte zweifellos etwas hinter der Zeit her. Und nun war auch noch dieser ganze Abfall ans Licht gekommen! Ehrlich, als ob es nicht schon genug gab, was Lehrer zur Raserei bringen konnte, dachte die arme Miss Watson peinlich berührt und zupfte an ihrer Strickjacke.

Harold schnappte sich den Griff, kam flink auf die Beine und schenkte Dimity ein Lächeln. Der Pfarrer faßte sich und stürzte sich erneut in die Schlacht.

»Weitere Vorschläge?« fragte er. Das lastende Schweigen auf seine Frage war zu erwarten gewesen. Alle senkten den Blick und musterten die Pultdeckel oder die eigenen Schuhe. Jemand trompetete in sein Taschentuch, und der junge Mann an der Tafel, der eingehend seinen abgebrochenen Fingernagel musterte, biß diesen jetzt rasch und entschlossen ab.

»Dann gehen wir also die Vorschläge der Reihe nach durch«, sagte der Pfarrer. »Wie steht es mit der Sonnenuhr?«

»Gar kein schlechter Vorschlag«, gab Edward Young zu bedenken. »Sie würde sich auf dem Dorfplatz recht gut ausnehmen.«

Alle Augen wandten sich respektvoll dem jungen Architekten zu. Der sollte nach so vielen Jahren Studium über diese Dinge einigermaßen Bescheid wissen. Doktor Bailey, der an einem der hinteren Pulte saß, stand auf.

»Das war mein Vorschlag. Ich dachte mir, sie ist nicht zu teuer und zu groß – denn ich werde das Gefühl nicht los, daß ein Denkmal für unseren kleinen Dorfplatz einfach zu mächtig ist – und nützlich wäre sie auch.«

»Danke«, sagte der Pfarrer. »Wer möchte dazu etwas sagen?«

»Aber wir haben doch schon eine Uhr an der Kirche«, meinte der alte Piggot griesgrämig. »Die geht halbwegs richtig, und das bei Wind und Wetter, was man von einer Sonnenuhr nicht behaupten kann.«

»Stimmt«, gab ihm der Doktor gelassen recht. Eine lange Pause, die am Ende vom Pfarrer unterbrochen wurde.

»Sollen wir weitergehen? Der Springbrunnen?«

»Würde ja doch nicht funktionieren«, sagte ein Miesmacher.

»Friert im Winter ein«, sagte ein zweiter Miesmacher.

»Und die Kinder kommen klatschnaß nach Hause«, wandte eine Frau weiter hinten ein. »Können sogar ertrinken. Man weiß doch, wie Kinder sind.«

Auf diese erbauliche Bemerkung hin tauschte man düstere Prognosen aus. Der Pfarrer blickte die älteste Miss Lovelock abbittend an, doch die lächelte unbeirrt und wackelte unbekümmert mit dem Kopf.

Da es dazu keine weiteren Bemerkungen gab, zog der Pfarrer erneut seine Liste zu Rate.

»Wir kommen jetzt zum keltischen Kreuz«, sagte er.

»Sie wissen ja, was ich davon halte«, posaunte Ella. Sie erhob sich in ihrer ganzen Fülle und blickte die Versammlung an. »Wer ist überhaupt auf die Schnapsidee gekommen?« fragte sie rundheraus.

Niemand antwortete auf die angriffslustige Frage. Harold Shoosmith dachte halb erschrocken, halb erheitert, daß man schon sehr beherzt sein mußte, um sich vor dieser streitbaren Amazone zu der Schnapsidee zu bekennen. In Wirklichkeit stammte der harmlose Vorschlag von Ruth Lovell, und ihr Schwager, Edward Young, wußte es, doch er hielt eisern den Mund. Ruth, die daheim auf dem Sofa lag und sich von ihrem ungeborenen Kind treten ließ, hätte ihren Spaß an dem Auftritt gehabt.

»Dann gehe ich davon aus, daß dieser Punkt abgehakt ist, oder?« fragte der Pfarrer und suchte eilends festeren Boden auf. »Damit sind wir bei dem Denkmal.«

Die Spannung, die Ella aufgebaut hatte, ließ nach, alles schwatzte durcheinander.

»Ist die beste Idee von allen«, sagte einer.

»Ist überhaupt die einzige«, sagte ein anderer rundheraus.

»So 'n richtig großes«, schlug ein dritter vor. »Wir wollen doch nichts Mickriges haben, oder?«

In dem kleinen Raum wurde so laut gebrabbelt, daß der Pfarrer schon wieder mit dem Tintenfaß klopfen mußte.

»Meiner Meinung nach ist es an der Zeit, daß wir über die Vorschläge abstimmen«, sagte er. »Mit Handhochheben, ja? Wer ist für das Denkmal?«

Fast alle Hände hoben sich. Der Pfarrer stand auf, damit er besser zählen konnte, dann wandte er sich an Harold.

»Shoosmith, alter Knabe, würden Sie bitte auch zählen?«

Da standen nun die beiden Männer vorn im Klassenzimmer auf Zehenspitzen, mit leicht geöffnetem Mund, die Stirn in Falten gelegt, so konzentrierten sie sich. Die große Uhr an der Wand tickte laut in die jähe Stille, und draußen in der Ferne spritzte an diesem feuchten Dezemberabend ein Auto den aufgeweichten Feldweg nach Nod und Nidden entlang.

»Siebenunddreißig«, sagte Harold Shoosmith.

»Siebenunddreißig«, sagte auch der Pfarrer. »Es besteht also kein Zweifel, die Wahl ist auf das Denkmal gefallen. Aber machen wir lieber noch eine Gegenprobe. Zuerst einmal die Sonnenuhr!«

Ein paar Hände fuhren hoch, darunter auch Edward Youngs.

»Sieben«, sagte Harold.

»Acht«, sagte der Pfarrer.

»Entschuldigung«, sagte der junge Schlauberger, der wieder auf dem Naturkundetisch hockte. »Ich habe mich bloß unter dem Arm gekratzt.«

»Sieben also«, sagte der Pfarrer. »Und jetzt der Springbrunnen!«

Nur drei Hände unterstützten Miss Lovelocks Vorschlag. Dem Entzücken an funkelnden Wasserfontänen standen offenbar Bedenken hinsichtlich des Aushebens von Gräben und eventuellen Einfrierens im Wege, wie sie die Miesepeter früher vorgebracht hatten.

Dem keltischen Kreuz erging es sogar noch schlechter, vielleicht weil Ella aus natürlichem patriotischen Stolz dagegen war, oder weil man allgemein abschlaffte, wer weiß, daher hoben sich nur zwei Hände, eine davon gehörte dem nagelkauenden jungen Mann.

»Schön«, sagte der Pfarrer. »Das war's dann wohl.«

Ein erregtes Summen lief durch den Raum. Das Abstimmungsergebnis schien allgemeinen Beifall zu finden. Über dem Gebrabbel konnte man die Kirchturmuhr von St. Andrew's acht schlagen hören.

Der Pfarrer klopfte erneut, nachdem er Harold Shoosmith und Edward Young einen Blick zugeworfen hatte.

»Da wir heute abend hier versammelt sind, sollten wir uns vielleicht ein wenig eingehender mit dem Denkmal befassen.«

»Die Zeit läuft uns weg«, sagte die Frau hinten. »Mein Mann will in die *Zwei Fasane*, aber er muß auf das Baby aufpassen.«

»Schadet ihm gar nichts«, sagte Ella rigoros. »Nur keine Hast.«

Allgemeines Gelächter.

»Ja, ja«, sagte die Frau unwirsch. »Ihr Unverheirateten habt gut reden, aber wir armen Ehekrüppel müssen das Schiff auf Kurs halten.«

»So wie es aussieht«, sagte der Pfarrer ohne Rücksicht auf die Unterhaltung, die ihm zu albern war und in die er nicht hineingezogen werden wollte, »gibt es hier einiges zu bedenken. Zunächst einmal wird Mr. Young mit Sicherheit darauf hinweisen, daß ein lebensgroßes Standbild von Nathaniel Patten eine kostspielige Angelegenheit ist. Schließlich müssen wir nicht nur das Material bezahlen, sondern auch den Bildhauer.«

»Wieso lassen wir eigentlich nicht Miss Bembridge ran«, sagte jemand von hinten. »Auf ein Kunstwerk von ihr auf unserem Dorfplatz könnten wir doch alle stolz sein.«

»Allmächtiger!« trompetete Ella. »So was habe ich noch nie gemacht!« Ihre Augen fingen gefährlich an zu funkeln, denn schon kam der Schöpferdrang über sie. »Aber ich hätte nichts dagegen, mich tüchtig ins Zeug zu legen«, sagte sie mit wachsender Begeisterung.

Harold Shoosmith schauderte es. Nachdem er den Griff angeschraubt hatte, hockte er wieder auf dem Pult, das Dimity und er sich teilten, und diese blickte ihn auf einmal ängstlich an.

Der Pfarrer bot seine ganze Gelassenheit auf, mit der er schon viele dörfliche Krisen ähnlicher Art gemeistert hatte, und sagte diplomatisch: »Über den Künstler, der die Arbeit ausführt, können wir uns sicher später einigen. Ich finde jedoch, wir sollten uns erst einmal über das Material einig werden. Es wurden Bronze und Stein vorgeschlagen.«

»Ein anständiger Brocken rosa Granit«, schlug der alte Piggot vor, »und das Ganze schön blankpoliert.«

Jetzt schauderte es Edward Young.

»Mir ist Kupfer lieber«, sagte sein Nachbar. »Das kriegt mit der Zeit so einen schönen Grünton.«

»Das müßten wir schon klauen«, meinte der Schlauberger. »Kupfer kostet heutzutage zehn Schilling der Brocken. Das Bröckchen! Aber ein Standbild aus Metall kostet uns sowieso eine Stange Geld. Vor allem, wenn es lebensgroß sein soll!«

Die Stimme der Vernunft löste beifälliges Gebrummel und eine kleine Rede von Dimity aus.

»Angesichts dieser Tatsache möchte ich meinen Vorschlag mit der Figurengruppe zurückziehen«, begann sie atemlos, und ihr ernster Blick hing an der aufmunternden Miene des Pfarrers. »Ich finde aber, gerade Kinder sollten zu dem Denkmal gehören, wie wäre es also mit Nathaniel als Kind? Schließlich hat er als kleiner Junge auf dem Dorfplatz gespielt, und das Standbild würde dadurch viel kleiner und nicht so teuer.«

»Eine ungemein vernünftige und reizende Idee«, sagte der Pfarrer freundlich. Da faßte sich Dimity ein Herz und fuhr immer noch ziemlich atemlos fort.

»Das könnte ganz reizend werden! Ich meine, so ähnlich wie Peter Pan! Der ist doch wirklich zu niedlich. Vielleicht sollte man denselben Künstler bitten?«

Edward Young machte schon den Mund auf und wollte etwas sagen, besann sich aber eines besseren und schwieg.

»Wir wollen das im Hinterkopf behalten, Miss Dean«, sagte der Pfarrer und nickte. Dimity nahm wieder neben Harold Platz.

»Als nächstes müssen wir dann einen Bildhauer aussuchen«, fuhr Mr. Henstock fort, »der mit dem Material unserer Wahl arbeiten und ein Denkmal schaffen kann, das auf den Dorfplatz paßt und auf das wir alle stolz sein können.«

Sein rundes Gesicht legte sich in besorgte Falten.

»Dabei fällt mir ein, daß wir natürlich von verschiedenen Behörden Baugenehmigungen brauchen, wenn wir ein Denkmal aufstellen wollen. Es gibt wirklich viel zu bedenken.«

Jetzt machte Edward Young doch den Mund auf.

»Wenn Sie gestatten, so erkundige ich mich im Namen der hier Anwesenden nach Preisen und in Frage kommenden Bildhauern. Ich wäre gern behilflich und könnte Ihnen, glaube ich, hinsichtlich der notwendigen Behördengänge mit Rat und Tat zur Seite stehen.«

Beifälliges Gemurmel. Der Pfarrer atmete sichtlich auf.

»Das ist wirklich nett von Ihnen. Ist jemand dafür, daß Mr. Young diese speziellen Erkundigungen übernimmt?«

»Ich«, sagte Miss Watson forsch.

»Ich auch«, schloß sich Doktor Bailey an.

»Das ist wirklich eine große Hilfe«, sagte Mr. Henstock dankbar. »Wir sind Ihnen alle sehr zu Dank verpflichtet, daß Sie uns so freundlich Ihre fachkundige Unterstützung anbieten.«

Er drehte den *Hirtenbrief* um und studierte ihn eingehend.

»Noch eins«, sagte er und blickte die Versammelten über den Rand seiner Brille an. »Ein guter Freund aus Thrush Green, der ungenannt bleiben möchte, hat angeboten, die Hälfte der Kosten dieses Projekts zu übernehmen. Ich denke mir, daß Sie sich für dieses überaus großzügige Angebot bedanken möchten.«

Lauter Beifall und Füßegetrampel zeigten an, daß dieses Angebot nur zu gern angenommen wurde. Als sich der Lärm gelegt hatte, sprach Edward Young noch einmal.

»Das hört sich sehr gut an, Sir. Ich bin am Überlegen, ob es nicht besser wäre, im Auftrag der heute abend hier Versammelten einen ganz kleinen Ausschuß zu bilden, der sich eingehender mit der Denkmalssache befaßt. Denn es soll doch vermutlich zu Nathaniels Geburtstag, irgendwann im März, glaube ich, enthüllt werden.«

»Stimmt«, sagte Harold. »Am fünfzehnten.«

»In diesem Fall müssen wir schnell handeln«, sagte Edward. »Und es wäre doch recht nett, wenn einer von Nathaniels Nachkommen sein Denkmal enthüllen würde.«

»Seine Tochter ist tot«, sagte ein Greis, der an Miss Fogertys Wetterkarte lehnte und unbekümmert die schwarzen Regenschirme und die gelben Sonnen verwischte. »Ist schon bald nach der Hochzeit gestorben. Ich weiß das, weil meine Schwester und sie sich jahrelang zu Weihnachten Karten geschickt haben. Wenn ich mich recht erinnere, hatte sie einen Sohn.«

»Das ist äußerst interessant«, sagte Mr. Henstock. »Wir werden dem nachgehen. Und was ist jetzt mit Mr. Youngs ungemein vernünftigem Vorschlag? Wollen wir einen – oder vielleicht zwei – bestimmen, die ihm helfen?«

»Sie selber, Sir«, sagte der junge Schlauberger.

Allgemeines, beifälliges Gemurmel.

»Darüber würde ich mich sehr freuen«, sagte der Pfarrer. »Doktor Bailey, möchten Sie nicht Mr. Young und mir beistehen?«

Doktor Bailey schüttelte den silbrigen Kopf.

»Nichts für ungut, aber mir wäre es lieber, wenn das jemand anders machte. Ich bin heutzutage unzuverlässiger, als mir lieb ist. Wie wäre es mit Mr. Shoosmith?«

Der Name löste so freundliche, allgemeine Zustimmung aus, daß der Neue, den so leicht nichts aus der Fassung brachte, geradezu schüchtern blickte.

»Es würde mich freuen, wenn ich mich nützlich machen könnte«, sagte Harold zuvorkommend.

Und dabei blieb es. Die drei Männer würden sich der Sache annehmen und anschließend Thrush Green berichten, was sich getan hatte.

Es war fast neun Uhr, als sich die Sitzung auflöste und in der feuchten Dunkelheit auseinanderging.

»Bleibt mild, was?« sagte der alte Mann, der sich noch an Nathaniels Tochter erinnerte, zu Mr. Piggot, während sie dem hellerleuchteten Pub zustrebten.

»Ach!« erwiderte der alte Piggot verdrießlich. »Sie wissen doch, was eine grüne Weihnacht bedeutet? Einen vollen Friedhof. Und für mich, wenn ich so sagen darf, noch mehr Arbeit.«

»Wer's glaubt, wird selig«, entgegnete der alte Mann munter, »aber was soll's. Ich weiß nur eins, solche Sitzungen machen verteufelt durstig. Komm rein, alter Junge, und trink ein Bier mit mir.«

Bei dieser freundlichen Einladung heiterte sich die Miene des alten Piggot ein wenig auf, und zusammen betraten sie die einladenden *Zwei Fasane* und ließen die Dunkelheit draußen.

10. Albert Piggot wird umgarnt

Nelly Tilling hielt Wort. Sie stattete Mr. Piggots Häuschen drei Besuche ab und kam jedesmal mit einem stabilen Weidenkorb, in dem sie eine Bürste zum Schrubben, Wischtücher und eine große Packung Putzmittel hatte, dessen Wunderkraft ihr die Fernsehreklame eingehämmert hatte. Nelly glaubte fest an den erzieherischen Wert des Fernsehens und nahm alles, was sie sah, für bare Münze.

Sie hatte ein altes Gerät, das ihr der Besitzer des *Wappen von Lulling* geschenkt hatte, ein Gasthof, der unweit ihres Häuschens gelegen war und in dem sie zweimal die Woche morgens arbeitete und den Schankraum schrubbte. Ted und Bessie Allen, für die früher die junge Molly Piggot gearbeitet hatte, waren freundliche Menschen, denen Nelly Tilling leid tat, als ihr Mann starb, und so hatten sie ihr den alten Fernseher geschenkt, damit sie abends etwas Gesellschaft hatte.

Und das erwies sich als richtig. Nelly sah begeistert fern und schilderte ihren Arbeitgebern alle Sendungen bis in die kleinste Einzelheit.

Eines schönen Morgens, bald nach der Denkmalssitzung, bog Nelly um Mr. Piggots Hausecke und strebte, den Weidenkorb am Arm und bester Laune bei dem Gedanken an die bevorstehende Arbeit, der Hintertür zu. Nelly war eine Kämpfernatur. Sie war hinter Schmutz her wie hinter der Schwäche für Alkohol oder zweifelhafte Vergnügungen und prangerte diese auch an. Ihre Eltern waren militante Erweckungsprediger gewesen, und Nelly lebte selbst noch in ihren reifen Jahren nach den Grundsätzen ihrer Kindheit. Sie wußte, wo sie die Grenze ziehen mußte, und schaltete sogar den Fernseher aus, wenn eine der Tänzerinnen für ihr sittliches Empfinden zu leicht bekleidet war.

Heute morgen wollte sie Albert Piggots Küche in Angriff nehmen. Eine Aufgabe, bei der so manche Frau das Handtuch geworfen hätte, nicht jedoch Nelly, die sich mit ihrem Wundermittel und einer kräftigen Bürste bewaffnet richtiggehend darauf freute.

Sie fand Albert Piggot, wie er in ein Dreieck aus Spiegelglas spähte, das er auf die Fensterbank gestellt hatte. Er begrüßte sie verdrießlich.

»Hab was im Auge«, sagte er.

»Laß mal sehen«, sagte die fette Witwe, stellte ihren schweren Korb ab und kam näher. Albert verdrehte ein wäßriges blaues Auge in ihre Richtung.

»Dabei fällt mir ein«, sagte die gute Frau, während sie ein Taschentuch aus der Manteltasche zog und zum Zipfel drehte, »ich hab für deine Katze einen Dorschkopf.«

Mr. Piggot brummte etwas, was Nelly als Dankeschön auffassen konnte, und blickte ängstlich auf das Taschentuch.

»Es kommt sicherlich von ganz allein raus«, fing er an. Aber seine Proteste halfen ihm nichts. Nelly Tilling hatte seinen Hinterkopf bereits mit der linken Hand im Klammergriff, während ihre rechte mit der furchteinflößenden Waffe fachmännisch in seinem Auge herumwischte.

Nelly Tilling besaß reichlich Erfahrung mit dickköpfigen Kindern. Sie hatte drei aufgezogen und sie allesamt geschrubbt und poliert wie blanke Äpfel, daher verstand sie sich darauf, die Widerspenstigen mühelos beim Kragen zu packen und ihnen mit einem seifigen Lappen Gesicht und Ohren zu waschen, ehe sie sich's versahen. Die Kinder waren zwar inzwischen erwachsen, aber Nellys Hand war noch genauso geschickt. Im Nu gab sie Albert wieder frei, der Fremdkörper war aus seinem Auge entfernt.

»Uff«, stöhnte Albert verstört, aber beeindruckt. »Gut gemacht, das muß man dir lassen!«

»Ach, das war ein Klacks«, sagte die Witwe, blickte aber trotzdem erfreut. »Und während du in der Kirche bist, Albert, mach ich mich an das Zimmer hier, und danach gibt es den versprochenen Schinkenauflauf. Den hab ich im Korb hier. Muß zu Mittag nur aufgewärmt werden.«

Alberts Augen leuchteten auf. Auch wenn sie noch soviel um ihn herumwuselte, was er nicht leiden konnte, ein Schinkenauflauf war nicht zu verachten, da eine solche Köstlichkeit für einen alleinstehenden Mann praktisch nicht zu haben war.

»Ich hol uns ein bißchen Krauskohl rein«, sagte Albert ungewohnt beflissen, »der hat sich dieses Jahr gut gemacht. Gib mir mal die Emailleschüssel, mein Mädchen, ich geh schnell in den Garten.«

Er pfiff im Weggehen durch die schadhaften Zähne, und Nelly setzte Wasser für ihren Feldzug auf. Die Sache ließ sich sehr gut an.

Zwei Stunden später saß Nelly abgekämpft, aber hochgemut auf einem Küchenstuhl und betrachtete das Werk ihrer Hände.

Sie hatte allen Grund, stolz zu sein. Hinter glänzenden Stäben brannte ein helles Feuer, und der Schinkenauflauf brutzelte bereits im Backofen daneben und verbreitete köstliche Düfte. Der mageren, kleinen Katze hatte sie ihr Fressen auf einer Zeitung in der Ecke vorgesetzt, und die schlug ihre scharfen weißen Zähne in den Dorschkopf und schloß dabei voller Wonne die Augen.

Fußboden, Wände und Holztisch waren allesamt tüchtig geschrubbt. Alberts verdreckter Ausguß zeigte nach dem Putzen wieder seine ursprünglich gelbe Farbe, und das Fenster darüber blinkte und blitzte ungewohnt sauber.

Bei Licht besehen, dachte Nelly im stillen, während sie die Schuhe auszog und es sich bequemer machte, ist das Häuschen gar nicht so übel und zum Einkaufen eindeutig günstiger gelegen als mein eigenes beim Lulling-Forst.

Zwei Zimmer oben, zwei Zimmer unten, genau die richtige Größe für Albert und mich, und meine eigenen Möbel würden sich in dieser Umgebung auch sehr gut ausnehmen. Die paar lummerigen Dinger, die Albert im Laufe der Jahre zusammengetragen hat, taugen doch nur zum Verheizen.

Im Geist stellte sie sich ihren alten Schulkameraden kurz in der Rolle des Ehemanns vor. Klar, ein Ausbund an Schönheit war er nicht, aber was habe ich von der Schönheit, meine eigene ist ja auch längst dahin, gestand sie sich entwaffnend ehrlich ein.

Und ein Miesepeter war er obendrein. Aber, so sagte sich

Nelly, er hat mildernde Umstände. Zweifellos war der Alkohol mit schuld daran, doch im Grunde genommen fehlte ihm eine ordentliche Frau. Sie blickte sich prüfend in der sauberen Küche um und lauschte auf das Brutzeln des Auflaufs, das Musik in ihren Ohren war. Wenn er ein trautes Heim hätte, dachte Nelly, würden die *Zwei Fasane* ihren Reiz für ihn verlieren. Und falls nicht, dann wußte sie dem einen Riegel vorzuschieben – schließlich hatte sie mit eigenen Augen gesehen, wie der junge Albert Piggot in einem viel zu kleinen Jackett mit Gürtel vor vielen Jahren den Abstinenzlern beigetreten war.

Die Vorteile dieser Ehe lagen auf der Hand. Albert bezog ein festes Gehalt, war ein guter Gärtner und konnte einer Frau ein recht angenehmes Leben bieten. Und sie hätte es nicht mehr weit zur Arbeit. Das *Wappen von Lulling* war zwar eine angenehme Arbeitsstelle, aber Nelly hatte es nicht gern, wenn Alkohol getrunken wurde. Um die Stelle war es also nicht schade, auch wenn Bessie und Ted nett zu ihr waren.

In Thrush Green hätte sie die Wahl und könnte sich ihren Arbeitgeber aussuchen. Miss Ruth oder Miss Joan, wie sie Mrs. Lovell und Mrs. Young im stillen noch immer nannte, könnten ihr dabei wahrscheinlich behilflich sein. Ihr fiel der große, gefliste Küchenfußboden bei den Bassets ein, und bei dem Gedanken wurde ihr warm ums Herz.

Noch besser war die Dorfschule, denn die lag praktisch nebenan! Bei dem Gedanken an meterweise nackte Dielenbretter, über die Tag für Tag dreckige Stiefel trampelten und die geradezu nach eimerweise heißer Seifenlauge und einem tüchtigen Schrubber schrien, frohlockte Nelly im stillen. Und wenn sie sich recht entsann, so gab es auch einen Waschraum mit einem hübschen rosigen Backsteinfußboden, der wirklich die Mühe lohnte. Und als sie sich den großen, frisch mit erstklassigem Ofenschwarz und viel Muskelkraft gewienerten bauchigen Ofen vorstellte, da hüpfte ihr das Herz. Ihr war zu Ohren gekommen, daß Miss Watson mit der augenblicklichen Putzfrau nicht recht zufrieden war. Ein Wort an die richtige Adresse, so sagte sich Nelly, und sie hätte die Stelle, wenn sie sich in Thrush Green einen ehrlichen Penny verdienen wollte.

Sie hörte Alberts Schritte, stemmte sich hoch und öffnete den Backofen. Ein köstlicher Duft zog durch den Raum. Auf der Herdplatte köchelte der Krauskohl lieblich vor sich hin. Diese Düfte empfingen Albert, als er die Hintertür aufmachte.

»Mann-o-Mann!« hauchte Mr. Piggot ehrfürchtig, »riecht das aber gut, Nell.«

Sein Gotteshaus bekam eine so andächtige und verzückte Miene nie zu sehen. Albert war zutiefst gerührt.

Und Nelly wußte ihren Vorteil zu nutzen.

»Komm, Albert«, sagte sie freundlich, »setz dich endlich wieder mal in einer richtig sauberen Küche zu einem richtig heißen Essen.«

Sie holte das duftende Gericht aus dem Herd und stellte es brutzelnd vor dem geblendeten Küster ab.

»Da!« schnaufte die Witwe stolz und machte sich mit einem Schinkenauflauf daran, Albert Piggot zu umgarnen.

Albert Piggots Haus war nicht das einzige in Thrush Green, in dem Ehepläne für Unruhe sorgten.

An eben diesem Tag dachte auch Ella Bembridge auf der anderen Seite des Dorfplatzes über den Ehestand nach. Sie war allein zu Haus, hatte ihre Arbeitsmaterialien auf dem Küchentisch ausgebreitet und wollte eine Bahn Stoff für Dotty Harmers neues Sommerkleid bedrucken. Doch dieses eine Mal fand sie keinen Gefallen an den Farbtiegeln, dem Krug mit den Pinseln und den klobigen Holzmodeln.

Dimity machte mit Harold Shoosmith eine Spazierfahrt in dem großen Mercedes. Sie hatten mehr als nur einen Anstandswauwau dabei, da ungefähr sechs weitere Autos mitfuhren. Lullings Seniorenklub machte einen Ausflug zu einer angelsächsischen Kirche, die unter Altertumskennern als Kleinod galt, einem Bienenkorb glich und ausnehmend modrig roch. Ella hatte beschlossen, sich diesen Genuß zu versagen und dafür ein, zwei Bestellungen auszuführen, solange niemand in der Küche herumwirtschaftete.

Aber sie war nicht mit dem Herzen bei der Sache. Als sich die beiden Freundinnen vor vielen Jahren zusammengetan hatten, war eine Ehe für beide noch vorstellbar gewesen. Doch je älter sie wurden, desto mehr verschlechterten sich ihre Heiratschancen, und so gingen sie ihren vielen Interessen nach, waren einander herzlich zugetan und versanken nicht im Sumpf der Einsamkeit.

All diese Gedanken gingen Ella im Kopf herum, während sie die Holzmodel unentwegt auf die Stoffbahn vor sich drückte. Die Küche kam ihr stickig vor, das Muster mäßig und ihr Druck verschmiert. Schließlich hielt Ella es nicht länger aus, sie legte die Werkzeuge beiseite, griff sich ihren Mantel vom Haken an der Küchentür und stapfte hinaus, um frische Luft zu schnappen.

Es war einer jener stillen, ruhigen Wintertage, an denen alles zu warten scheint. Keine Brise störte die Rauchwolken, die aus den Schornsteinen von Thrush Green stiegen. Kahl und reglos standen die Bäume. Auf den Hecken saßen kleine Tropfen; kein Windhauch wehte sie fort, kein Sonnenstrahl ließ sie lebendig auffunkeln. Die Wolken hingen tief und waren von einem einheitlichen Grau.

»Als ob man in einem Zelt wäre«, dachte Ella verdrießlich und lenkte den Schritt zum Fußweg nach Nod und Nidden.

Nachdem sie auf dem unbelebten Weg eine halbe Meile gegangen war, kam sie zu einer niedrigen Mauer aus Cotswold-Stein, die ein Handwerker vor vielen Jahren Stein auf Stein errichtet hatte, und das so geschickt, daß er ohne Mörtel ausgekommen war und die Bruchsteine sich trotz Unwetter und Schneestürmen nicht vom Fleck gerührt hatten.

Ella stützte sich auf die angenehm rauhe Oberfläche der Mauer, holte die verbeulte Tabakdose heraus, die sie überallhin mitnahm, und drehte sich eine der schlampigen, übelriechenden Zigaretten, für die sie berüchtigt war. Nachdem sie diese am unsauber gerollten Ende angezündet hatte, inhalierte sie den belebenden, starken Rauch. Vor ihr im Dezemberdunst erstreckte sich Meile um Meile die Landschaft der Cotswolds mit gepflügten Äckern, Wiesen, fernen diesigen Forsten, Hügeln und Tälern. Hier, an diesem stillen, angenehmen Fleckchen, wollte Ella endlich mit sich ins Reine kommen.

Steck den Kopf nicht in den Sand, sagte sie sich, nichts auf der Welt hält Dimity vom Heiraten ab, wenn sie einen Antrag bekommt. Was für ein Leben führt Dim denn auch bei Licht besehen? Sie wird herumkommandiert und angeschrien und macht die meiste Arbeit, ohne dafür ein Dankeschön zu bekommen.

»Ein Wunder, daß sie es überhaupt so lange mit mir ausgehalten hat«, sagte Ella laut zu einer fetten Amsel, die herangewippt kam, um nachzusehen, was es da gab. Sie piepste und flog davon, was Ella ihr in ihrer augenblicklichen Selbsterkenntnislaune auch nicht verdenken konnte.

Und es bestand kein Zweifel daran, daß Harold Shoosmith Dimity mochte. Er hatte es sich angewöhnt, mehrmals die Woche bei ihnen hereinzuschneien, und Dimity machte keinen Hehl aus ihrer Freude über seine Besuche. Er gibt sicherlich einen ausgezeichneten Ehemann ab, dachte Ella großherzig. Obwohl der Ehestand das Letzte war, schien er trotzdem einer recht großen Zahl von Menschen zuzusagen.

Vermutlich würden sie im Eckhaus wohnen. Auf einmal tat Ella diese Vorstellung eigentümlich weh, und gereizt warf sie ihre Zigarette in ein nasses Grasbüschel. War sie etwa eifersüchtig? fragte sie sich. Männer würden das behaupten, Frauen wohl kaum. Ella bemühte sich, die Sache wieder nüchtern zu betrachten.

Es tat offen gestanden nicht weh, weil sie eifersüchtig war. Sie selbst wollte gar nicht heiraten, wußte aber, daß Dimity mit ihrem sanften Naturell in der Ehe aufblühen würde. Sie wiederum war energisch und kreativ, und das gab ihr von Jahr zu Jahr größere Befriedigung. Ein Ehemann wäre ihr dabei bloß im Wege. Sie war zu selbstsüchtig und nahm jede Störung ihres Lebensstils übel. Aber sie freute sich für Dimity. Es war nur, und das gab Ella einen Stich, daß ihr Dimity so schrecklich fehlen würde – die Witze, über die sie gelacht hatten, die geselligen Tage in dem kleinen Cottage, die anspruchslosen Ausflüge und der Spaß, sie hinterher durchzuhecheln.

Ein Leben mit Dimity auf der anderen Seite des Dorfplatzes würde ganz anders aussehen. Hielt sie es im Cottage ohne Dimity aus, fragte sich Ella. Oder war es besser, hier alles aufzugeben und wegzuziehen? Möglicherweise wäre dies das Beste für uns beide, befand sie. Was auch immer die Zukunft brachte, sie mußte Dimity gehen lassen. Sie durfte nicht selbstsüchtig und tyrannisch sein – Dimity hatte ihre herrische Art lange genug ertragen. Falls es sich herausstellte, daß Dimity ein anderes Glück beschieden war, so mußte sie es beim Schopf packen, und sie selbst würde ihr nach besten Kräften dabei helfen.

Ella holte tief Luft, feuchte Cotswoldluft, und fühlte sich schon viel besser. Endlich war sie mit sich im reinen.

Sie gab der Steinmauer einen freundschaftlichen Klaps und lenkte ihre Schritte in Richtung Thrush Green.

Aber das Herz war ihr noch immer schwer.

11. Weihnachtsvorbereitungen

Allmählich putzte sich auch das Städtchen Lulling weihnachtlich heraus. Auf dem Marktplatz reckte sich ein hoher Weihnachtsbaum, um dessen dunkle Zweige sich eine Girlande aus elektrischen Kerzen wand. Abends blinkte er mit roten, blauen, gelben und orangefarbenen Lämpchen und erfreute die Kinderherzen.

In den Schaufenstern prangten Schneelandschaften, Weihnachtsglocken, Papiergirlanden und Rentiere. Das Fenster des einheimischen Elektrizitätsgeschäftes zeigte ein lebensgroßes Tableau mit einer Familie beim Weihnachtsschmaus, das sehr bewundert wurde. Wachsfiguren mit etwas fahlem, gelbsüchtigem Teint saßen glasig lächelnd vor einem lackierten Puter aus Pappmaché und zückten glücklich und erwartungsvoll die

Gabeln. Auf ihrem Strohhaar saßen Papierhütchen in Braunrot und Limonengrün, und man hatte ihnen farbenfrohe Papierservietten mit Stechpalmenzweigen in den Kragen gesteckt. Daß dicht daneben eine Waschmaschine, eine Wäscheschleuder und ein Kühlschrank standen, schien sie nicht zu stören, auch nicht das Durcheinander von Fönen, Taschenlampen, Heizgeräten, Bettwärmern und Toastern unter dem Eßtisch mit dem Schild

BELIEBTE WEIHNACHTSGESCHENKE.

Die Konkurrenzfirmen Beecher und Thatcher, die sich an Lullings High Street gegenüberlagen, hatten unzählige Pakete Watte für ihre Schneelandschaften verbraucht. Einige meinten, Beechers *Palast der Schneekönigin* übertreffe Thatchers Tableau aus Dickens' *Ein Weihnachtslied*, doch kritischere und krittelige Gemüter unter Lullings Einwohnern fanden die durchsichtigen Gewänder der Schneekönigin unzüchtig und überhaupt nicht weihnachtlich. Beide Firmen aber ließen es sich nicht nehmen, für ihre kleinen Kunden einen Weihnachtsmann mit einem riesigen Berg Pakete in rosa oder blauem Einwickelpapier aufzustellen. Eltern gerieten in Erklärungsnotstand, warum der Weihnachtsmann gleich zweimal dastand, und verzweifelte Mütter gestanden sich heimlich, was sie von Beecher und Thatcher und ihrer Dickköpfigkeit hielten. Psychologisch schien sich das nicht übel auszuwirken. Landkinder sind recht ausgeglichen, und die Vorfreude auf zwei Geschenke machte bei weitem den Schock wett, dem Weihnachtsmann an einem Tag gleich zweimal zu begegnen – einmal in der neu dekorierten Besenabteilung unter Thatchers Haupttreppe und einmal oben in der passend mit rotem Vorhangstoff ausgekleideten Unterwäscheabteilung von Beecher.

Nur noch zwei Wochen bis Heiligabend. Also rafften sich die Einwohner von Lulling endlich auf, ihre Weihnachtseinkäufe zu tätigen. Mochte sich London seit Ende Oktober auf das heilige Fest vorbereiten, Lulling ließ sich nicht hetzen.

Oktober und November waren an sich schon arbeitsreiche Monate. Dezember, das heißt der zweite Teil des Monats, war die richtige Zeit, an Weihnachten zu denken, und die Vorstellung, schon früher Karten und Geschenke zu kaufen, war einfach absurd.

»Wer denkt schon an Weihnachten, wenn der Garten noch nicht umgegraben ist«, sagte ein praktischer Mensch.

»Vermiest den ganzen Spaß, wenn sie einem schon vor Dezember mit Weihnachten kommen«, pflichtete ein anderer bei.

Doch jetzt waren die guten Leutchen dazu gewillt, und die Geschäfte machten ordentlich Umsatz. Körbe quollen über, und abgehetzte Hausmütter kämpften sich mit so unhandlichen Gegenständen wie Dreirädern und Stelzen, alles notdürftig in flatterndes Papier verpackt, die belebte Hauptstraße entlang. Kinder quengelten nach billigem Schnickschnack, der ihnen ins Auge stach, und Väter bestaunten nachdenklich elektrische Eisenbahnen und überlegten, ob ihre zweijährigen Söhne oder Töchter eine gute Ausrede für deren Kauf wären.

In einer Ecke des Marktplatzes befand sich Puddocks', die Schreibwarenhandlung, und hier war Ella Bembridge eines windigen Nachmittags mit dem Aussuchen von Weihnachtskarten beschäftigt.

Normalerweise entwarf Ella ihre Weihnachtskarten selbst, in der Regel ein Holz- oder Linolschnitt, kräftig und eindrucksvoll, wie man es von ihr kannte und wie ihre Freunde es schätzten. Aber in diesem Jahr war Ella einfach nicht dazu gekommen. Sie hatte keine Zeit gehabt. Zum einen hatten sie dieser Tage weitaus mehr Besucher, den Pfarrer und seinen Freund Harold Shoosmith, und außerdem verspürte sie bei dem Gedanken an bevorstehende Veränderungen eine unerklärliche Mißstimmung, und die setzte Ella mehr zu, als sie wahrhaben wollte. Vor dem Haufen alberner Karten bei Puddocks' wurde Ella noch niedergeschlagener zumute.

Doch Mißstimmung hin, Mißstimmung her, es mußte getan werden, und so begab sich Ella energisch an die Arbeit. Sie ging direkt in die Abteilung, in der Weihnachtskarten mit

6 d, 9 d und 1 s ausgezeichnet waren und sortierte mit flinker Hand. Ballettänzerinnen, Ponys, Hunde, alles mit Reifrock oder Biberhut wurden verworfen. Desgleichen Stilleben mit aufgeschlagener Bibel vor Buntglasfenstern und mit Christrose oder Kerze daneben. Erstaunlich, wie wenig nach diesem rücksichtslosen Aussortieren übrigblieb. Ella richtete sich auf, schöpfte Atem und blickte sich um, wie es anderen erging.

Sie beneidete die füllige Frau neben sich, weil sie zu allen Karten griff, die mit Glitzerzeug verschönt waren, und alle Verse las. Ihr bot sich eine reiche Auswahl. Und dann der lange, dünne Mann, der mit affenartiger Geschwindigkeit Schwarzweißzeichnungen der Kathedrale von Ely, von Tower Bridge und Bath Abbey herauspickte. Sie bekam mit, wie sich eine große Frau zur Kasse durchdrängelte und zehn Dutzend gedruckte Weihnachtskarten abholen wollte, die sie am 22. August bestellt und die man ihr für Anfang Dezember fest zugesagt hatte. Hut ab, dachte Ella, ist die aber tüchtig, und machte sich wieder ans Aussortieren.

Zu guter Letzt fand sie ein paar einigermaßen vertretbare Exemplare, zahlte und schob sich durch die Menschenmenge auf den vergleichsweise unbelebten Bürgersteig. Die Uhr am Rathaus zeigte zehn nach fünf, und Ella beschloß, ihr Glück im *Fuchsienbusch*, Lullings vornehmster Teestube, zu versuchen.

Der weihnachtliche Beitrag des *Fuchsienbusches* bestand in einem reizenden Tableau, das auf einer Anrichte gleich hinter der Tür aufgebaut war. Weiß besprühte Äste, an denen weiße und silberne Glöckchen hingen, breiteten ihre Zweige über eine Schar weiß gekleideter Engel aus. Leider hatte man das Ganze zu üppig mit künstlichem Rauhreif berieselt, der nun jedes Mal durch den Laden stäubte, wenn die Tür aufging. Kritische Kunden griffen zu Kuchen, von denen sich das Glitzerzeug leicht abschütteln ließ und mieden klebrige Küchlein mit Zuckerguß, die normalerweise zu den Rennern des *Fuchsienbusches* gehörten.

An einem Tisch in der Nähe entdeckte Ella zu ihrer Freude ihre alte Freundin Dotty Harmer, deren Haar auch schon frostig glitzerte. Vor ihr dampfte eine Tasse Tee, und auf einem Teller lagen drei Gesundheitskekse.

»Hallo, Dotty, erwartest du jemand?« trompetete Ella und zerrte den einzigen freien Stuhl in der Teestube zu sich her.

»Nein, nein«, antwortete Dotty und nahm ein Einkaufsnetz, einen Blumenkohl und eine große Papiertüte mit der Aufschrift LEGEFROH vom Sitz. »Bertha Lovelock ist genau vor einer Minute gegangen. Setz dich doch. Ich gehe gerade meine Liste noch mal durch. Ich habe, glaube ich, alles, außer Weißling für Mrs. Curdle. Normalerweise bekommt sie Köhlerfisch, aber anscheinend ist sie wieder guter Hoffnung, da dürfte Weißling nicht so schwer im Magen liegen.«

»Tee, bitte«, sagte Ella zu der trägen Kellnerin, die neben ihr auftauchte.

»Teegedeck - getoasteter - Teekuchen - mit - Marmelade - oder - Honig - danach - ein - Stück - Kuchen - eigener - Wahl - zwei-neun«, rasselte die junge Frau herunter und bewunderte dabei ihren Verlobungsring.

»Danke, nein«, sagte Ella. »Nur Tee.«

»Indischer oder China?«

»Indischen«, sagte Ella. »Und stark.«

Die junge Frau entschwand, und Ella wickelte sich den langen Wollschal vom stämmigen Hals, knöpfte den Mantel auf und seufzte erleichtert.

»Warum es wohl ›indischer oder China‹ heißt?« überlegte sie laut. »Warum nicht ›indischer oder chinesischer‹? Oder ›Indien oder China‹? Unlogisch, was?«

»Ja, stimmt«, bestätigte Dotty und halbierte vorsichtig einen Gesundheitskeks. »Die Menschen sind nun mal nicht logisch. Man denke nur an Vaters Menschenfalle.«

Ella erschrak. Manchmal redete Dotty noch krauseres Zeug als üblich. Heute schien sie ihren schlechten Tag zu haben.

»Was hat denn die Menschenfalle deines Vaters damit zu tun?« erkundigte sich Ella.

»Ich will sie einfach zurückhaben«, sagte Dotty schlicht. Sie steckte sich ein Keksstückchen in den Mund und knabberte es zierlich mit den Vorderzähnen. Die hinteren waren nicht mehr vorhanden. Dabei sah sie aus wie ein gesittetes Kaninchen mit Brille.

»Ach, hör auf!« sagte Ella barsch. »Red keinen Stuß!« Dotty wirkte irgendwie durcheinander.

»Du weißt doch, daß Vater seine wertvolle Menschenfalle dem Museum überlassen hat. Sie hat bestens funktioniert, und im achtzehnten Jahrhundert hat Sir Henry sie noch verwendet – der Ururgroßvater des jetzigen Sir Henry. Vater hat sie den Jungs auf dem Gymnasium immer im Geschichtsunterricht vorgeführt.« Sie legte eine Pause ein und trank ein Schlückchen Tee, und Ella, die wegen der Verzögerung innerlich kochte, fragte sich schon, ob noch mehr kam.

Dotty stellte ihre Tasse behutsam ab, betupfte sich den Mund mit einem kleinen, zusammengefalteten Taschentuch und fuhr fort.

»So«, sagte sie, »und jetzt könnte ich sie gut gebrauchen.«

Ella machte eine heftige, gereizte Geste und kippte beinahe das Tablett um, das die träge, junge Frau gebracht hatte.

»Wozu um Himmels willen brauchst du eine Menschenfalle?« verwahrte sie sich. Dotty blickte sie überrascht an.

»Na, um einen Menschen zu fangen!« erläuterte sie. Ella gab einen Laut von sich, der sich wie »Tscha« anhörte, und goß sich ungestüm Milch in den Tee.

»Ich habe den Verdacht«, fuhr Dotty fort, ohne von Ellas erhöhtem Blutdruck Notiz zu nehmen, »daß jemand meine Eier stiehlt. Ich könnte doch die Menschenfalle in der Dämmerung aufstellen und den Dieb morgens von der Polizei verhören lassen.«

»Hör mal, Dotty«, widersprach Ella, »ist dir eigentlich klar, daß dieser gräßliche Apparat dem Kerl wahrscheinlich die Beine brechen würde –?«

»Aber ja doch«, erwiderte ihre Freundin ungerührt, »nach diesem Prinzip funktioniert die Menschenfalle, und unsere war in hervorragendem Zustand. Dafür hat Vater gesorgt. Bis zum Morgen wäre er darin gut aufgehoben. Ich stehe, wie du weißt, ziemlich früh auf, das heißt, er würde nur ein paar

Stunden darin ausharren müssen.« Das hörte sich an, als ließe sie größte menschliche Rücksichtnahme walten, und damit machte sie sogar Ella kopfscheu.

»Aber Menschenfallen sind gesetzlich verboten«, meinte sie.

»Papperlapapp!« beharrte Dotty. »Eine Menge anderer Fallen auch, aber sie werden trotzdem benützt, und noch dazu für arme Tiere, die gar nichts verbrochen haben. Dieser Bösewicht weiß genau, daß er sich strafbar macht, wenn er die Eier stiehlt. Also muß er auch die Folgen tragen, und das sage ich ihm auch – aus sicherer Entfernung natürlich –, sowie ich ihn erwischt habe.«

Eine kleine Pause.

»Weißt du was, Dot?« sagte Ella eindringlich. »Du bist total übergeschnappt.«

Dotty errötete vor Zorn.

»Ich bin weitaus zurechnungsfähiger als du, Ella Bembridge«, sagte sie bissig. »Und weitaus zurechnungsfähiger als diese jungen Dinger im Museum, die mir Vaters Eigentum nicht zurückgeben wollen. Ich bezweifle sehr, daß sie im Recht sind, wenn sie mir die Bitte abschlagen. Schließlich hat Vater mir seine ganzen Sachen vererbt, und wie ich schon gesagt habe, die Menschenfalle ist genau das, was ich im Augenblick brauche.«

»Vergiß es«, sagte Ella und drehte sich eine unordentliche Zigarette. »Geh statt dessen bei der Polizeiwache vorbei und bitte Sergeant Stansted, ein wachsames Auge auf dein Cottage zu haben. Und«, fügte sie hinzu, denn sie mochte ihre wunderliche Freundin, »erzähl ihm nicht, daß du die Menschenfalle zurückhaben willst, sonst hat er auch noch ein wachsames Auge auf dich.«

Sie inhalierte den belebenden Zigarettenrauch. Ehrlich, dachte sie bei sich, nach Dotty hat man so eine kleine Wohltat nötig.

Unterdessen waren Dimity und Winnie Bailey in Thrush Green in der kalten und zugigen Kirche tätig.

Als sie die Krippe aufbauen wollten, stellten sie fest, daß der nach vorn hin offene Stall, in dem Krippe und Figuren standen, dringend neu gedeckt werden mußte. Sie werkelten noch neben dem Taufbecken und wateten bis zu den Knöcheln in Stroh, als die Uhr über ihnen bereits halb vier schlug.

Es wurde schon dämmrig in der Kirche. Über ihren gebeugten Köpfen bewegten sich die verschlissenen Regimentsfahnen sacht in der Zugluft, und rings um ihre kalten Füße raschelte das Stroh auf den Steinplatten. Der Altarraum hinten wirkte gespenstisch und unglaublich kalt, ein düsterer und geheimnisvoller Ort.

»Ich hätte nie gedacht, daß das so schwierig sein könnte«, bekannte Winnie Bailey, während sie sich bemühte, das widerspenstige Stroh ordentlich zu bündeln. »Wir hätten einen richtigen Reetdachdecker bitten sollen.«

»Macht nichts«, sagte Dimity und trat zurück, um das Werk ihrer Hände zu bewundern, »von weitem sieht alles sehr schmuck aus. Nur noch die eine Ecke, dann haben wir es geschafft.«

Betrübt betrachtete sie ihre kleinen Hände.

»Überall Splitter«, sagte sie. »Wenn wir das Dach fertig haben, räumen wir auf und trinken erst mal Tee. Man kann sowieso schon keine Hand mehr vor Augen sehen.«

»O ja«, sagte Winnie begeistert. »Und die Figuren säubern wir zu Hause.«

Binnen fünf Minuten waren sie fertig, und als die beiden Freundinnen erschöpft die letzten Strohhalme aufsammelten, ging die Tür auf, und der Pfarrer trat ein.

»Wie geht es voran?« fragte er. Dimity und Winnie zeigten ihm bescheiden, aber stolz das goldfarbene Dach.

»Fachfrauen, alle beide«, verkündete der Pfarrer voller Bewunderung.

»Und sehr müde Frauen«, sagte Winnie. »Wir wollten gerade zum Tee nach Haus.«

»Kommen Sie doch mit«, bat Dimity, während sie in den zugigen Vorraum gingen; und dann strebten die drei in der winterlichen Dämmerung Ellas und Dimitys Cottage zu.

Nach der hohen und düsteren Kirche wirkte das Wohnzimmer mit seiner niedrigen Decke sehr behaglich.

Das Feuer glühte rot und warm, und die Tischlampen warfen anheimelnde Lichtkegel auf die blank polierten Bücherregale, die neben dem Kamin standen. Das Zimmer duftete nach frühen Hyazinthen. Eine prächtige, hellrosa Azalee fiel dem Pfarrer ins Auge und fand seine Bewunderung.

»Ja, ist sie nicht hübsch?« sagte Dimity und rollte ihre Handschuhe säuberlich zusammen. »Die hat Harold Shoosmith uns mitgebracht. Das Feuer ist genau richtig zum Toasten, und wir haben Crumpets. Bitte, setzen Sie sich doch, ich hole sie schnell.«

Gehorsam nahm der Pfarrer Platz, und die beiden Frauen verzogen sich in die Küche, während er die klammen Hände ans Feuer hielt. Dabei fiel ihm schlagartig ein, daß man heutzutage nur noch selten einen brennenden Kamin zu sehen bekam. Seine Haushälterin schaltete lieber den elektrischen Heizofen ein, das machte weniger Arbeit, und der gute Pfarrer mochte ihr nicht gern hineinreden. Doch bis zu diesem Augenblick hatte er gar nicht gemerkt, wie sehr ihm so ein richtig geselliges Feuer fehlte. Das hier war etwas Lebendiges, seine Flammen zungelten und knisterten, und es reagierte, wenn man sich darum kümmerte. Er mußte Mrs. Butler einfach dazu bewegen, wieder Feuer im Kamin zu machen. Auch wenn er ihn am nächsten Morgen selber ausräumen mußte, es war die Mühe wert, befand der Pfarrer.

Er lehnte sich in dem weichen Sessel zurück, der ihn so behaglich umfing, und blickte sich wohlgefällig in dem kleinen Zimmer um. Wie hübsch es doch war, wie heimelig! Das lag an Dimity, das wußte er, und wie gut sie ihre Sache machte – schüchtern, unaufdringlich, aber liebevoll. Beim Blick auf die rosa Azalee war es mit seinem Wohlbehagen kurz vorbei. Wenn man es recht bedachte, hatte auch Harold Shoosmith den Dreh heraus, wie man es sich gemütlich machte. Und das lag nicht nur am Geld, überlegte der Pfarrer ziemlich niedergeschlagen, obwohl Shoosmith verglichen mit ihm wohlhabend war. Es lag daran, daß dieser auszuwählen verstand und Dinge auftrieb, die zusammenpaßten, daß er die Beleuchtung richtig anzuordnen wußte und sich auch um die kleinen Details kümmerte. Der Pfarrer mußte an sein Pfarrhaus, diese große Scheune denken, an die kalten Flure, die hohen gotischen Fenster mit ihrer ewigen Zugluft, und er seufzte.

In diesem Augenblick kamen Dimity und Winnie mit dem Teegeschirr zurück, und als der Pfarrer den Berg Crumpets erblickte, nahm er die dargebotene Gabel zum Toasten und machte sich an die einfache Bäckerei, und seine gute Laune kehrte zurück.

»Irgend etwas Neues vom Denkmal?« fragte Winnie beim Tee.

»Edward macht seine Sache gut«, antwortete der Pfarrer. »Er hat mehrere Leute um Entwürfe gebeten, so daß wir schon bald den Zuschlag erteilen können. Außerdem haben wir versucht, Nathaniels Enkel ausfindig zu machen, aber das ist schwierig.«

»Was ist mit der Tochter?« fragte Dimity und schenkte Tee nach.

»Nathaniels Tochter? Leider tot. Sie hat einen rechten Tunichtgut geheiratet und in großer Armut irgendwo im Westen Englands gelebt. Aber wir hoffen immer noch, daß wir ihren Sohn aufspüren können. Der dürfte jetzt ungefähr dreißig Jahre sein. Wir finden alle, man sollte das Denkmal für seinen Großvater mit ihm besprechen. Und, wie Edward vorgeschlagen hat, wäre es doch wirklich schön, wenn er es im März enthüllen könnte.«

»Wird es bis dahin wirklich fertig?« fragte Winnie zweifelnd, da Thrush Green nicht gerade für Pünktlichkeit berühmt war.

»Davon bin ich überzeugt.« Der Pfarrer ließ sich nicht beirren. Hastig zog er ein schwarzes, qualmendes Crumpet aus dem Feuer, pustete die Flammen aus und musterte es bedenklich. »Das behalte ich wohl lieber«, sagte er. Die Damen willigten etwas zu begeistert ein, und der Pfarrer spießte das nächste Crumpet auf und versuchte sein Glück noch einmal.

»Ich weiß gar nicht, wo Ella so lange bleibt«, meinte Dimity. »Sie muß irgendwo Tee getrunken haben. Hoffentlich kommt sie, ehe Sie gehen.«

Aber Ella kam nicht. Bis sie ihren Tee im *Fuchsienbusch* ausgetrunken, Dotty Lebewohl gesagt hatte und den Hügel nach Thrush Green hochgestapft war, hatten sich Winnie Bailey und der Pfarrer schon verabschiedet.

Unten im Tal funkelten die Lichter der kleinen Stadt in der klaren Abendluft, und der Pfarrer blickte liebevoll auf sie hinunter, als er über den Dorfplatz zu seinem eigenen Haus hinüberging. Er war sehr von Lulling angetan, ja, eigentlich noch mehr als von Thrush Green, da es auf vielerlei Weise reizvoller war. Und an diesem Abend wirkte die in dunkle Hügel gebettete Kleinstadt besonders anziehend.

Er schenkte ihr einen letzten Blick, ehe er seine schwere Haustür öffnete und eintrat.

Das Haus war still und kam ihm kalt und klamm vor, als er die Tür hinter sich schloß. Er ging in sein Arbeitszimmer, knipste Licht an und sah sich um.

Der elektrische Kaminofen war kalt und blitzblank. Über seinem Schreibtisch hing ein Kruzifix an der Wand. Der Raum war hellgrün getüncht und ließ an eine Art Aquarium denken, was nicht gerade zur Behaglichkeit beitrug. Das ganze Zimmer war zu hoch und daher ungemütlich, und die dünnen Vorhänge wehten ruhelos im stetigen Luftzug von den hohen, schmalen Fenstern.

Dem Pfarrer fiel das gemütliche Zimmer ein, das er gerade verlassen hatte, er seufzte über soviel Tristesse und schaltete den Kaminofen ein. Alles war so anders gewesen, als seine Frau noch lebte. Manchmal kam ihm das Leben genauso freudlos vor wie sein Arbeitszimmer.

Dann fiel sein Blick auf das Kreuz an der Wand, er schalt sich, setzte sich an den Schreibtisch und fing an zu arbeiten.

12. Das Fell- und-Feder-Whistturnier

Miss Fogerty musterte ihre quirligen Erstkläßler und dankte ihrem Schöpfer, daß dies der letzte Nachmittag vor den Schulferien war. Der letzte Tag vor den Ferien war immer anstrengend, aber der vor den Weihnachtsferien, knapp eine Woche vor dem Fest, konnte einen Heiligen zur Verzweiflung bringen, vor allem, wenn man das Pech hatte, die Erstkläßler zu unterrichten.

Die Kinder waren ganz aus dem Häuschen, zappelten und quietschten, kicherten und quengelten, bis Miss Fogerty in die Hände klatschte und streng sagte: »Köpfe runter!«

Und als dann der letzte Kopf auf drallen, kleinen, auf dem Pult gefalteten Armen lag, setzte sie sicherheitshalber noch hinzu: »Ich lese erst vor, wenn ihr fünf Minuten ganz ruhig gewesen seid!«

Danach wurde es in der Klasse vergleichsweise still, und Miss Fogerty merkte, daß sie langsam wieder zurechnungsfähig wurde.

Sie ging zum Fenster und betrachtete den dämmrigen Himmel. Es war fast halb vier und der kürzeste Tag des Jahres. Jenseits des kleinen Schulhofes senkten sich die Felder zu dem sanften Tal, durch das sich der Weg zum Lulling-Forst schlängelte, an dem auch Dotty Harmers einsames Cottage lag. Schafe grasten auf dem Abhang, und eines saß wiederkäuend so dicht an der Hecke, daß Miss Fogerty es deutlich ausmachen konnte: Irgendwie sah es mit seiner langen Nase und dem gütigen Gesichtsausdruck wie Wordsworth aus. Es betrachtete die Landschaft ungerührt, mahlte friedlich mit den Kiefern und vermittelte Miss Fogerty ein himmlisches Gefühl der Ruhe.

Sie drehte sich um, überblickte die Klasse und fühlte sich ihr wieder gewachsen. Die Kinder ruhten im Zustand unterschiedlicher Erschlaffung. Über ihnen hingen Papiergirlanden in allen Regenbogenfarben, hier und da baumelte eine chinesische Laterne und schaukelte sacht im Luftzug des Fensters. Eine Reihe rotberockter Weihnachtsmänner mit weißen Wattebärten und glänzenden schwarzen Papierstiefeln marschierte an der Wand entlang. Normalerweise wäre der Weihnachtsschmuck zu Ferienbeginn abgenommen worden, doch der Thrush-Green-Vergnügungsausschuß hatte darum gebeten, die Dekoration für das Fell-und-Feder-Whistturnier in der Schule zu belassen.

»Wir nehmen nachher auch alles ab«, hatte Mr. Henstock den beiden Lehrerinnen zugesichert, und die Damen waren ihm dafür aufrichtig dankbar.

Die große Uhr an der Wand tickte und bewegte sich auf vier zu; Miss Fogerty kehrte zum Katheder zurück, um wie versprochen vorzulesen. Sie sah die gesenkten Köpfe vor sich, deren Haarfarbe von Zigeunerschwarz bis Flachs reichte. Auf jedem Pult lagen die Ergebnisse herbstlichen Fleißes: Pappkreisel, Kalender, Schreibblöcke, Platzdeckchen aus Papier und Weihnachtskarten stapelten sich. Schon bald würden sie nach Haus getragen werden und kostbare Geschenke für die Familien abgeben.

»Ihr dürft euch wieder aufsetzen«, sagte Miss Fogerty gnädig von ihrem Hochsitz herab.

An die dreißig erhitzte Gesichter hoben sich beflissen. Drei schlaftrunkene Köpfe blieben auf dem Holzpult liegen, und Miss Fogerty beließ es klugerweise dabei. Sie schlug ihr Büchlein auf und las laut vor: »Es war einmal ein altes Schwein mit Namen Tante Zehenspitz. Es hatte acht Kinder; vier kleine Schweinemädchen –«

Die Kinder zappelten begeistert, gaben aber wieder Ruhe, weil sie die Geschichte vom Weihnachtsschweinchen hören wollten.

Später schaukelten die Papiergirlanden dann über ihren Eltern und anderen Einwohnern von Thrush Green und Lulling.

Das Fell-und-Feder-Whistturnier, für das man während der letzten drei Wochen mit Plakaten geworben hatte, die tapfer von Torfpfosten und Baumstämmen flatterten, war in vollem Gang. Man hatte die gläserne Trennwand zwischen

Miss Fogertys und Miss Watsons Klassenzimmern in der metallenen Laufschiene unter ohrenbetäubendem Gequietsche zurückgeschoben. Pulte und Tische wurden in einer Ecke zusammengeschoben und die Preise darauf aufgebaut. Das Prunkstück war ein großer Puter mit schneeweißem Kopf und leuchtend roten Kehllappen, der dem Ganzen etwas Festliches gab. Daneben lagen säuberlich aufgereiht Hühnchen, Fasane und Hasen, und alle waren sich einig, daß man dieses Jahr eine schöne Strecke hatte.

Die wackligen Kartentische waren dicht zusammengeschoben worden, der bauchige Ofen glühte nur so, und es roch durchdringend nach erhitzten Leibern und trocknendem Loden. Die Gesichter glänzten vor Hitze, ungewohnter Konzentration und Jagdfieber.

Zur Halbzeit machte man eine Pause, stärkte sich mit Kaffee und Tee aus den dicken, weißen Tassen, die dem Kindergarten von Thrush Green gehörten und ausgeliehen worden waren. Die Unterhaltung war rege, während alle Brote mit Sülze und Würstchen im Schlafrock verputzten, und Nelly Tilling, die für ihr Leben gern an Whistturnieren teilnahm, ließ die dunklen Augen in die Runde schweifen.

Albert Piggot war schon ganz schön weichgeklopft. Er hatte sich zwar geweigert, sie zum Whistturnier zu begleiten, aber sie hatte ihn dazu überreden können, gegen Ende »reinzuschauen«.

»Wie steh ich denn da?«, hatte er hörbar geknurrt. »Denk bloß an das Gerede der Leute, wenn die mitkriegen, daß du tagaus tagein bei mir rumhängst.«

»Na und, die reden sowieso«, gab Mrs. Tilling gutgelaunt zurück. »Sollen sie sich ruhig das Maul zerreißen. Was kümmert dich das?«

Darauf hatte er nichts erwidert. Ihm dämmerte allmählich, daß Nelly Tilling ihre Ziele verbissen verfolgte, und selbst ein gewitzterer Mann als er hätte sie schwerlich noch von ihrem Kurs abbringen können.

Sie genoß den Abend, denn sie hatte gute Karten und schon viele Punkte angesammelt. Mit ein bißchen Glück konnte sie einen der fetten Vögel da vorn mit nach Haus nehmen. Sie schätzte sie mit Kennerblick ab. Abgesehen von dem prächtigen Puter, würde sie sich für das Fasanenpärchen rechts davon entscheiden, falls sie wählen durfte.

Aber sie mußte auch an ihre Zukunft denken, und so stemmte sie sich vom Stuhl hoch und ging zu Miss Watson.

Die Rektorin kannte Mrs. Tilling nur flüchtig, aber da sie ganz allein saß, dachte sie, die fette Witwe wollte sich ihrer erbarmen und begrüßte sie daher ungewohnt herzlich.

»Schrecklich heiß hier drinnen«, begann Nelly und legte die kleine Pelzstola ab, die sie kurz zuvor von den Mottenkugeln befreit hatte. »Ihr Ofen zieht zu stark, wenn Sie mich fragen.«

»Ja, aber nicht immer«, antwortete Miss Watson. »Das hängt sehr vom Wind ab. Der muß sich wohl nach Norden gedreht haben, sonst würde der Ofen nicht so ziehen. Es sei denn, die Putzfrau hat zuviel aufgelegt.«

Mrs. Tilling gestattete sich einen besorgten Schnalzlaut.

»Mit Öfen wie dem da muß man sich auskennen«, erwiderte sie. »Um die muß man sich öfter am Tag kümmern, muß nachsehen, ob wirklich alles in Ordnung ist!« Das war ein Geistesblitz, denn Nelly wußte sehr wohl, daß die derzeitige Putzfrau in Nidden wohnte und sich nur einmal am Tag um den Ofen kümmern konnte. O wie schön! Miss Watson wirkte etwas besorgt.

»Die können nämlich richtiggehend gefährlich werden«, fuhr sie zufrieden fort und machte Miss Watson weiter Druck. »Ich hab mal einen Mann gekannt, dem ist das Ding um die Ohren geflogen. War hinterher nie mehr der alte.«

»Das kann ich mir vorstellen«, sagte die Rektorin.

»Und bei Kindern«, fuhr Nelly eindringlich fort, »kann man einfach nicht genug aufpassen. Vor allem«, fiel ihr zum Glück noch ein, »wenn es die Kinder von fremden Leuten sind.« Sie redete, als wäre der Schicksalsschlag, wenn es die eigene Brut zerfetzte, vergleichsweise leicht zu ertragen.

»Aber das dürfte wohl kaum passieren –« setzte Miss Watson ein wenig zweifelnd an.

»Wie oft kommt die Putzfrau denn?« fragte Nelly mit gespielter Besorgnis. »Nach den Fußböden und dem Anstrich zu urteilen nicht allzu oft.«

Miss Watson zuckte etwas zusammen, und Nelly überlegte schon, ob sie zu weit gegangen wäre. Laß es langsam angehen, sagte sie sich, wenn du diese Stelle in ein, zwei Monaten haben willst.

»Mrs. Cooke kommt jeden Abend für ungefähr eine Stunde«, sagte Miss Watson leicht von oben herab, »und sie arbeitet sehr gut.«

»Mrs. Cooke?« fragte Nelly erstaunt. »Etwa die Ada Cooke, mit der ich zur Schule gegangen bin? Ist die nicht bei Lady Field in Stellung gewesen? Soll immer tüchtig zugepackt haben, wie man so hört. Das heißt, ehe sie ein Kind nach dem anderen gekriegt hat. Da ist man ganz schön angebunden – schafft natürlich nicht mehr soviel wie früher, wenn einem ein ganzer Stall Kinder zwischen den Beinen rumwuselt.«

Insgeheim gab Miss Watson Nelly Tilling aus vollem Herzen recht. Auf Ada Cooke war nicht mehr richtig Verlaß, aber das hätte sie sich nicht einmal unter der Folter entreißen lassen. Sie sah sich nach jemandem um, zu dem sie sich flüchten konnte.

Nelly Tillings dunkle Augen bekamen alles mit, und sie schoß ihren letzten Pfeil ab, ehe sie ihre Beute entkommen ließ.

»Eine prima Stelle hier, das muß ich schon sagen. Ehrlich, da könnt ich richtiggehend neidisch werden. Viel Schrubben und Wienern, genau was mir Spaß macht, und das kann Ihnen jeder bestätigen. Wär mir eine Freude, Ihnen auszuhelfen, Miss Watson, falls es mit Ada noch schlimmer kommen sollte.«

Miss Watson lächelte huldvoll, murmelte ein Dankeschön und entfloh zur anderen Seite. Nelly merkte, daß sie aufgeregt wirkte und war sehr zufrieden.

»Bitte wieder an die Tische«, übertönte der Pfarrer, der als Oberspielleiter fungierte, das Geklapper der Teetassen.

Die zweite Spielzeit konnte beginnen.

Der Verdruß begann eine Stunde später, als das Whistturnier zu Ende war. Den schneeweißen Puter hatte kein Einheimischer gewonnen, sondern jemand, der gut vier Meilen von Thrush Green entfernt wohnte. Nelly Tilling hatte innerlich jubilierend die begehrten Fasane bekommen, und der Rest der Preise war auch verteilt, als der Pfarrer die übliche kleine Dankesansprache an alle Helferinnen und Helfer hielt.

»Sicherlich wollen Sie gern wissen, was dieser Abend eingebracht hat«, sagte er zu guter Letzt. »Ich freue mich, Ihnen mitteilen zu können, daß wir der Nathaniel-Patten-Denkmalstiftung fünf Pfund, zehn Schilling und neun Pence übergeben können.«

Man staunte höflich, klatschte ein wenig, doch dann übertönte eine streitbare Stimme den Beifall. Sie gehörte Robert Potter, seines Zeichens Schlachter in Lulling, der nicht nur für hervorragende Cocktailwürstchen, sondern auch für ein hitziges Temperament bekannt war.

Es bot einen eindrucksvollen Anblick, als er seinen Stuhl mit der roten Pranke zurückschob und den Pfarrer mit hochrotem Gesicht über dem Stiernacken angriff.

»Ich hätt gern gewußt, wieso das Geld an diese Nathaniel-Patten-Stiftung und nicht an das Kinderheim geht wie sonst immer. Wir aus Lulling sind dazu nicht gefragt worden.«

Er schob das Gesicht vor, und seine Stimme wurde noch lauter.

»Und damit ihr's wißt, ich steh hier für viele, die dagegen sind, daß sich ein Haufen Faulpelze aus Thrush Green unser gutes Geld unter den Nagel reißt und verjubelt. Nathaniel Patten gehört genausogut nach Lulling wie nach Thrush Green. Wir haben ein Recht darauf, daß man uns dazu befragt.«

Der Pfarrer musterte seinen Kritiker gelassen. Der Angriff ging ihm zwar unter die Haut, doch ließ er sich nichts anmerken. Nicht einmal die wenigen beifälligen, etwas albernen Zurufe in dem gerammelt vollen Raum schienen ihm etwas auszumachen. Als er dann antwortete, bewies er eine ruhige Autorität.

»Es tut mir leid zu hören, daß solche Gefühle aufkommen konnten. Auf den Plakaten stand klar und deutlich zu lesen, daß der Erlös für die Denkmal-Stiftung bestimmt ist. Ich hätte es begrüßt, wenn man diese Einwände früher vorgebracht hätte.«

Der sachliche Ton des Pfarrers hatte einen besänftigenden Einfluß auf Robert Potters hitziges Temperament, aber er hörte sich noch immer aufsässig an und freute sich offensichtlich, als auch andere ihre Einwände laut äußerten.

»Ich bin dagegen, daß das Geld an die Stiftung geht. Nathaniel Patten mag ein guter Mann gewesen sein – ich will auch gar nicht das Gegenteil behaupten – aber ich bin überzeugter Baptist und will nicht, daß von der Staatskirche für mein gutes Geld ein Denkmal hingesetzt wird. Nichts für ungut, aber ich hab noch nie ein Blatt vor den Mund genommen.«

Man rief: »Hört, hört« und: »Ha, der gute, alte Robert«, aber das waren nur wenige, und die wollten sich auch nur vor den Frauen großtun.

Der Pfarrer stellte fest, daß er sich Harold Shoosmith herbeiwünschte. In seinem inneren Aufruhr merkte er, wie sehr er sich allmählich auf den gesunden Menschenverstand seines neuen Freundes verließ. Er war jedoch daran gewöhnt, mit Ärger allein fertig zu werden, und so stürzte er sich mitten ins konfessionelle Schlachtgetümmel.

»Ich werde dem Ausschuß Ihre Einwände übermitteln, Mr. Potter«, antwortete er höflich. »Bis dahin schlage ich vor, daß wir uns im Geist des Festes der Liebe und Versöhnung voneinander verabschieden.«

Er schenkte seinen Schäflein ein heiteres Lächeln, und diese holten sich Mäntel und Hüte, Schals und Mützen und strebten zur Tür. Alle waren sie da, die guten sanftmütigen, die dummen und die ein, zwei schwarzen Schafe. Er erblickte Robert Potters roten Stiernacken und hätte gern einen Schäferkrummstab gehabt, um dieses Mitglied von der Herde fernzuhalten, ehe es die anderen anstecken konnte.

»Nach der nächsten Ausschußsitzung würde ich mich gern einmal mit Ihnen unterhalten«, sagte der Pfarrer freundlich.

»Hmpf!« knurrte Potter und verabschiedete sich steif.

Am nächsten Morgen schaute der Pfarrer wieder in der Schule vorbei. Eine Gruppe von Helfern war emsig dabei, die Girlanden und Laternen abzunehmen und die Dorfschule in ihren gewohnten Zustand zurückzuversetzen. In ein, zwei Tagen würde sich Mrs. Cooke aus Nidden ans Putzen machen, während ihre älteren Kinder die jüngeren hüteten.

Der Pfarrer half ein Weilchen mit und schlenderte dann zum Schulhof. Aus Harold Shoosmiths Garten nebenan wehte bläulicher Rauch von einem Feuer herüber, und weiter hinten konnte er seinen Freund ausmachen, wie er schwungvoll Gartenabfälle zusammenharkte.

Schnurstracks begab sich der Pfarrer zu ihm und erzählte Thrush Greens Neuzugang, was letzten abend vorgefallen war. Er hörte sich zwar heiter an, aber Harold Shoosmith merkte, daß sich der Pfarrer Sorgen zu machen schien. Seine Antwort klang aufmunternd.

»Vergessen Sie's bis nach Weihnachten. Zehn zu eins ist es ein Sturm im Wasserglas. Wir können es auf der nächsten Sitzung im neuen Jahr besprechen, aber wenn ich das richtig sehe, wird man von Mr. Potter nie mehr etwas hören.«

Er bückte sich und hob einen Armvoll toter Blätter und Zweige auf, warf sie ins Feuer und schnupperte zufrieden.

»Riecht herrlich, was?« sagte er zum Pfarrer. »Dreißig Jahre lang habe ich mich schon auf ein großes, qualmendes Winterfeuer gefreut.«

»Und ich freue mich schon genauso lange auf einen Winterurlaub irgendwo im Süden«, bekannte der Pfarrer. »Im Grunde genommen ist wohl keiner von uns jemals ganz zufrieden.«

Vom Haus her rief eine schrille Frauenstimme nach ihnen, und sie wandten den Kopf.

»Kaffee«, sagte Harold Shoosmith und stocherte noch einmal mit der Harke im Feuer herum. »Betty hat sicher ein Täßchen für Sie mitgekocht.«

»Ich könnte es gut gebrauchen«, sagte der Pfarrer höflich und folgte seinem Gastgeber zur Hintertür.

13. Heiligabend

Am Heiligabend setzte die Dämmerung in Thrush Green um die Teezeit herum ein. Etwas Erwartungsvolles lag in der Luft. Die Kirchenfenster leuchteten in gedämpftem Rot und Blau inmitten der dunklen, altehrwürdigen Steinmauern, drinnen legten treue Kirchgängerinnen letzte Hand an die Blumen auf dem Altar und den Stechpalmenkranz um das Taufbecken.

Paul Young und sein Freund Christopher lagen bäuchlings vor dem knisternden Holzfeuer im Wohnzimmer der Youngs. Sie waren ganz in ein Puzzle vertieft, von dem sich Pauls Mutter einen beruhigenden Einfluß auf die wachsende Erregung versprach, aber es nutzte nichts. Sie waren allein im Zimmer und prahlten, wie Jungen in ihrem Alter so prahlen.

»Ich hab noch nie an den Weihnachtsmann geglaubt«, beteuerte Christopher und griff sich eine Handvoll von den Puzzleteilchen, die Paul mit Feuereifer zusammengesucht hatte.

»He!« protestierte der aufgebracht. »Das sind meine, alle die mit gerader Kante!«

»Wer puzzelt hier?« fragte Christopher streitlustig. »Ich bin der Besuch, oder? Also darf ich als erster aussuchen.«

Sie balgten sich ein wenig. Christopher verdrehte Paul fachmännisch den Arm, bis dieser sich losreißen konnte. Japsend kam Paul auf das Thema Weihnachtsmann zurück.

»Wetten, daß du auch an ihn geglaubt hast! Wetten daß! Bis ich dir's verraten hab. Ha! Ich hab schon Bescheid gewußt, da war ich vier!«

»Na und? Wetten, daß du noch immer einen Strumpf aufhängst!« schrie Christopher triumphierend. Pauls hochrotes Gesicht sagte ihm, daß er ins Schwarze getroffen hatte.

»Du doch auch«, gab der Jüngere zurück und versuchte erst gar nicht, etwas abzuleugnen. Und dann begann ein herrliches Gebalge, sie rangelten und rauften auf dem Kaminvorleger und brachten das Puzzle durcheinander, dessen Anfänge sie so mühsam eingepaßt hatten.

Als sie die Sternsinger hörten, setzten sich beide auf. Zerzaust, außer Atem und zitternd vor Erschöpfung und weihnachtlicher Vorfreude rannten sie auf die Diele.

Die Sternsinger waren eine Gruppe honoriger, erwachsener Einwohner aus Thrush Green und den Jungen allesamt bekannt. Bislang hatten sich dieses Jahr nur ein, zwei kleinere Kinder als Sternsinger aufgemacht, hatten wie die Rotkehlchen ein paar Minuten vor den größeren Häusern Thrush Greens gezwitschert, dann konnten sie nicht mehr vor Lachen, und der Beherzteste hatte den Türklopfer betätigt.

Die Jungen sahen gebannt zu, wie sich die Sternsinger vor der Tür im Halbkreis aufstellten. Einige hatten Taschenlampen dabei, und der junge Schlaks, der auf der Denkmal-Sitzung alles an die Tafel geschrieben hatte, schwenkte einen Haselstecken mit einer Sturmlaterne. Die machte jede seiner Bewegungen mit und wirkte in der winterlichen Dunkelheit mit ihrem weichen bernsteinfarbenen Licht viel dekorativer als die leistungsfähigeren Taschenlampen seiner Gefährten.

Joan Young öffnete gastlich die Tür, damit sie den Gesang besser hören konnte; der Chorleiter schlug mit der Stimmgabel auf den Türrahmen, gab sonor den Kammerton für seinen aufmerksamen Chor an, und der stürzte sich in »Vom Himmel hoch da komm ich her«.

Atem dampfte in großen silbrigen Wolken aus singenden Mündern und kräuselte sich um Kopf und Notenblätter, die mit behandschuhten Händen gehalten wurden. In der Ferne konnte man leise die Kirchenglocken von Lulling hören, als die Sänger zum Atemschöpfen innehielten.

Geruch nach feuchter Erde wehte auf die Diele, und ein totes Blatt flatterte auf der Schwelle und wisperte die Begleitung zu dem Lied, das die Sänger freudig und aus voller Kehle anstimmten. Die kahlen, winterlichen Bäume im Garten reckten die Äste zu den Sternen empor und wollten, so schien es Paul, bis zur Kirchturmspitze von St. Andrew's greifen.

Die Jungen lauschten gebannt, aller Zank war vergessen, so rührte sie diese Lobpreisung Gottes. Und alles Lebendige schien darin einzustimmen.

Eine Meile entfernt ging Ruth, Doktor Lovells Frau, ruhelos in ihrem kleinen Wohnzimmer auf und ab. Ihr Mann bastelte in der Garage an seinem Auto, und sie überlegte, ob sie ihn nun rufen sollte oder nicht.

Sie fühlte sich ungewöhnlich zittrig und ziemlich benommen. Das Baby sollte erst eine Woche später kommen, aber Babys hielten sich nicht immer an Termine, wie Ruth als Arztfrau nur zu gut wußte. Sie stützte sich auf den Kaminsims und ging im Geist die Vorbereitungen durch, die sie getroffen hatte.

Oben war alles für das Baby bereit. Ein Arzt aus Lulling, Tony Harding, ein alter Freund, sollte sie entbinden, und ihre tägliche Zugehfrau hatte versprochen, für zwei Wochen nach der Geburt zu ihnen zu ziehen. Ihre Schwester Joan würde sich auch ständig um sie kümmern und ein Auge auf den Haushalt haben.

Gott sei Dank hatte sie den Puter schon gefüllt und einen leckeren Obst-Vanille-Pudding gemacht. Der Speiseschrank stand voller Lebensmittel, die Betten waren frisch bezogen, die Wäsche mußte nur noch abgeholt werden, auch die Blumen waren frisch, und sie hatte das Haus besonders liebevoll für Weihnachten geschmückt.

Ruth seufzte erleichtert. Sie konnte es sich leisten, den Haushalt zu vergessen und sich nach Wochen ermüdender Warterei ganz auf das große Ereignis zu konzentrieren.

Dann kam eine besonders schlimme Wehe, und als sie abgeklungen war, ging die junge Frau zum Fenster und machte es auf. Kühle Abendluft blies ihr das Haar von der heißen Stirn. Die erfrischende Brise trug das ferne Läuten der Weihnachtsglocken heran.

»John!« rief Ruth, »ich glaube, du holst lieber Tony Harding.«

Vor Albert Piggots Häuschen stand ein kleines schwarzes, ziemlich schäbiges Auto, dessen Federung schon etwas durchhing. Es hatte an diesem kurzen Wintertag einen langen Weg zurückgelegt.

Im Haus saßen Ben Curdle und seine Frau Molly mit Mr. Piggot am Tisch und aßen den gebratenen Schinken mit Eiern, den Molly zubereitet hatte. Oben in dem Zimmer, das einmal ihr gehört hatte, schlief ihr kleiner Sohn in einer Kommodenschublade, in der er zu Füßen des Elternbettes gut untergebracht war.

Molly fielen natürlich der glänzende Herd, die sauberen Wände, der geschrubbte Backsteinfußboden und der geputzte Ausguß auf. Es war nicht zu übersehen, daß hier eine Frau am Werk gewesen war, und noch dazu eine, die sich auf ihre Arbeit verstand. Ihr Vater hatte sie vor einer Stunde mürrisch empfangen, hatte aber kein Wort darüber verloren, daß ihm jemand im Haus half. Sie blickte ihn über den Tisch hinweg an, wie er griesgrämig wie eh und je vor sich hinmampfte.

»Gut sieht es hier aus«, sagte sie.

»Ja. Man tut, was man kann«, sagte Albert, ohne den Blick vom Teller zu heben.

»Wie steht es mit dem Kochen?« erkundigte sich seine Tochter.

»Geht so«, sagte Albert knapp. Molly merkte, daß ihr Mann ihr zublinzelte und antwortete mit einem verschmitzten Zwinkern.

»Ich hab ein Hähnchen mitgebracht, das kann so wie es ist in die Röhre«, sagte Molly, »dann hast du morgen was Gutes zu essen. Wie zieht der Herd denn so? Machst du auch mal den Rauchfang sauber?«

»Ab und an«, antwortete Albert und wischte den Teller mit dem schmuddeligen Zeigefinger und einem Stück Brot sauber. »Ich hab schließlich meine Arbeit. Die Kirche wird auch nicht kleiner.«

Ben verlagerte die langen Beine und machte den Mund auf.

»Ich hab mir Großmutters Grab angeguckt, als wir gekommen sind. Sieht mir ein bißchen vernachlässigt aus. Kümmert sich niemand drum?«

Albert Piggot knurrte.

»Kann ja nicht gut alles alleine machen«, brummelte er.

»Ich bring es morgen in Ordnung«, sagte Ben ruhig. »Die alte Dame hat es nicht verdient, unter einem Berg Laub zu liegen. Ich finde, so was gehört sich nicht. Wer ist eigentlich für die Gräber zuständig?«

»Wer regelmäßige Grabpflege haben will, muß extra zahlen«, sagte Albert. Er schob das Brotstück in den Mund und kaute laut. Ben sah ihm gelassen zu.

»Du bekommst dein Geld«, sagte er ruhig.

Molly wollte etwas sagen, doch da klopfte es an die Tür, und so schwieg sie. Das Geräusch hatte sie erschreckt, und als sie sich umdrehten, blickte Nelly Tilling rosig und schelmisch um die Tür.

»Ach du grüne Neune! Du schon wieder?« stöhnte Albert Piggot.

Die füllige Witwe faßte diesen Ausbruch als freundlichen Empfang auf, trat ein, machte die Tür zu und stellte einen vollbeladenen Korb auf dem Tisch ab.

»Da!« japste sie. »Dein Weihnachtsessen, lieber Albert!«

Molly hielt die Luft an. Das also war die Antwort auf ihre heimlichen Fragen! Das war die geheimnisvolle Putzerin und Schrubberin, die Köchin und Gefährtin! Molly fragte sich, wie weit das Ganze wohl schon gediehen war und ärgerte sich wider alle Vernunft. Ehe sie etwas sagen konnte, legte Ben seine große, braune Hand auf ihre und warnte sie. Molly hielt den Mund und wartete genauso gespannt wie Ben, wie ihr Vater reagieren würde.

Dessen unansehnliche Züge waren hochrot, und er bekam den Mund nicht mehr zu. Daß Nelly Tilling ihm den Wind aus den Segeln genommen hatte, war eine glatte Untertreibung. Ihre Dreistigkeit warf ihn um. Hatte er ihr nicht eindeutig zu verstehen gegeben, daß sie nicht willkommen war, solange seine Tochter im Haus war? Und sie bot ihm öffentlich die Stirn. Aber was kann ein Mann schon machen, sagte er bei sich, wenn eine Frau so wild hinter ihm her ist und ihm dazu noch eine anständige Mahlzeit mitbringt? Er probierte es mit Aufsässigkeit.

»Wir haben genug zu essen, Mrs. Tilling«, antwortete er barsch. »Keine Ahnung, was Sie auf die Idee bringt, wir bräuchten was.«

Nelly Tillings dunkle Augen funkelten gefährlich.

»Hoho!« sagte sie und stellte die Stacheln auf. »Unsereins trägt die Nase heute ja ganz schön hoch, was? Und seit wann bin ich für dich Mrs. Tilling, Albert Piggot? Die letzten Wochen, als ich dir deinen Schweinestall saubergemacht hab, da war's doch immer Nelly.«

Sie griff kampfeslustig nach ihrem Korb.

»Wenn du mir das Essen so vor die Füße wirfst, geh ich lieber, und das für immer«, fuhr sie fort. »Dann kannst du meinetwegen saufen und fluchen und im Dreck verkommen, ich rühr keinen Finger!« Sie verstummte, weil sie Luft schnappen mußte, und ihr üppiger Busen hob und senkte sich unter dem fest zugeknöpften Mantel.

Auf einmal tat sie Molly leid. Sie mußte Stunden für die Zubereitung all der köstlichen Speisen gebraucht haben, die sich unter dem schneeweißen Tuch, das über dem Korb lag, nur erahnen ließen. Und dann ist sie mit dem schweren Korb am Arm den ganzen weiten Weg vom Lulling-Forst hergekommen, dachte Molly, und das ist nun der Dank dafür. Sie merkte, daß ihre alte Abneigung gegen ihren Vater wieder durchschlug, er war wirklich zu mies. Erst die Sache mit Mrs. Curdles vernachlässigtem Grab, und jetzt verriet er Nelly Tilling, die es nur nett gemeint hatte. So was gehörte sich einfach nicht. Sie stand auf und faßte die erboste Witwe beim Arm.

»Kommen Sie, setzen Sie sich, Mrs. Tilling«, sagte sie sanft. »Ich finde es wirklich nett von Ihnen, daß Sie zu Weihnachten an Dad gedacht haben. Wir wollten uns gerade eine Kanne Tee machen, trinken Sie doch ein Täßchen mit.«

Etwas besänftigt setzte sich Nelly auf einen Stuhl an der Tür und stellte den Korb zu ihren Füßen ab. Albert war sprachlos über dieses unverhoffte Bündnis gegen ihn und trat lieber den Rückzug an.

»Willste was Stärkeres, mein Junge?« fragte er Ben in der

Hoffnung, er könnte so Nelly und Molly seine Unabhängigkeit beweisen, ehe er Fersengeld gab.

»Ja gern«, sagte Ben höflich.

»Dann komm mit nach nebenan«, sagte Albert.

Im Nu war er an Nelly vorbei und durch die Tür. Nelly blickte grimmig an ihrer Nase hinunter und verschränkte die drallen Arme vor der Brust.

Ben blieb bei ihrem Stuhl stehen und berührte sanft ihre Schulter. Er schenkte ihr ein Lächeln und das charmante Zwinkern, mit dem er auch schon seine Frau herumbekommen hatte. Und schon blickte Nelly nicht mehr so grimmig.

»Den kauf ich mir«, sagte Ben leise und wurde von Nelly mit einem dankbaren Lächeln belohnt.

Ein Weilchen herrschte Schweigen in dem kleinen Raum, das nur durch das Pfeifen des Kessels auf dem glänzenden Herd unterbrochen wurde. Dann sagte Molly schüchtern: »Vielen Dank, daß Sie sich um Dad gekümmert haben. Was Hausarbeit und so angeht, hat er zwei linke Hände.«

Nelly gestattete sich einen tiefen Seufzer.

»Hat er wirklich«, sagte sie ehrlich. »Denk dir nicht zuviel dabei, Molly. War bloß Nachbarschaftshilfe, aber mich hat's richtig getroffen, wie er eben zu mir war. Das war mehr, als ein Mensch verkraften kann.«

»Er ist ein bißchen schwierig«, bekannte Molly, und das war die Untertreibung des Jahres. »Das Haus sieht toll aus. Ich hab gleich gemerkt, daß das jemand gemacht hat, der seine Sache versteht.«

Nelly lächelte dankbar und nahm artig den Tee entgegen. Sie knöpfte den Mantel auf, damit sie dieses Tête-à-tête so richtig genießen konnte. Nachdem sie sich zehn Minuten höflich unterhalten hatten, stand sie auf und wollte gehen, und da hielt es Molly für geraten, Nelly zu zeigen, daß sie ihr wohlgesonnen war.

»Möchten Sie sich mein Baby ansehen?« fragte sie.

»Aber gern«, sagte die Witwe und folgte Molly die schmale Treppe hoch, die sie erst kürzlich mit eigener, kräftiger Hand gefegt hatte.

Das Baby schlief tief und fest und kniff die Augen zu. Die kleinen, gesprenkelten Hände lagen geballt neben dem schwarzen Haarschopf. Nelly machte mütterlich tss, tss.

»Nein, was für ein kleiner Wonneproppen!« japste sie entzückt, denn der Aufstieg war steil gewesen. »Ist seinem Vater wie aus dem Gesicht geschnitten! Du hast Glück, Mädchen, das muß ich schon sagen.«

Sie kramte in ihrer Handtasche, fand eine halbe Krone und schob sie sanft unter die Fingerchen des schlafenden Kindes.

»Aber nicht doch!« protestierte Molly.

»Aber ja doch«, sagte Nelly unbeirrt. »Es bringt mir Glück, wenn dein Kind mein Silber anfaßt. Und ich kann es gebrauchen, das kannst du mir glauben.«

Sie ging auf Zehenspitzen zur Tür, stieg die enge Treppe hinunter, und Molly folgte ihr.

»Den Korb laß ich da«, sagte sie, als sie an der Tür stand mit Thrush Green als dunklem Hintergrund im Rücken. »Nimm, was du brauchen kannst. Ich wünsch euch allen ein richtig schönes Fest.«

»Aber wollen Sie nicht bleiben und mit uns zu Abend essen?« fragte Molly, denn sie hatte Nelly ins Herz geschlossen, als diese ihr Baby bewunderte.

»Nein, liebe Molly«, sagte Nelly fest. »Ist wirklich nett von dir, aber Weihnachten ist ein Familienfest.«

Damit drehte sie sich um und trat in die Dunkelheit hinaus.

»Albert nehm ich mir später vor«, sagte sie, und ihr Ton verhieß nichts Gutes für den verstockten Sünder.

Als Molly die Tür zumachte, dachte sie, daß Nelly es mit Vater aufnehmen konnte, und das nicht nur zur Sommerszeit.

Ella und Dimity verbrachten den Abend am Kamin. Beide waren müde von den Tagesgeschäften. Dimity war morgens nach Lulling gegangen und stellte bei der Rückkehr fest, daß sie mehrere Sachen vergessen hatte, die sie über die Feiertage dringend brauchten, und das hieß, den steilen Hügel nachmittags noch einmal hinunter und wieder hoch zu gehen.

Ellas Angebot, ihr diesen Weg abzunehmen, rührte sie,

aber sie hatte abgelehnt, denn die gute Ella hatte genug damit zu tun, ihre eigenhändig angefertigten Weihnachtsgeschenke in der Nachbarschaft zu verteilen.

Jetzt hatten sie es sich gemütlich gemacht und genossen die Ruhe nach dem Sturm. Ella hatte eine ihrer stinkenden, schlampig gedrehten Zigaretten geraucht und die Treter auf einen Rohrschemel hochgelagert, während Dimity beschaulich an einem Hausmäntelchen für Ruth Lovells anstehendes Baby strickte. Oben, in einer von Thatchers Kleiderschachteln, lag ein dicker Rippenpullover, ein Weihnachtsgeschenk für Ella, der gerade noch rechtzeitig fertig geworden war, da Dimity nur daran hatte stricken können, wenn Ella nicht im Zimmer war. Schließlich sollte er eine Überraschung sein.

Auch Ella hatte ein Weihnachtsgeschenk in Thatchers Schachteln versteckt, ein Kleidungsstück für Dimity, aber es war nichts Selbstgemachtes. Auf einem ihrer Ausflüge nach London hatte sie für ihre Freundin einen weichen, flauschigen blauen Morgenmantel erstanden. Ihrer Meinung nach hatte Dimity den schmächtigen Leib schon viel zu lange in ein schäbiges graues Flanellding gehüllt, das sie offen gestanden lange vor dem Krieg gekauft hatte. Seit Ella ihr Herz auf dem einsamen Spaziergang an der Mauer aus Cotswold-Stein erforscht hatte, bemühte sie sich nach besten Kräften, nicht mehr so selbstsüchtig zu sein, und das war nicht unbemerkt geblieben.

»Ich finde, wir sollten uns Eier zum Abendessen machen«, sagte Dimity und ließ das Strickzeug in den Schoß sinken. »Gekochte oder Rühreier, liebe Ella?«

»Gekochte«, antwortete Ella. »Damit hat man weniger Arbeit. Und hinterher keine dreckige Pfanne sauberzumachen.«

Dimity schlang das Garn um die Nadeln, aber Ella stand vor ihr auf.

»Du bleibst, wo du bist, Dim. Du siehst etwas mitgenommen aus. Gekochte Eier schaffe ich mit links.«

»Ach, Ella, wie lieb von dir! Dabei bist du selber müde!«

»Ja, aber ich will morgen auch nicht zum Frühgottesdienst, vergiß das nicht.«

»Ich muß wohl«, sagte Dimity und faltete ernst die mageren Hände. »Der Pfarrer hat beim Frühgottesdienst so gern eine volle Kirche. Harold kommt auch.«

Ella drückte ihre Zigarette heftig aus. Wurde sie etwa verlegen, wenn Dimity den Namen ihres gemeinsamen neuen Freundes erwähnte, dachte diese etwas verwundert.

»Er ist ein guter Kerl«, sagte Ella und stampfte in die Küche.

Da saß Dimity nun allein, hörte Ella mit den Töpfen klappern und dachte über deren neue Herzensgüte nach. In letzter Zeit war sie viel rücksichtsvoller, stellte Dimity fest – sanfter, duldsamer. Ihr fiel ein, wie ungewohnt verlegen Ella gewesen war, als sie Harold Shoosmith erwähnt hatte. Es wurde behauptet, daß Liebe oft einen besänftigenden Einfluß hätte, und Ella hielt viel von dem Neuen. Dimity fragte sich verwundert, ob Ellas neue Sanftmut etwas mit Zuneigung für ihren gut aussehenden Freund zu tun hatte.

Dunkelheit legte sich über Lulling und Thrush Green. Der Weihnachtsbaum auf dem Marktplatz funkelte und leuchtete und übertraf sogar die Sterne.

Aufgeregte Kinder gingen dieses eine Mal willig zu Bett, hatten Strümpfe in den gierigen Händen und im Kopf nur noch Gedanken an kommende Freuden. Abgekämpfte Verkäuferinnen saßen daheim und tauchten die schmerzenden Füße in warmes Wasser. Die Patienten im Krankenhaus von Lulling fürchteten sich schon vor dem nächsten Tag, der lang und aufreibend werden würde, wenn nämlich ausgelassene Chirurgen Puter tranchierten, stämmige Krankenschwestern Weihnachtslieder sangen und dann noch die Papierhüte und was sonst alles zu Weihnachten im Krankenhaus dazugehörte, und sie erschauerten oder lächelten, je nach Wesensart. Hausfrauen ließen sich entkräftet in Sessel fallen und freuten sich, daß sie noch in der letzten Minute an die Dekoration für den Obst-Vanille-Pudding, die Cocktailkirschen und andere Einzelheiten gedacht hatten, bis ihnen siedend heiß einfiel, daß sie unter dem Druck von soviel ungewohnten Einkäufen Salz und Tee vergessen hatten, doch dazu war es jetzt zu spät.

Abseits der Lichter und Sorgen der Stadt lagen die stillen Hügel unter einem samtenen Himmel. Kein Wind raschelte in den Zweigen, kein Vogel störte die nächtliche Stille. Schafe weideten auf den Hängen wie in jener denkwürdigen Nacht vor langer, langer Zeit in Palästina, und tief am Horizont stand ein Stern, der funkelte wie ein Diamant und verkündete der Menschheit wie eh und je die frohe Botschaft.

14. Erster Weihnachtstag

»Man sollte meinen, es ist September und nicht Weihnachten«, sagte Dimity, als sie den Gartenweg entlang zu den Baileys gingen. »Sieh mal, Ella, da stehen wahrhaftig ein paar Ringelblumen!«

Es war in der Tat mild, die Mittagssonne wärmte sogar etwas. Ella schnupperte die frische Luft wie ein altes Schlachtroß und nickte zustimmend mit dem zotteligen Lockenkopf.

»Wir haben allen Grund zur Dankbarkeit«, antwortete sie. »Ich kann nicht behaupten, daß ich viel für Dickens'sche Weihnachten übrig habe, Schnee bis zu den Knien und jede Menge wilde Schlittschuhpartien, nein danke. Davon wird viel eher der Friedhof voll, als von einer netten, der Jahreszeit angemessenen grünen Weihnacht – was auch immer der alte Piggot behauptet!«

Winnie Bailey kam ihnen an der Tür entgegen.

»Frohe Weihnachten«, sagte sie. »Ihr seid die ersten. Es wird eine Oldies-Party. Und eine sehr kleine.«

Und auch eine pünktliche, denn kaum hatten Ella und Dimity den Doktor begrüßt, da trafen auch schon Dotty Harmer, der Pfarrer und Harold Shoosmith allesamt zur gleichen Zeit ein. Der Doktor verteilte die vollen Gläser, und man plauderte.

»Vor ein paar Minuten hat Doktor Lovell angerufen«, vertraute Winnie Ella an. »Das Baby kommt heute.«

»So ein Pech«, sagte Ella. Winnie Bailey hob die Brauen.

»Doch nur, weil es Weihnachten Geburtstag hat«, erklärte Ella hastig. »Ist immer schlimm für Kinder, finde ich. Wer ist bei ihr?«

»Joan und die Zugehfrau, und der junge Lovell läuft ihnen vermutlich zwischen den Beinen herum. Mrs. Burridge, ihre Tante, die während des Krieges hier gewohnt hat, wollte auch kommen, hat es sich aber anders überlegt. Erinnert ihr euch noch an sie?«

»Und ob!« platzte Ella heraus. »Man kann mich nicht gerade als besonders zart bezeichnen, wie ihr alle wißt, aber wie diese Ziege immer aufgesprungen ist, wenn Dim und ich ins Zimmer gekommen sind, und uns besorgt zum nächsten Stuhl geleitet hat, als ob wir schon mit dem Kopf wackelten, das konnte einen auf die Palme bringen. Schließlich war sie doch wohl gut zehn Jahre älter als wir!« Ellas normalerweise rosiges Gesicht war bei der Erinnerung zornesrot geworden.

»Sogar Donald hat zugegeben, daß sie die Bosheit in Person ist«, gab ihr Winnie beruhigend recht. Als sie merkte, daß sich der gütige Blick des Pfarrers zu ihr wandte, denn er hatte ihre Bemerkung mitbekommen, ging sie zu ihm und unterhielt sich mit ihm. Dimity und Harold standen am Fenster und sahen Thrush Green zu, das zur Vorbereitung auf den Weihnachtsschmaus noch einmal frische Luft schnappte. Sie waren so glücklich und versunken, daß Ella den Anblick nicht mehr ertragen konnte und sich abwandte, und da stand plötzlich Dotty Harmer neben ihr. Sie wirkte aufgeregt.

»Ich kann nicht lange bleiben«, flüsterte sie Ella zu. »Ich habe einen Kürbisauflauf im Backofen. Ein amerikanisches Gericht – ich habe vor langer Zeit ein amerikanisches Kochbuch geschenkt bekommen, und da dachte ich, zu Weihnachten probiere ich mal was ganz anderes aus.«

»Wenn du das Weiche mitgekocht hast«, stellte Ella klar, »kannst du ihn gern allein essen.«

»Er gilt als große Köstlichkeit«, insistierte Dotty. »Soviel ich weiß, essen die Amerikaner das zu Thanksgiving. Aber warum sie sich dafür bedanken, daß sie die Verbindung zum

Mutterland verloren haben, das wollte mir noch nie in den Kopf«, sagte Dotty eine Spur hochnäsig. »Mein Vater hat zum sogenannten ›Amerikanischen Unabhängigkeitskrieg‹ immer ›Amerikanischer Aufstand‹ gesagt. Das hat der neue Direktor damals gar nicht gern gehört, und er und Vater sind sich darüber in die Haare geraten, das weiß ich noch genau.«

»Na ja«, sagte Ella versöhnlich, »ist alles schon ein Weilchen her, und die Amerikaner scheinen ziemlich gut ohne uns klarzukommen. Schließlich können einem Kinder nicht ewig am Schürzenzipfel hängen, oder?«

Dieser Philosophie schien Dotty nicht viel abgewinnen zu können und ließ sich von Doktor Bailey das Glas zum Nachschenken abnehmen, trippelte dann aber hinter ihm her, weil sie es sich doch anders überlegt hatte. Ella blieb allein auf dem Sofa sitzen, und da überfiel sie jäh die alte Niedergeschlagenheit.

Rein äußerlich verlief die jährliche Sherry-Party genau wie alle früheren. Da war die blau-weiße Schale mit den Hyazinthen und den Stechpalmenzweigen mit den roten Beeren. Da war Winnie, so rosig und weiß wie eh und je in dem dunkelblauen Kostüm, das sie schon im vergangenen Jahr angehabt hatte. Und sie selbst sah vermutlich auch genauso zäh und ledrig aus wie immer.

Aber was hatte sich im letzten Jahr nicht alles getan! Welch ein Umdenken hatte bei ihr stattgefunden! Nichts war mehr wie früher, nichts war sicher. Ihr ganzes Leben war auf den Kopf gestellt, Irrungen und Wirrungen machten ihr zu schaffen. Sie blickte sich noch einmal in dem heiteren Raum um, sah ihre alten Freunde und durchs Fenster das beschaulich teilnahmslose Thrush Green und hätte am liebsten geheult wie ein Hund, weil sie einfach keine Erklärung dafür hatte, warum ihre geliebte, kleine Welt an diesem Weihnachtstag so anders war.

Um halb zwei wusch Molly in Albert Piggots Häuschen das Geschirr vom Weihnachtsessen ab. Ihr Vater und Ben waren es gewöhnt, die Hauptmahlzeit um zwölf Uhr mittags einzunehmen, denn sie waren Frühaufsteher, und auch Molly war gleich nach sechs aufgestanden, nachdem sie das Baby gestillt hatte.

Ben trocknete hingebungsvoll ab, und sein Schwiegervater lehnte an der Tür und war ihm im Wege. Gelegentlich drückte ihm Ben ein Stück Geschirr in die unwilligen Hände, damit er es in den Küchenschrank stellte. Die Unterhaltung übertönte das Geklapper vom Ausguß und das Geschrei des kleinen George oben, der ungeduldig auf seine Zweiuhrmahlzeit wartete. Das Kind war nach Bens Vater benannt worden, dem Lieblingssohn der alten Mrs. Curdle, der im Krieg gefallen war. Doktor Bailey, dem Molly ihren Sohn an diesem Morgen stolz vorgeführt hatte, behauptete, er wäre das genaue Abbild jenes Babys, dem er vor nahezu fünfzig Jahren auf die Welt geholfen hatte.

»Heute Nachmittag hast du deine Ruhe«, sagte Molly. »Ted und Bessie Allen wollen das Baby sehen, und wir bleiben bei ihnen, bis sie um sechs den Pub aufmachen müssen.«

»Meinetwegen braucht ihr euch nicht zu beeilen«, antwortete Albert griesgrämig und musterte einen Glasbecher so eingehend, als hätte Ben ihn nicht schön genug poliert.

»Bis dahin muß ich zurück sein«, sagte Molly fest, »dann ist George bettreif. Aber wenn du ausgehen willst – sagen wir, mit Nelly Tilling – warte bitte nicht auf uns.«

Es war der schiere Schalk, der Molly veranlaßte, die Witwe ins Gespräch zu bringen, und Albert schnappte denn auch sofort nach dem Köder.

»Mach dir keine falschen Hoffnungen wegen Nelly Tilling«, knurrt er. »Die ist hinter allem her, was Hosen anhat, und das weißt du genausogut wie ich. Ich hab sie weiß Gott nicht ermutigt, das kannst du mir glauben.«

»Dann bist du dümmer, als die Polizei erlaubt«, sagte Ben fröhlich. »Du kannst von Glück sagen, wenn sie dich überhaupt nimmt. Die würde gut für dich sorgen.«

»Viel zu gut«, brummte Albert. »Andauernd reibt sie mir unter die Nase, daß ich dem Alkohol abgeschworen hab, als ich noch nicht trocken hinter den Ohren war.« Er zog geräuschvoll hoch. »Hoffentlich reicht mein Grips, daß ich den Kopf noch aus der Schlinge zieh!«

»Andere sehen das anscheinend anders«, sagte Molly leichthin. »Miss Watson hat mich über sie ausgefragt, als ich heute Morgen mit dem Baby an ihrem Haus vorbeigekommen bin.«

»Miss Watson?« brüllte Albert bis ins Mark getroffen. »Wie kommt die alte Schwuchtel dazu, Nelly Tilling und mich zusammenzuspannen?« Er bekam ein Weilchen kaum noch Luft.

»Bei der ist doch 'ne Schraube locker, seit sie vor ein, zwei Monaten eins über die Rübe gekriegt hat«, sagte er dann. »Die tickt doch nicht mehr ganz richtig.«

»Das hör ich zum ersten Mal«, sagte Ben. »Wie ist denn das passiert?«

Albert gab eine unzusammenhängende Schilderung des Raubüberfalls auf die Schule.

»Und die Polizei«, sagte er und untermalte seine Worte mit Faustschlägen auf die Küchenkommode, »tappt im Dunkeln. Eigentlich bin ich der einzige, der hinter dem Kerl her ist.«

»Hoffentlich findest du ihn«, sagte Molly und band die Schürze ab. »Die arme, alte Frau! Man denke nur, einer alten Dame wie Miss Watson so was anzutun! Ja, die muß doch über fünfzig sein!«

Albert sah sich im Küchenspiegel an und griente.

»Als ob das alt wär«, sagte er ungewohnt forsch und wischte sich mit dem Handrücken über den Mund. Er erhaschte einen Blick seines Schwiegersohns und zwinkerte kläglich.

Miss Watson wußte Gott sei Dank nichts von der Aufregung, die sie verursacht hatte, sie hatte es sich im Wohnzimmer ihrer Dienstwohnung gemütlich gemacht und verbrachte den Weihnachtsnachmittag mit dem Schreiben von Dankesbriefen.

Gerade schilderte sie Miss Fogerty in aller Ausführlichkeit den Morgengottesdienst in St. Andrew's, denn diese verbrachte die Weihnachtsferien bei einer achtzigjährigen Tante in Tunbridge Wells.

»Die Kirche«, so schrieb Miss Watson in ihrer säuberlichen Handschrift, »sah wunderschön aus mit den Stechpalmen, den roten und weißen Nelken und den Christrosen auf dem Altar. Der Gesang hätte Ihnen gefallen, und der Pfarrer hat sehr schön über die Großmut des Herzens gepredigt. Und traf damit in einem Gemeinwesen wie Thrush Green den Nagel auf den Kopf, fand ich, denn es gibt viele Lästermäuler, wie wir zu unserem Leidwesen erfahren mußten. Ich hatte das Gefühl, ich müßte mich wirklich um Vergeben bemühen, auch wenn ich diesen elenden Strolch, der mich überfallen hat, nicht vergessen kann.«

Miss Watson legte den Füller einen Augenblick beiseite und betrachtete nachdenklich Thrush Green. Es war still im Zimmer, und sie genoß ihre ferienbedingte Einsamkeit. Und weil sie jetzt Zeit hatte, ihre Gedanken zu sammeln, war Miss Watson die Ereignisse jener fürchterlichen Nacht immer wieder sorgfältig von Anfang an durchgegangen, fand jedoch keine weiteren Anhaltspunkte. Sie hatte gleich das Gefühl gehabt, daß sie ihren Angreifer kannte. In den folgenden Wochen musterte sie die Männer aus Lulling und Thrush Green prüfend, doch vergebens. Aber sie hatte die Hoffnung nicht aufgegeben, und daran würde sich auch nichts ändern. Eines Tages, davon war sie überzeugt, würde sie den Unmenschen erkennen, und er würde seiner gerechten Strafe zugeführt werden.

Die Wintersonne wurde zur roten Kugel und stand tief am Horizont. Über ihr zogen lange graue Wolken wie gefederte Pfeile über den eisblauen Himmel. Irgendwo sang eine Amsel, als ob es Frühling wäre, und plötzlich fand Miss Watson ihr Zimmer stickig und öffnete das Fenster, um ihr zuzuhören.

Eine Familie kam vorbei, überquerte den Dorfplatz, zweifellos wollte sie zur Verwandtschaft zum Tee. Ein Hauch undefinierbarer Weihnachtsnachmittagsatmosphäre wehte Miss Watson an, diese Mischung aus Zigarrenrauch, Sonntagskleidern und neuen Besitztümern, als sich der Vater bückte und den launischen Kurs seines kleinen Sohnes auf dem neuen, roten Dreirad berichtigte. Das Kind kreischte gereizt, schlug um sich und traf die zügelnde Hand des Vaters. Die Proteste der Mutter hörten sich schrill und abgekämpft an und klangen über den Rasen bis ins offene Fenster.

»Es gibt Zeiten«, sagte Miss Watson zufrieden zu ihrer Katze, »da hat eine alte Jungfer den besseren Teil erwählt.« Sie drehte sich um, seufzte glücklich und begab sich wieder an ihre unterbrochene Korrespondenz.

Während Miss Watson ihren Brief beendete und ihre Nachbarn entweder schliefen oder ihren vollen Magen spazierenführten, betrachtete Ruth Lovell ihre neugeborene Tochter.

Sie wog etwas über sieben Pfund, hatte ein knallrotes, gesprenkeltes Gesichtchen und unter jedem zusammengekniffenen Auge vier kurze, helle Augenwimpern. Was aber Ruth, die viel auf gutes Aussehen gab, am meisten bestürzte, war der Kopf ihrer Tochter. Er war völlig kahl und lief spitz zu.

»Wird sie immer so bleiben?« erkundigte sich Ruth matt bei Tony Harding, während der säuberlich seine Tasche packte. Nicht daß sie undankbar für seine Bemühungen gewesen wäre, aber obwohl sie noch ganz benommen war, fragte sie sich doch, ob sie eine Mißgeburt zur Welt gebracht hatte.

»Mein Gott, nein!« war die knappe Antwort. »Das mit dem Kopf gibt sich in ein, zwei Tagen. Sie haben ein sehr hübsches, kleines Mädchen, das können Sie mir glauben.«

Ruth lächelte, atmete auf und machte es der Kleinen in ihrer Armbeuge bequemer.

»Zu dumm, daß ich Sie an Weihnachten holen mußte«, entschuldigte sie sich. »Tut mir schrecklich leid.«

»Machen Sie sich nichts draus«, antwortete der Doktor und richtete sich auf. »Das ist Berufsrisiko.«

Er ging zur Tür.

»So was soll übrigens schon einmal vorgekommen sein«, sagte er munter und verschwand.

Die rote Sonne hatte sich hinter den Bergen und Tälern der Cotswolds zur Ruhe gesetzt, der kurze Wintertag ging zur Neige, als Albert Piggot zur Kirche schlurfte, um die Abendglocke zu läuten.

Zwei, drei Räder lehnten bereits am Geländer, und eine Gestalt wollte sich hastig verdrücken, als Albert näher kam.

»Wer ist da?« fragte Albert und knipste die altersschwache Taschenlampe an. In ihrem matten Schein erkannte er Sam Curdle.

»Das Rad war umgekippt. Hab's bloß angelehnt«, bekannte Sam eine Spur zu schnell. Albert mochte ihn nicht, er kam ihm verdächtig vor. Wetten, daß Sam in den Körben und Satteltaschen geschnüffelt hatte, ob es da etwas zu holen gab, doch soviel er sehen konnte, hatte Sam nichts in der Hand. Albert knurrte ungläubig.

»Dein Vetter ist zu Besuch bei mir«, sagte er schließlich. Sam sah gar nicht begeistert aus.

»Na und«, meinte er bissig. »Ben und ich haben nichts für einander übrig. Von mir aus kann er sich zum Teufel scheren.«

»Das ist dein Problem«, sagte Albert und schlurfte weiter. »Einen guten Abend noch.«

»Guten Abend«, sagte Sam kurz angebunden und machte sich in Richtung Nidden davon. Albert blieb auf dem Kirchweg stehen und sah ihm nach. Jetzt wurde ihm so manches klar, und seine gebeugte Gestalt zitterte vor Erregung.

»Ich freß meinen Hut«, dachte Albert bei sich, »wenn das nicht er war, der der armen alten Miss Watson das Ding verpaßt hat.«

Und er zog den speckigen Hut vom kahlen Kopf, betrat die Kirche und begab sich sehr aufgeräumt zum Kirchturm und an seine Pflicht.

TEIL DREI

Das neue Jahr

15. Eine unerquickliche Reise

Am Neujahrstag gingen der Pfarrer und Harold Shoosmith auf eine lange Reise.

Vier Briefe und ein Telegramm mit bezahlter Rückantwort hatten Nathaniel Pattens Enkelsohn keinerlei Reaktion entlockt. Sie hatten seine Adresse durch Mithilfe vieler Menschen herausgefunden; William Mulloy lebte anscheinend in einem abgelegenen Weiler in Pembrokeshire.

»Da bleibt uns nur noch eins«, sagte Harold, »wir müssen diesen Burschen aufsuchen, wenn wir eine Antwort haben wollen. Und unterwegs übernachten wir, es wird eine längere Fahrt, da sollten wir es uns lieber bequem einrichten.«

Nachdem er ein paar Einwände des gewissenhaften Pfarrers beseitigt hatte, der einige Sitzungen verlegen mußte, wenn er seine Pfarre für zwei Tage verlassen wollte, hatten sich die beiden Männer für den ersten Tag des neuen Jahres verabredet, der in diesem Jahr auf einen Freitag fiel, was beiden sehr gelegen kam.

Es war merklich kälter geworden. Ein Ostwind riß die letzten Blätter von den Hecken und trocknete die Pfützen aus, mit denen Thrush Green so lange hatte leben müssen. Die Menschen gingen ihren Besorgungen mit hochgeschlagenem Mantelkragen nach, den Kopf in warme Schals gehüllt. Gärtner ärgerten sich, daß sich beim Graben im bittern Wind wieder einmal ihr alter Rheumatismus meldete, und die Kinder klagten über Ohrenschmerzen. Der Apotheker in Lulling schmückte sein Schaufenster mit einem Sortiment Hustensäften und Halstabletten. Der Winter wollte anscheinend ernst machen.

Die beiden Männer standen in aller Herrgottsfrühe auf, Harold Shoosmith frühstückte in seiner warmen Küche Eier und Schinken, während der Pfarrer mit einem Marmeladenbrot in der Hand in seinem tristen Haus herumwanderte und dabei sein Köfferchen packte. Er wäre sich selbstsüchtig vorgekommen, hätte er seine Haushälterin gebeten, so früh aufzustehen, und sie hatte es ihrerseits auch nicht vorgeschlagen. Ehe sie am Abend zuvor zu Bett ging, hatte sie ihm eine gute Reise gewünscht und ihm mitgeteilt, daß sie seine Abwesenheit dazu nutzen wolle, die Sesselbezüge zu waschen. Das war bei ihr der Gipfel von Fürsorglichkeit, damit mußte der Pfarrer vorliebnehmen.

Er hatte Reisefieber, als er von seinem kargen Pfarrhaus quer durch Thrush Green zum Eckhaus ging. Pfarrer Charles Henstock führte ein so freudloses Leben, daß für ihn ein Ausflug nach Wales eine Lustbarkeit war, selbst jetzt im Januar und bei dem beißenden Ostwind, der ihm um die Ohren pfiff. Es war noch immer ziemlich dunkel, obwohl der Himmel im Osten etwas heller wurde und die Morgendämmerung ankündigte. In ein, zwei Häusern am Dorfplatz waren Fenster erleuchtet, hinter denen Frühaufsteher schlaftrunken in ihrer Wohnung herumtappten.

Der ehrwürdige, alte Mercedes wartete auf der Straße vor Harolds Gartentor. Sein Besitzer war dabei, Schneeketten in eine schmuddelige Decke zu wickeln und diese im Kofferraum zu verstauen.

»Falls wir vereiste Straßen bekommen«, sagte Harold als Antwort auf die Nachfrage des Pfarrers, und Charles Henstock staunte über soviel kluge Umsicht.

Im Auto war es warm und gemütlich. Nachdem sie die ersten Meilen verplaudert hatten, verfielen die beiden in ein geselliges Schweigen, und der Pfarrer döste kopfnickend ein. Er war glücklich und entspannt, genoß das Zusammensein mit seinem guten Freund und freute sich, daß er Thrush Green und seine Sorgen für zwei Tage hinter sich lassen konnte. Er schlief friedlich, während das Auto stetig gen Westen rollte.

Harold Shoosmith wiederum freute sich, daß sich sein Freund ausruhte. Der Protest vom Fell-und-Feder-Whistturnier hatte sich als heiße Luft erwiesen, und so hatte man beschlossen, die Vorbereitungen für das Denkmal voranzutreiben. Doch der Pfarrer machte sich große Sorgen, das wußte Harold Shoosmith. In seinen Augen führte der Pfarrer ein Hundeleben. Wenn Mrs. Butler meine Haushälterin wäre, ich würde sie lieber heute als morgen vor die Tür setzen, dachte er bei sich. Es gab Männer, die waren die geborenen Ehemänner und ohne die Tröstungen des Ehestands nur halbe Menschen. Zu denen gehörte auch der gute Pfarrer, und daher überlegte Harold, mit wem er seinen nichtsahnenden Freund verkuppeln könnte. Keine rosigen Aussichten, dachte er ungalant, während er die ledigen Damen im fernen Thrush Green Revue passieren ließ.

Plötzlich mußte er bremsen, um einem schwankenden Radfahrer auszuweichen, und da wachte sein Reisegefährte mit einem Ruck auf.

»Du liebe Zeit! Ich muß eingeschlafen sein«, rief der Pfarrer und fuhr sich mit der Hand über das pausbäckige Gesicht, als könnte er die unerlaubte Schläfrigkeit fortwischen. »Wo sind wir?«

»Gleich in Evesham«, antwortete Harold. »Schlafen Sie ruhig weiter.«

»Auf gar keinen Fall«, protestierte der Pfarrer und gähnte herzhaft. »Ich bin überhaupt nicht müde.«

Er richtete sich auf und sah kahle Obstgärten vorbeifliegen. Der Himmel über ihnen zeigte ein unheilverkündendes Dunkelgrau, und eine Windbö fegte ihnen ab und an so in die Seite, daß das Auto einen Schlenker machte. Als sie Hereford erreichten, peitschte starker, gnadenlos kalter Regen die Straßen, und hier legten sie eine Lunchpause ein.

»Ein richtiges Hundewetter«, meinte Harold, während sie auf ihre Hammelkoteletts warteten. Durch das Hotelfenster sahen sie den Regen wie Silbermünzen auf dem schwarzen, glänzenden Pflaster tanzen. »Aber besser Regen als Schnee«, fuhr er fort. »Irgendwie habe ich das Gefühl, als ob wir davon diesen Winter noch genug bekommen.«

»Ich bin kein Wetterprophet«, bekannte Charles Henstock, »aber Piggot sagt, wir werden wochenlang eingeschneit sein. Hoffentlich irrt er sich.«

»Piggot ist ein alter Miesepeter«, sagte Harold. »Der ist, wie man so schön sagt, nur glücklich, wenn's ihm schlecht geht. Ich würde seine Vorhersage nicht allzu ernst nehmen.«

»Trotzdem behält er mit dem Wetter meistens recht«, sagte der Pfarrer und rieb sich die kalten Hände. Er wärmte sie an dem bescheidenen, einstrahligen Heizofen, mit dem das Hotel Gäste verwöhnte, die sich in den hohen, dunklen, grabeskalten Speisesaal verirrten. Eine schlanke Glasvase und drei Papierrosen, eine rosa, eine rot, eine gelb, schmückte jeden Tisch und stand genau in der Mitte des frostig weißen Tischtuchs.

»Das Tüpfelchen auf dem i, was?« bemerkte Harold ironisch, während er das Bild in sich aufnahm.

»Es sieht sehr sauber aus«, meinte der Pfarrer freundlich, und da er an eine triste Umgebung gewöhnt war, mußte ihm die hier vergleichsweise behaglich vorkommen.

Zum Glück war die Suppe heiß, die Hammelkoteletts waren saftig, und so machten sich die beiden Freunde gut gestärkt wieder auf den Weg. Schon bald erreichten sie die dunklen walisischen Berge, deren Majestät sich jedoch in Regenschleier hüllte.

»Es dürfte nicht schwerfallen, heute abend ein Zimmer zu finden«, sagte Harold und fuhr durch eine Pfütze, daß das Wasser über die ganze Windschutzscheibe spritzte. »Heute jagt man keinen Hund vor die Tür.«

»Hoffentlich hält Piggot die Öfen gut in Gang«, sagte der Pfarrer, der mit seinen Gedanken schon wieder bei Thrush Green war. »Heute abend ist Chorprobe, und fast alle sind erkältet.«

»Na und, was ist schon eine gelegentliche Erkältung«, sagte Harold ungerührt und hielt an einem Bahnübergang.

»Meine arme Frau wäre noch am Leben, glaube ich, wenn sie eine Erkältung nicht auf die leichte Schulter genommen hätte«, grübelte der Pfarrer, als führte er Selbstgespräche.

»Tut mir leid«, sagte Harold zerknirscht. Danach herrschte Schweigen im Auto. Ein leises Pfeifen in der Ferne kündigte einen Zug an. »Sie muß Ihnen sehr fehlen«, sagte Harold, um seinen Fauxpas wieder gutzumachen.

Das Rattern des Zuges vor ihnen unterband jede Antwort. Ein fetter kleiner Waliser mit einem nassen Mantel über Kopf und Schultern drehte die Schranken hoch, das Auto überquerte die Gleise und setzte seine Reise fort.

»Sie fehlt mir mehr, als ich sagen kann«, meinte der Pfarrer schließlich. Er sah betrübt auf die Straße vor ihnen, doch sein Freund hatte den Eindruck, daß er nicht ungern über ein Thema sprach, das er schon lange mit sich herumtrug. Harold brummte mitfühlend, sagte aber nichts.

»Es ist schon sonderbar«, sagte der Pfarrer, »daß man sich nicht daran erinnert, wie die Toten in ihren letzten Lebensmonaten ausgesehen haben. In meiner Erinnerung ist Helen immer eine junge Frau.«

Seine Stimme wurde lebhafter.

»Sie war so vergnügt. Hat immerzu gesungen, im ganzen Haus. Und sie hat es mit Blumen und Kaminfeuern so wohnlich gemacht. Wir hatten auch eine kleine Katze, aber Mrs. Butler mag keine Tiere, und als die Katze eingegangen ist, hielt ich es für besser, mir kein neues Kätzchen zuzulegen.« Er schwieg, und sie fuhren fast eine ganze Meile schweigend dahin, bis er wieder sprach.

»Irgendwie kommt mir auch das Haus tot vor«, sagte er nahezu entschuldigend.

»Nichts für ungut«, sagte Harold, »aber ohne Ihre Haushälterin wären Sie besser dran.«

»Mrs. Butler?« fragte der Pfarrer erstaunt. »Die reißt sich doch für mich beide Beine aus. Während meiner Abwesenheit wäscht sie sogar die Sesselbezüge.«

»Schon möglich«, beharrte Harold. »Ein bißchen tut sie ja auch, das muß man ihr lassen, aber sie könnte noch viel mehr tun. Zum einen haben Sie nie ein anständiges Kaminfeuer, und wenn Sie mich fragen, so knappst sie auch beim Essen.«

Eine derart deutliche Sprache machte den Pfarrer vorübergehend mundtot. Doch als er sich die Worte durch den Kopf gehen ließ, mußte er zugeben, daß sie der Wahrheit recht nahekamen.

»Aber was kann ich dagegen tun?« fragte er hilflos. »Wenn

ich mich beschwere, kündigt sie, und etwas Passendes aufzutreiben ist eine Herkulesarbeit. Mir graust jetzt noch bei dem Gedanken an einige der Bewerberinnen, die sich bei mir vorgestellt haben. Eine junge Frau mit rosa Haaren –« Der Gedanke verschlug ihm die Sprache.

»O ja, ich weiß Bescheid«, sagte Harold verständnisvoll. »Vergessen Sie nicht, ich habe das auch durchgemacht. Manchmal war es so schlimm, daß ich ans Heiraten gedacht habe«, meinte er. »Und dabei eigne ich mich überhaupt nicht zum Ehemann.«

Er sagte das so munter und so neutral, daß der Pfarrer ein paar Minuten brauchte, bis ihm die volle Bedeutung dieser Worte aufging. Und dann staunte er, weil ihm dabei ganz warm ums Herz wurde. War es möglich, daß sein Freund nicht auf Brautschau bei einer der einheimischen Damen war, deren Herzen er seit Advent so angenehm zum Flattern gebracht hatte?

»Es gibt Männer, die taugen zum Ehemann und andere nicht«, sagte Harold jetzt und musterte drei kleine Kinder, die sich auf einer Dorfstraße zankten. »Ehrlich gesagt, Sie scheinen mir zur ersten Sorte zu gehören.«

»Sie könnten recht haben«, pflichtete ihm der Pfarrer leise bei. »Aber was kann ich einer Frau schon bieten.«

»Kommen Sie mir bloß nicht mit dem ach so bescheidenen Märtyrer«, bat Harold. »Wenn ich Ihnen einen guten Rat geben darf, denken Sie über meine Worte nach. Und denken Sie auch mal darüber nach, ob Sie Mrs. Butler nicht rausschmeißen oder ihr sagen, sie soll sich gefälligst am Riemen reißen.«

»Ich glaube nicht, daß ich das schaffe«, bekannte der Pfarrer. Aber ob er damit seine Brautschau oder die Entlassung seiner Haushälterin meinte, wußte Harold Shoosmith nicht zu sagen.

Sie übernachteten in einer Kleinstadt in Pembrokeshire, nur wenige Meilen von ihrer Beute entfernt.

»Wie haben Sie geschlafen?« erkundigte sich der Pfarrer am nächsten Morgen beim Frühstück.

»Abgesehen vom walisischen Singsang einer quer durch das Zimmer verlegten Wasserleitung habe ich nichts mehr gehört«, sagte Harold. »Auf, auf zum fröhlichen Jagen. Hauptsache, der Regen hat aufgehört.«

Das stimmte zwar, aber der Himmel zeigte schon wieder diesen stählernen Grauton, der nichts Gutes verhieß, und der Wind blies noch immer bitterkalt von Osten her. Der Speisesaal war jedoch etwas behaglicher als der am Vortag beim Lunch, er war kleiner und hatte zwei Heizöfen, die Wärme spendeten, und es gab einen bescheidenen Teppich und am Fenster einen echten Farn auf einem kunstvoll geschnitzten Blumenständer. Zwei mottenzerfressene Damwildköpfe zierten die Wand über dem marmornen Kaminsims, und der Pfarrer, der blutrünstige Sportarten verabscheute, wandte schnell den Blick von den Glasaugen gegenüber ab.

Gegen zehn Uhr näherten sie sich dem Weiler, in dem sie William Mulloy anzutreffen hofften. Der Pfarrer freute sich auf die Begegnung, Harold Shoosmith jedoch war richtiggehend aufgeregt bei dem Gedanken, dem Enkel des so lange verehrten Mannes von Angesicht zu Angesicht gegenüberzustehen. Ob sie sich wohl ähnlich sehen, überlegte er, während der Mercedes einen schmalen, holprigen Feldweg entlangschlich. Er hatte für den ins Auge gefaßten Bildhauer Uraltfotos und die Kopie eines Porträts von Nathaniel herausgesucht und wieder einmal festgestellt, wie sehr ihm doch der gute alte Missionar mit seinem runden Pickwicker-Gesicht ans Herz gewachsen war.

»Wir sind da«, meinte der Pfarrer und blickte sich um. »Wir haben die linke Abzweigung genommen und sind noch eine Viertelmeile gefahren. Aber wo sind nun die beiden Häuschen?«

Sie hielten an und studierten die rohe Skizze, die ihnen der Kellner im Hotel als Wegweisung gezeichnet hatte. Zu beiden Seiten erstreckten sich kahle Felder, und auf der graswachsenen Böschung neben ihnen zwitscherte eine Drossel und beobachtete sie mit glänzendem, prüfenden Auge.

Plötzlich tauchte ein kleines Mädchen mit sehr schmutzigem Gesicht auf dem Feldweg auf. Sie hatte eine leere Milchflasche in der Hand.

»Kannst du uns sagen, wo Mr. William Mulloy wohnt?« fragte Harold höflich.

»Hinter den Bäumen«, sagte die Kleine im lieblichen walisischen Singsang und deutete mit dem Kopf auf das nahegelegene Gehölz. Jetzt wußten die beiden Männer die Richtung und sahen auch tatsächlich eine kleine Rauchfahne aus einem unsichtbaren Schornstein steigen.

»Vielen Dank«, sagte Harold und wollte aussteigen. Die Kleine lächelte und strebte, die Milchflasche an sich gedrückt, der Landstraße zu.

»Vermutlich stellt der Milchmann die Milch oben am Feldweg ab«, sagte der Pfarrer, den solcherlei Absprachen immer interessierten. »Der Feldweg dürfte sich irgendwo verlaufen. Hier sagen sich ja die Hasen und Füchse gute Nacht.«

Sie holten die wenigen Papiere über das geplante Denkmal vom Rücksitz und gingen zu Fuß weiter zu dem Häuschen. Es gab zwei von der Sorte, aber beide waren baufällig, und alle Fenster fest verschlossen. Es gelang Harold kaum, an die Haustür zu klopfen, da der Klopfer verrostet und dick mit alter Farbe verkleistert war.

Man hörte Schritte, dann wurde ein Riegel zurückgeschoben und an der Tür gerüttelt und gezerrt, doch diese klemmte. Schließlich rief ihnen eine atemlose Stimme zu: »Kommen Sie hinten rum, ja? Ich krieg die Tür nicht auf.«

Gehorsam stapften die beiden Männer den schmalen Betonweg entlang, der so dicht am Haus verlief, daß Harold fast abrutschte.

An der Hintertür erwartete sie eine kleine, blasse, hohlwangige Frau. Sie trug einen Overall und beigefarbene Hausschuhe.

»Sind Sie von der Versicherung?« fragte sie. Sie sprach mit starkem walisischen Akzent und wirkte beunruhigt.

»O nein, ganz und gar nicht«, sagte Harold beruhigend.

»Wir suchen Mr. Mulloy«, sagte der Pfarrer vorsichtig. »Und Sie müssen Mrs. Mulloy sein, ja?«

»Hmmm, ja«, sagte die Frau unschlüssig. »Sozusagen.«

»Ausgezeichnet«, sagte Harold munter. »Ob Ihr Mann wohl ein paar Minuten Zeit für uns hätte?«

»Der ist nicht da«, sagte die Frau und machte plötzlich den Eindruck, als wollte sie ihnen die Tür vor der Nase zuschlagen.

»Bitte –« sagte Harold scharf, doch der Pfarrer bedeutete ihm zu schweigen und übernahm das Reden. Der erfahrene Seelsorger hatte den plötzlichen Schmerz der Frau bemerkt, der ihr kurz den Atem nahm.

»Wir stören Sie auch nur ein paar Minuten«, versicherte er ihr sanft und legte ihr die mollige Hand auf den mageren Arm. Sie blickte ihn an und lächelte verhalten. Dem Pfarrer fiel auf, daß sie nur noch ganz wenige Zähne hatte, weshalb sie wohl auch so hohlwangig und spitz wirkte.

»Wir haben Ihren Mann mehrfach angeschrieben«, fuhr er fort, »aber unsere Briefe sind wohl nicht angekommen.«

»Doch, die sind alle da«, sagte die Frau unverhofft. »Kommen Sie lieber rein, der Wind pustet so.«

Als sie hinter ihr durch eine kleine Küche in das Wohnzimmer vorn im Haus gingen, merkte der Pfarrer, daß ihm jemand folgte. Die Kleine war mit der vollen Milchflasche zurückgekommen.

»Meine kleine Tochter«, sagte die Frau. »Stell die Milch in den Speiseschrank, Dulcie.«

»Dulcie!« platzte Harold heraus. »Wie ihre Großmutter, ja? So hieß Nathaniels Tochter.«

»Stimmt«, sagte die Frau nicht gerade begeistert. Sie machte die Tür zwischen Küche und Wohnzimmer zu und bat die Männer, Platz zu nehmen.

»Lassen Sie mich Ihnen erklären«, fing der Pfarrer an und gab ihr eine kurze Schilderung dessen, was man in Thrush Green plante.

»Sie merken schon«, unterbrach Harold ihn, »wir wüßten gern, was Ihr Mann davon hält. Arbeitet er am Samstagmorgen? Wir hatten gehofft, ihn zu Hause anzutreffen.«

Die Frau antwortete teilnahmslos.

»Das hier ist nicht mehr sein Zuhause. Um die Wahrheit zu sagen, er hat mich verlassen.«

»Sie verlassen?« wiederholte der Pfarrer mitfühlend.

»Sie verlassen?« wiederholte Harold bestürzt. Was war, wenn der Mistkerl auch noch das Land verlassen hatte? Dann ist die ganze Reise für die Katz, dachte Harold Shoosmith verbittert.

Mrs. Mulloy holte vier Briefe und ein ungeöffnetes Telegramm vom Kaminsims und übergab sie Charles Henstock.

»Ich hab sie aufgehoben, weil ich gedacht hab, vielleicht kommt er zurück. Der erste war einen Tag nach seinem Auszug hier. Aber er ist nicht zurückgekommen.«

»Ach, das tut mir aber leid«, sagte der Pfarrer. »Das konnten wir natürlich nicht ahnen.«

»Haben Sie seine Adresse?« fragte Harold praktisch wie immer. Mrs. Mulloy blickte jetzt so empört, daß der Pfarrer hastig eingriff.

»Wir haben nämlich eine sehr weite Reise gemacht, und ich muß heute abend zurück sein, damit ich morgen den Sonntagsgottesdienst abhalten kann. Es wäre sehr freundlich von Ihnen, wenn Sie uns sagen würden, wo wir ihn finden. Wir könnten ihn aufsuchen, wenn er nicht allzuweit entfernt wohnt.«

Die Frau blickte in sein cherubinisches Gesicht, und ihre Züge wurden weicher. Der Mann hat Charme, wieso hat der eigentlich Angst, bei Frauen nicht anzukommen, dachte Harold, als er das mitbekam. Das liegt einerseits an seinem kindlichen Aussehen und andererseits an seiner echten Herzensgüte, befand er und überließ die Verhandlungen lieber seinem erfahrenen Freund.

»Er hat mich wegen einer gemeinen Schlampe verlassen, deren Namen ich nicht mal in den Mund nehm«, brach es aus Mrs. Mulloy heraus. »Klar, daß er im Augenblick bei ihr ist. Zwei Meilen das Tal längs, bei Taylor. Ein Bauernhaus. Kann Ihnen jeder zeigen.«

Sie verstummte jäh, und der Pfarrer sah, daß ihre Augen feucht waren.

»Gibt er Ihnen Geld?« fragte er.

»Keinen Penny«, sagte sie verbittert. Sie unterhielt sich nur noch mit dem Pfarrer, und Harold saß ganz still daneben. »Nächste Woche geh ich vor Gericht.«

»Wie halten Sie sich über Wasser?« fragte der Pfarrer.

»Ich geh arbeiten, in der Villa. Da kriegt Dulcie ihren Tee, wenn die Schule aus ist, und dann gehen wir nach Haus. Samstags geh ich nicht hin, bloß wenn sie mich extra brauchen.«

»So so«, sagte der Pfarrer. Er steckte die Briefe in die Tasche und streckte ihr die Hand hin. »Dann wollen wir Sie auch nicht länger belästigen, Mrs. Mulloy«, sagte er. »Aber da wir nun einmal hier sind, wollen wir Ihren Mann auch aufsuchen. Ich schreibe Ihnen, nach meiner Rückkehr, wenn ich darf, vielleicht kann ich Ihnen irgendwie helfen. Das hoffe ich jedenfalls.«

Vertrauensvoll ergriff die Frau seine Hand und schenkte ihm ein klägliches Lächeln. Harold stand auf und verabschiedete sich, dann gingen sie durch die Küche in den trostlosen Garten. Dulcie schnippelte fachmännisch mit einem riesigen, furchterregenden Messer an einem Kohlkopf herum. Der Anblick schien den Pfarrer zu erschrecken.

»Bitte«, sagte Harold knapp, als sie an der Tür standen, »kaufen Sie Ihrer Kleinen etwas dafür.«

»Danke, Sir«, sagte die Frau und machte fast einen Knicks, als sie den Geldschein nahm. »Und kommen Sie gut nach Haus.«

»Wie Sie das gemacht haben, ihr das Geld so einfach in die Hand zu drücken«, sagte der Pfarrer, als sie wieder im Auto saßen. »Das hätte ich im Leben nicht geschafft!«

»Dabei haben Sie die wirkliche Drecksarbeit gemacht«, antwortete sein Freund. »Mir hätte sie gar nichts erzählt. Und nun nichts wie los, suchen wir den Bösewicht auf.«

Gemessen an Cotswold-Häusern war das Bauernhaus eher bescheiden, eigentlich nur ein zweistöckiger Kasten, einstmals weiß getüncht und mit einem grauen Schieferdach. Ungepflegte Wirtschaftsgebäude aus Wellblech und rohen Balken drängten sich an einer Seite, von dort waren Tierlaute zu hören. Bis zu den Achsen im Schlamm, fuhren sie einen steilen Weg hoch, so nahe an das Haus heran wie möglich, ehe sie zu Fuß zur Haustür gingen. Ein schwarz-weißer Schäferhund war mit einem festen Strick an einen Pfosten gebunden und kläffte hysterisch, stellte sich auf die Hinterbeine und fuchtelte mit den Vorderpfoten wütend in der Luft herum.

Sie hatten noch nicht angeklopft, da riß eine junge Frau mit Zigarette im Mund die Tür auf.

»Ja?« sagte sie knapp und blinzelte durch die Rauchwolken. »Sind Sie von der Versicherung?«

Harold Shoosmith fragte sich allmählich, ob man in Pembrokeshire jeden Fremden so begrüßte. Was an ihrem Äußeren, überlegte er, mochte sie als Versicherungsmenschen ausweisen? Oder anders herum, warum warteten Hausbesitzer in Pembrokeshire so begierig auf den Versicherungsvertreter? Wirklich schade, daß er das nie herausfinden würde.

»Wir hätten gern Mr. Mulloy gesprochen«, begann der Pfarrer zaghaft.

»Der ist da. Kommen Sie rein«, sagte die Frau ohne weitere Vorrede, und sie folgten ihr in ein kleines, verräuchertes Zimmer, das fast vollständig von einer riesigen dreiteiligen, mit schäbigem schwarzen Leder bezogenen Couchgarnitur ausgefüllt wurde. Sie erinnerte Harold Shoosmith an die Bahnhofswartesäle seiner Kindheit, die Sitzbänke damals hatten auch solche Knöpfe, die Grübchen in die Polster machten.

Ein mächtiger Mann stemmte sich aus den Tiefen eines Sessels. Sein Hemdkragen stand offen, und er hatte keinen Schlips umgebunden. Seine zerknautschte graue Flanellhose wurde von einem Morgenmantelgürtel gehalten. Er trug die Haare lang, seine Augen waren verquollen, seine Zähne braun-fleckig vom Tabakrauch, und Harold Shoosmith mutmaßte, daß er sich drei, wahrscheinlich vier Tage lang nicht rasiert hatte. Wenn das hier Nathaniels Enkel war, dann war es ein Segen, daß der stets wie aus dem Ei gepellte alte Mann seinen Nachfahren nicht sehen konnte.

»Mr. Mulloy?« fragte er abrupt, und das hörte sich vor lauter Enttäuschung scharf an.

»Der bin ich«, sagte der Mann. »Schickt meine Frau Sie?«

»Sie hat uns gesagt, wo wir Sie finden«, antwortete Harold. »Aber wir wollten Sie sehen, nicht Ihre Frau.«

»Nehmen Sie doch Platz«, sagte die Frau, schob einen Stapel Zeitungen vom Sofa und warf sie einfach in die Ecke. Aufgeschrecktes Gemaunze zeigte an, daß sich eine Katze in dem dämmerigen Winkel versteckt hatte. »Ich verzieh mich, wenn Sie was Geschäftliches zu bereden haben.«

»Das ist wirklich nicht nötig«, sagte der Pfarrer. »Es ist nichts Wichtiges, es geht nur um ein Denkmal.«

»Für wen? Meine Frau?« hohnlachte der Mann laut. »Dazu könnt ich einiges sagen, was Ethel?«

Die Frau lächelte grimmig, äußerte sich aber nicht weiter dazu. Der Pfarrer sah fassungslos und ziemlich entsetzt aus.

Jetzt übernahm Harold die Führung und umriß mit ein paar Sätzen den Zweck ihrer Reise. William Mulloy sackte vornüber und hörte zu. Der Bauch quoll ihm aus dem schmuddeligen Hemd, er lutschte an seinen widerlichen Zähnen und schluckte laut. Der sanfte Pfarrer, dem der ranzige Mief des vollgestellten Zimmers fast den Atem nahm, beschwor Harold im stillen, sich kurz zu fassen.

»Und was hab ich damit zu schaffen?« fragte William Mulloy, als Harold geendet hatte. »Wollen Sie etwa Geld, damit Sie dieses, äh, Denkmal aufstellen können? Von mir kriegen Sie keinen Penny, das eine kann ich Ihnen sagen. Meine Mutter hat mir mit diesem alten Schleimscheißer genug in den Ohren gelegen – die war auch so eine Kanzelschwalbe – ich will mit der ganzen Sache nichts zu tun haben.«

Harold Shoosmiths Miene machte keinen Hehl aus seinem Abscheu, daher griff lieber der Pfarrer ein.

»Wir hatten auch gar nicht die Absicht, Sie um einen Beitrag zum Denkmal Ihres Großvaters zu bitten. Wir wollten nur gern wissen, ob Sie Interesse daran haben. Für uns war es ein Gebot der Höflichkeit, Ihre Meinung zu unserem Vorhaben einzuholen.«

»Meine Meinung«, sagte William Mulloy und hob die mächtigen Schultern, »die könnt ihr haben: Ihr Kerls habt sie ja nicht mehr alle. Wenn ihr euer gutes Geld in den Schornstein schreiben und dieser trüben Tasse, diesem alten Himmelspiloten ein Blechdings hinstellen wollt, von mir aus gern. Aber erwartet nicht, daß ich mich dafür interessiere. Seine Ideen haben mir das Leben zur Hölle gemacht. Wenn mein Dad nicht ab und an für Jux gesorgt hätt, ich wär noch durchgedreht, so wie meine Mutter andauernd gesabbelt hat, was Opapa wohl dazu sagen würde.«

»Er war ein sehr guter Mensch«, sagte Harold mit unterdrücktem Zorn. »Ein Mensch, der in seinem Leben so viel Gutes getan hat, daß man seiner auf der ganzen Welt mit Liebe und Achtung gedenkt.«

»Ach! Leckt mich doch«, sagte William Mulloy und gähnte. »Sie und meine Ma, sie hätten ein gutes Gespann abgegeben.« Er stemmte den mächtigen Leib aus dem Sessel und streckte ihnen eine klebrige, fette Hand hin.

»Und damit auf Wiedersehen. Tut mir leid, daß Sie die weite Reise für nichts und wieder nichts gemacht haben. Aber meinen Segen für diesen hirnverbrannten Plan haben Sie, falls Sie deswegen gekommen sind. Und wenn noch Geld übrig bleibt, könnten Sie dem Nachkommen des alten Pfaffen ruhig was rüberwachsen lassen, ja?«

Harold Shoosmith brachte es nicht über sich, die ausgestreckte Hand zu ergreifen, sondern begnügte sich mit einem Nicken und eilte zur Tür, doch der Pfarrer schüttelte sie höflich und murmelte ein Lebewohl.

Der Schäferhund bellte noch immer wie verrückt, als sie das Haus verließen und sich auf dem Feldweg davonmachten. Harold war sprachlos vor Wut und Enttäuschung, und der Pfarrer tat auch nur zaghaft den Mund auf.

»Offenbar schlägt er nach seinem Vater, dem Tunichtgut«, meinte er. »Kein sehr einnehmender Mensch, finde ich.«

»Und was ich finde«, sagte Harold grimmig, »ist nicht druckreif.« Er riß das Steuerrad herum und begab sich auf die lange Heimreise.

Sie legten nur einmal eine Pause zu einem verspäteten Lunch in Ross ein. Da hatten ihre Enttäuschung und ihr Schreck schon etwas nachgelassen. Es regnete nicht mehr, der Wind hatte sich gelegt, und so konnten sie die winterliche Schönheit der bewaldeten Landschaft genießen.

Die Luft war eiskalt und stach in der Lunge. Das bedrohliche Grau des Himmels hatte einen Stich ins Kupferne bekommen, was einen Schneesturm ankündigen konnte, und die beiden Männer waren froh, als sie vom Gasthof kommend wieder im warmen Auto saßen.

Die Dunkelheit setzte früher ein als sonst, und so fuhren sie stundenlang durch eine lautlose Schwärze, die nichts Gutes verhieß. Als sie den letzten steilen Hügel nach Thrush Green, ihrem sicheren Hafen, hochfuhren, tanzten die ersten Schneeflocken vor der Windschutzscheibe.

»Hallo«, sagte Harold, »endlich geht es los.«

Sie stiegen aus dem Auto und streckten wohlig die steifen Glieder. Ringsum rieselten Schneeflocken zur Erde, blieben jedoch noch nicht liegen.

»Es war eine herrliche Abwechslung«, bedankte sich der Pfarrer. »Wenn auch vielleicht enttäuschend.«

»Wenigstens wissen wir jetzt, woran wir sind«, erwiderte Harold. »Mr. Mulloy kann uns für die Einweihungsfeier gestohlen bleiben. Kommen Sie mit rein und wärmen Sie sich auf.«

Der Pfarrer hielt das Gesicht in die wirbelnden Schneeflocken, während Harold nach dem Schlüssel kramte. Wie gut, daß sie wieder in Thrush Green waren. Die angenehme Unterhaltung auf der Hinfahrt fiel ihm ein, und auf einmal war er von ganzem Herzen froh, daß sich für ihn mehr entschieden hatte als nur die Enthüllung von Nathaniel Pattens Denkmal.

16. Schnee in Thrush Green

Als die Einwohner von Thrush Green am Sonntagmorgen aufwachten, warfen die Zimmerdecken eine gespenstische Helle zurück, und vor ihren Fenstern lag eine gedämpfte, weiße Welt.

Der Schnee fiel noch immer stetig und sacht, und um die Frühstückszeit herum lag er fünf, sechs Zentimeter hoch. Die steilen Cotswold-Dächer hatten weiße Hauben und zeichneten sich scharf und kantig vor einem bleiernen Himmel ab, der weiteren Schnee verhieß. Die Äste der Kastanien waren überpudert, und Dutzende kleiner Vögel hatten auf der Suche nach Nahrung rings um die vielen Vogelhäuschen im Dorf Hieroglyphen getrippelt.

Thrush Green reagierte unterschiedlich auf die veränderte Welt. So wachte Paul Young auf, sah, wie hell seine Zimmerdecke war, sprang voller Freude aus dem Bett und rannte zum Fenster. Er schob es hoch, streifte Neuschnee von der Fensterbank und schob ihn entzückt in den Mund. Er knirschte und klebte köstlich am Gaumen, ehe er zu eisigem, geschmacklosen Wasser schmolz, hmm, lecker. In der Ferne konnte er den Milchmann sehen, der von seinem Lieferwagen zu den Häusern stapfte und auf dem Weg zu jeder Tür eine säuberliche Reihe von Fußabdrücken hinterließ. Der Anblick von Thrush Green, wie es sich so glatt und jungfräulich, so weit und geräumig erstreckte, verlockte zum Rennen und Rollen, zum Springen und Toben. Er wollte sich die namenlose Weite zu eigen machen und seine eigenen ekstatischen Zeichen hinterlassen. Zitternd vor Aufregung fuhr er in die Kleider.

Typisch war auch Albert Piggots Reaktion, als er aus dem Schlafzimmerfenster blickte.

»Klar, ausgerechnet am Sonntag. Der Dreck, den mir die Leute beim Morgengottesdienst auf den Kokosläufer im Mittelgang trampeln! Da kann ich lange saubermachen!«

Mißmutig stapfte er die enge Treppe hinunter und bereitete sich sein Frühstück zu.

Nelly Tilling in ihrem Häuschen beim fernen Lulling-Forst warf nur einen Blick auf den Schnee, noch einen auf den dräuenden Himmel und begab sich barfuß und im stoffreichen Nachthemd an die Überprüfung der Vorräte. Das Mehl in der Emailledose reichte allemal. Auf dem einen Bord standen Gott sei Dank ausreichend Zucker, Butter, Tee und Reis, auf dem anderen eingemachtes Obst und selbstgekochte Marmelade. Am Balken über ihrem Kopf baumelte ein Bund Zwiebeln, daneben ein Bund getrocknete Kräuter. Eine Hammelkeule wartete darauf, gebraten zu werden, und Eier und Käse waren auch reichlich vorhanden. Davon konnte sie eine Woche lang gut leben.

Etwas anderes jedoch war es mit dem Heizmaterial. Sie hatte noch Kohle, doch die lag in einem kleinen Schuppen ganz hinten im Garten, desgleichen die Holzscheite, aus denen sie sich Anmachholz hackte. Auf einmal merkte Nelly, daß der Fußboden kalt war, und sie ging ins Schlafzimmer zurück und zog sich an. Sie mußte soviel Heizmaterial wie möglich ins Haus schaffen, ehe der kleine Schuppen völlig zuschneite.

In ihrem einsamen Häuschen in der Senke hinter Thrush Green war auch Dotty Harmer beizeiten auf den Beinen. Die blendend weißen Felder ringsum versetzten sie in Hochstimmung. Sie hatte Schnee schon immer gemocht und erinnerte sich noch gut an die Schlittenpartien, die sie und ihre kleinen Freundinnen auf dem Schlitten gemacht hatten, den ihr Vater, der Lehrer, einmal als Weihnachtsgeschenk für sie gezimmert hatte. Die Tatsache, daß er noch immer in Dottys Anbau hing, bewies, wie stabil er ihn gebaut und welch robustes Material er verwendet hatte. Sie entsann sich, daß sie vor zwei, drei Wintern bei ähnlichem Wetter ihre Einkäufe aus Lulling darauf heimgezogen und ihn dann ihrem Nachbarn ausgeborgt hatte, damit der dem Vieh hinten im Tal Futter bringen konnte.

Im Gegensatz zu Nelly Tilling dachte sie jedoch nicht an ihre eigenen Vorräte, sondern ihre erste Sorge galt den Hühnern hinten im Garten und Mrs. Curdle und ihren Neugeborenen. Sie zog sich Männermantel und Gummistiefel an und stapfte mit einer doppelten Portion Mais in der Blechkelle durch den knirschenden Schnee.

Die Hühner freuten sich über ihre Großzügigkeit und pickten nach den gelben Körnern, die das ungewohnte Weiß im Gehege tüpfelten. Dotty zog eine große Plane über das Drahtdach, damit ihnen der Schnee nicht zu hoch wurde. Dann warf sie ein Bündel Stroh ins Hühnerhaus, das gab zusätzliche Wärme, und schnitt auf dem Beet drei große Kohlköpfe ab. Sie schüttelte den Schnee ab und ließ sie ins Gehege fallen. Mehr kann ich nicht für sie tun, dachte sie, als sie ihnen Wasser in die Schüssel goß. Für sie war gut gesorgt.

Während sie sich so abmühte, merkte sie, daß ihr beim Atmen die Brust weh tat. Sie war letzte Woche erkältet gewesen, hatte gehustet und daher nachts lange wach gelegen.

»Das kommt von der kalten Luft«, sagte Dotty zu ihren Hennen, die über so viel Futter auf einmal ganz aus dem Häuschen waren. »Ich sollte lieber meinen Huflattich- und Himbeerlikör einnehmen. Macht's gut, meine Schätzchen.«

Dotty drehte sich um und kämpfte sich durch die wirbelnden Schneeflocken in die Geborgenheit des Cottage zurück. Sie sollte ihre Hennen viele, viele Tage nicht wiedersehen.

»Weißt du was?« rief Ella, als sie in Dimitys Schlafzimmer platzte, »überall liegt mistiger Schnee!«

»Was, im Haus?« fragte Dimity. Sie war brutal aus dem Schlaf gerissen worden und noch nicht ganz da.

»Nein, nein, nein!« sagte Ella unwirsch. »Einfach überall.« Sie stampfte zu Dimitys Fenster, eine untersetzte Gestalt im alten roten Morgenmantel, und betrachtete voller Abscheu die winterliche Landschaft.

»Auf allen Bäumen«, sagte Ella so angewidert, als ob das dem Ganzen die Krone aufsetzte. »Und auf allen Dächern«, setzte sie niedergeschlagen hinzu.

»Das hat Schnee so an sich«, erwiderte Dimity ungewohnt ironisch. »Wie hoch liegt er denn?« Sie setzte sich im Bett auf, weil sie die wirbelnden Flocken sehen wollte.

»Ein paar Zentimeter schon«, antwortete Ella. »Aber da kommt noch mehr runter. Laß uns im Morgenmantel frühstücken, Dim, danach ziehen wir uns an und schippen Schnee.«

Der Gedanke, etwas gegen den eindringenden Feind zu unternehmen, hob Ellas Stimmung merklich, und dann tranken die beiden in ihrer gemütlichen Küche Kaffee, aßen dazu wie gewohnt Toast mit Marmelade und schmiedeten wie zwei Generäle Pläne für den anstehenden Feldzug.

»Heute abend sollten wir Spaten mit ins Haus nehmen«, sagte Ella forsch, »falls wir uns morgen früh ausgraben müssen. Denn danach sieht es mir aus. Ich hole noch zusätzlich Koks, Kohlen und Holz rein, und vielleicht wäre es eine gute Idee, wenn du heute mehr Milch nehmen würdest. Der Milchmann ist gerade gegenüber. Laß uns gleich einen Zettel hinlegen.«

»Du denkst aber auch an alles«, sagte Dimity voller Bewunderung. »Ich muß den armen Vögeln noch Futter hinstreuen, ehe ich zur Kirche gehe.«

»Mußt du wirklich hin?« erkundigte sich Ella. »Da ist es doch gottserbärmlich kalt, und alle prusten massenhaft eklige Bazillen in die Gegend. Die Grippe soll auch schon umgehen.«

»Ja, natürlich muß ich hin«, sagte Dimity ruhig und fest. »Charles würde sich furchtbar aufregen, wenn ich mich nicht blicken ließe.«

Ellas fleischige Hand, die die Kaffeekanne hielt, stockte mitten in der Bewegung, sie blickte ihre Freundin an.

»Ich glaube, du hast recht«, sagte sie langsam.

Es schneite zwei Tage lang ohne Unterlaß, und der Ostwind, der in der Nacht zum Sonntag aufgekommen war, trieb meterhohe Schneewehen zusammen. Sie reichten bis zu den Fenstern der *Zwei Fasane* und verschluckten den weißen Zaun der benachbarten Dorfschule völlig. Ab Dienstag war der Feldweg nach Nod und Nidden unpassierbar, und damit waren beide Weiler von der Außenwelt abgeschnitten. Die

Schneepflüge räumten zwar die Hauptstraße von Lulling in Richtung Norden, aber der steile Hügel war ihnen zu rutschig, daher konnten sie wenig ausrichten. Die älteren Einwohner wollten wieder einmal das Geländer zurückhaben, das es früher längs des Weges zur Stadt gegeben hatte, während sie mit Socken über den Gummistiefeln auf dem glitschigen Hang Halt suchten.

Die Geschäfte in Lulling waren unterbesetzt, weil viele Verkäuferinnen in den umliegenden Dörfern wohnten und von der Außenwelt abgeschnitten waren. Nur wenige Lieferwagen kamen durch, und als die Vorräte knapp wurden, halfen sich Nachbarn gegenseitig mit einem halben Pfund Zukker oder einem Päckchen Tee aus.

Die Grippe breitete sich in der Kleinstadt so rasend schnell aus, daß die Privatschule, auf die Paul und sein Freund Christopher gingen, eine Woche lang dichtmachte, damit sich nicht noch mehr Schüler ansteckten.

Nach den ersten herrlichen schulfreien Tagen fing Paul an, sich zu langweilen. Es schneite die ganze Woche über immer wieder, und die Nächte waren bitterkalt. Seine Mutter schickte ihn nur für kurze Zeit nach draußen, doch gegen Ende der Woche lud sie Christopher ein, tagsüber mit ihm zu spielen, denn beide Jungen waren kerngesund und wollten der umgehenden Seuche offenbar nicht zum Opfer fallen.

Paul freute sich, daß er Gesellschaft hatte. Als sich die Sonne nachmittags bemühte, etwas kläglich durch eilende Wolken zu scheinen, sagte Joan, sie dürften ein Weilchen ins Freie.

»Los, wir gehen zum Lager, sagte Paul, kaum daß sie draußen waren. »Da sind wir schon ewig und drei Tage nicht mehr gewesen.«

Sie krochen durch das Loch in Harold Shoosmiths Hecke, schlichen sich um die Staudenrabatte, die die schlimmsten Verwehungen vom Pfad abgehalten hatten, und kämpften sich zum Baum durch.

Hier versperrte ihnen eine hohe Schneewehe den Weg. Der Wind hatte den Schnee zu einem aufgeplusterten Kissen mit einem zierlichen Muster aus Wirbeln und Wellen zusammengeblasen. Dahinter erstreckte sich das verschneite Tal, in dem Dottys Cottage nur noch eine kleine Erhebung in der großen Weite war. Das Haus wirkte verlassen. Kein Rauch kräuselte sich aus dem Schornstein, niemand bewegte sich hinter den geschlossenen Fenstern, nirgendwo ein Lebenszeichen.

Paul kannte es nicht anders, als daß Dotty in ihrem farbenfrohen Garten herumwerkelte, daß ihre Hennen gackerten und Mrs. Curdle zur Gesellschaft miaute, während sie ihrem Frauchen folgte, und so überkam ihn auf einmal eine unerklärliche Angst.

»Keiner zu Hause«, sagte er und packte Christopher beim Arm. »Es sieht ganz verkehrt aus.«

»Das kommt vom Schnee«, sagte Christopher ungerührt. »Das macht das viele Weiß. Davon kann einem nach einer Weile ganz schlecht werden, sagt meine Mutter, weil das Auge an jede Menge Farben gewöhnt ist.«

Diese wissenschaftliche Erklärung befriedigte Paul nicht.

»Das meine ich nicht«, protestierte er. »Es sieht aus, als ob Miss Harmer verreist ist. Aber die verreist nie, Chris. Im Leben nicht! Sie muß doch ihre Tiere versorgen.«

Während Paul angstvoll das Haus musterte, und sein Freund ihn verdutzt anstarrte, passierte etwas Schreckliches. Eins der oberen Fenster ging langsam auf, und eine hexenartige Gestalt mit grauslichen grauen Locken ums leichenblasse Gesicht sackte auf die Fensterbank. Und dann läutete ein magerer Arm mit einer altmodischen Tischglocke, daß die gespenstischen Töne über die Schneewüste hin bis zu den erschrockenen Jungen wehten.

»Das ist doch nicht Miss Harmer«, flüsterte Paul mit geisterblassem Gesicht.

»Doch!« sagte Christopher unschlüssig. »Und sie ist krank oder so. Sie braucht Hilfe.«

»Aber durch die Schneewehe kommen wir nicht durch«, antwortete Paul, und seine Stimme hörte sich eine Spur erleichtert an. »Wir rufen und sagen ihr, daß wir Hilfe holen.«

Sie legten die hohle Hand um den Mund und riefen der

kleinen, verzweifelten Gestalt etwas zu. Die Glocke läutete stoßartig weiter, mal laut, mal leise, doch die Glöcknerin gab nicht zu erkennen, ob sie das Antwortgeschrei der Jungen gehört hatte.

In diesem Augenblick tauchte Harold Shoosmith in Anglerstiefeln und Regenjacke in seinem Garten auf und näherte sich den Kindern.

»Wie lange geht das schon so?« fragte er.

Die Worte purzelten ihnen vor Erleichterung nur so heraus, weil jetzt Hilfe nahte, und sie dachten gar nicht mehr daran, daß sie auf dem Grundstück eigentlich nichts zu suchen hatten.

»Miss Harmer –« fing Paul an.

»Sie muß krank sein«, sagte Christopher. »Sie ist gerade ans Fenster gekommen.«

»Wir haben geschrien und ihr gesagt, daß wir Hilfe holen«, fuhr Paul fort. »Der Schnee ist uns zu hoch.«

»Ich hole einen Spaten«, sagte Harold. »Ihr wartet hier«, setzte er hinzu, »vielleicht brauche ich euch.«

Sie sahen ihm nach, als er zum Haus zurückstapfte. Die Gestalt lag noch immer zusammengesunken über der Fensterbank, doch die Glocke in ihrer Hand schwieg.

»Mr. Shoosmith kommt!« machte Paul ihr Mut. Er war so erleichtert, daß er wieder tapfer wurde und nahezu Spaß an dem Abenteuer bekam.

»Und wir helfen ihm!« brüllte Christopher, der ihm nicht nachstehen wollte.

Als Antwort läutete die Glocke noch einmal, entfiel der schlaffen Hand und verschwand im alles erstickenden Schnee. Die Gestalt sank zurück, wahrscheinlich auf den Schlafzimmerfußboden, und war nicht mehr zu sehen. Die Jungen erschraken erneut.

»Das macht der Schreck«, sagte Paul verstört. »Kann gut sein, wir haben sie umgebracht!«

Dieses eine Mal war Christopher zu erschrocken für Widerrede. In diesem Augenblick erschien Harold, der sich mit zwei Spaten und einer Kohlenschaufel bewaffnet hatte.

»Sie ist umgekippt«, sagte Paul mit zitternder Stimme.

»Dann haben wir keine Zeit zu verlieren«, sagte Harold knapp. »Wir merken ja, wie wir vorankommen, und wenn der Schnee höher ist als angenommen, muß einer von euch noch mehr Hilfe holen.«

Er machte sich an die Arbeit und schaufelte sich durch die erste hohe Wehe. Auch die Jungen schippten wie die Wilden, und ihre Gesichter glühten vor Aufregung und Anstrengung. Glücklicherweise lag der Schnee hinter der Wehe nicht mehr so hoch, und Harold schippte allein weiter, doch der Schnee reichte ihm immer noch bis an den Rand seiner Anglerstiefel, als er die Gartenpforte erreichte.

»Ihr bleibt hier«, befahl Harold. Er kletterte über die Pforte. Allmählich machte er sich Sorgen, was er im Haus vorfinden würde, denn von dort kam kein Laut, und das beunruhigte ihn sehr.

Er mußte sich auch durch den Garten graben, denn vor dem Hühnerhaus und dem Cottage hatte der Wind den Schnee zu grotesken Gebilden aufgetürmt.

Nach zehnminütigem Schippen erreichte er die Hintertür. Er schwitzte vor Anstrengung, und die Ölhaut ließ keine Luft durch. Da die Tür nicht verschlossen war, betrat er die Küche.

Hier war es sehr kalt und still. Ein unangenehmer Geruch nach verdorbenem Essen, trocknenden Kräutern und Katzen schlug ihm entgegen. Die Uhr war stehengeblieben, hinter dem Kamingitter lag graue Asche, und eine Spinne hatte ihr Netz von einem erkalteten Topf auf der Herdplatte zur nächsten Wand gesponnen.

»Jemand zu Hause?« rief Harold. »Sind Sie da, Miss Harmer?«

Keine Antwort. Harold trampelte sich den Schnee von den Stiefeln und ging die Treppe hoch. Hinter einer geschlossenen Tür hörte er wildes Gemaunze. Er hob den Riegel, und Mrs. Curdle schoß, gefolgt von vier wackligen Kätzchen, heraus. Sie flitzten nach unten, vermutlich auf der Suche nach Futter.

Die Tür zum einzigen anderen Zimmer stand offen. Und da lag Dotty, sie war auf dem Fußboden vor dem offenen Fenster zusammengebrochen.

Harold war erleichtert, das sie die Augen offen hatte und sprechen wollte. Sie sah sterbenskrank aus, und ihr Atem ging laut und rasselnd. Er legte sie auf das ungemachte Bett und deckte sie sanft zu.

»Ruhen Sie sich einen Augenblick aus«, sagte er. »Sie brauchen sich überhaupt keine Sorgen mehr zu machen.«

Er ging zum Fenster und beugte sich hinaus.

»Lauf nach Haus, Paul«, rief er, »und bitte deine Mutter, daß sie Doktor Lovell anruft. Ich werde Miss Harmer zu mir nach Haus tragen. Es geht ihr nicht gut.«

»Soll ich mitgehen?« fragte Christopher.

»Nein. Vielleicht brauche ich dich noch«, sagte Harold. »Du bleibst da.«

Dotty wurde jetzt sehr unruhig, ihr zerzauster, grauer Kopf rollte ruhelos hin und her. Harold trat näher, weil er hören wollte, was sie sagte.

»Die armen Katzen! Die armen Hühner! Kein Futter!« krächzte Dotty.

»Und was ist mit Ihnen?« fragte Harold. »Wie lange haben Sie schon nichts gegessen?«

Sie schüttelte den Kopf.

»Ich gehe jetzt nach unten und hole Ihnen etwas Heißes zu trinken, und um die Tiere kümmere ich mich auch«, versprach er. »Und dann müssen wir Sie hier herausbringen.«

Er schloß das Fenster, schaltete den archaischen elektrischen Heizofen ein, der für seinen Seelenfrieden reichlich gefährlich aussah, aber immer noch besser war als gar nichts, und ging nach unten.

Die Katzen maunzten jämmerlich, als er die kleine Speisekammer durchsuchte. Eine Flasche Milch war zu Dickmilch geronnen, doch glücklicherweise fand er ein gutes Dutzend Dosen Katzenfutter, die Dotty in weiser Voraussicht vor Einsetzen des Schneesturms gekauft hatte. Er öffnete zwei, löffelte den Inhalt heraus, und die Katzen fielen darüber her. Für

Dotty etwas aufzutreiben, war schon schwieriger, aber er fand eine Dose Ovomaltine und einen elektrischen Wasserkessel und kehrte bald darauf mit einer dampfenden Tasse zum Bett zurück.

Das warme Bett und das warme Zimmer hatten Dotty etwas belebt. Dankbar trank sie die Ovomaltine. Harold fragte sich, wie sie wohl auf seinen Vorschlag reagieren würde, sie hügelan zu seinem Haus zu tragen. Man konnte sehen, daß sie sehr krank war. Am besten wäre es, sie hier in ihrem Bett zu lassen, aber das Haus war kalt, es gab nichts zu essen, und obendrein war es von der Außenwelt abgeschnitten. Wenn er sie nach Thrush Green schaffte, könnte sich Lovell weiter um sie kümmern. Sie war leicht wie ein Vogel, und der Weg war bereits freigeschippt. Es durfte nicht allzu schwierig sein, aber er mußte sie gut einpacken. Er musterte die schäbigen Mäntel, die hinter der Tür hingen.

»Ich bringe sie nach Thrush Green«, sagte er sanft, aber bestimmt. »Damit Doktor Lovell Sie sich ansieht. Sie müssen mir nur erlauben, Sie zu tragen.«

»Nicht nötig«, krächzte Dotty überraschend fügsam. »Schlitten, unten.«

»Hervorragend!« rief Harold. »Dann mache ich ihn reisefertig.«

Im Anbau fand er das Meisterstück des alten Mr. Harmer und ein paar Lederriemen. Dann holte er sich ein paar überzählige Decken aus dem Zimmer, in dem Mrs. Curdle und ihre Kleinen gefangen gewesen waren, machte daraus ein warmes, gemütliches Bett auf dem Schlitten und kehrte zu seiner Patientin zurück. Es erschien ihm am praktischsten und schicklichsten, die alte Dame in das warme Bettzeug zu wickeln, in dem sie sowieso schon lag, und das unhandliche Bündel zu tragen. Harold stieg vorsichtig die Treppe hinunter und legte sie auf den Schlitten. Er holte noch ein Kissen, beugte sich aus dem Fenster und rief nach seinem Helfer, der dabei war, einen Schneemann zu bauen.

»Alles bereit? Wir holen Miss Harmer auf einem Schlitten heraus. Ist dir auch nicht kalt?«

»Nein, kochendheiß!« sagte Christopher mit glühendem Gesicht.

Harold schloß das Fenster, schaltete das Heizgerät aus, griff sich das Kissen und ging wieder nach unten.

»Trinken«, sagte Dotty erschöpft.

Harold beeilte sich, ihr ein Glas Wasser zu holen.

»Katzen!« sagte Dotty matt und verzweifelt. Gehorsam füllte Harold eine Schale und stellte sie auf den Boden.

»Ich verspreche Ihnen«, sagte er feierlich, »jemand zu schicken, der sich um die Tiere kümmert, sowie ich Sie wohlbehalten im Bett habe.« Er verschnürte die kleine Gestalt fest auf dem Schlitten, deckte sie mit einem alten Regenmantel zu, steckte diesen fest, und ab ging es durch den Schnee nach Thrush Green.

Die Reise war vergleichsweise einfach, und Dotty überstand das Gerumpel gut. Harold jedoch war froh, daß Christopher half, und müder, als er zugeben mochte, als sie endlich seinen Garten und die Hintertür des Eckhauses erreichten.

Er atmete auf, als er Joan Young mit Paul dort warten sah, und überließ es ihr, Dotty im Gästezimmer ins Bett zu stecken, während sie auf den Arzt warteten.

Er stand mit einem Whisky-Soda in der Hand am Wohnzimmerfenster und sah zu, wie der Schnee von den Ästen wehte, wenn sich der Wind in ihnen verfing. Wenn das so weitergeht, dachte Harold düster, wird Nathaniels Denkmal nicht rechtzeitig fertig. Er mußte Edward Young fragen, welche Fortschritte dieser in der Sache gemacht hatte.

In diesem Augenblick tauchte der junge Doktor Lovell auf, und Harold brachte ihn zu der Patientin im oberen Stock.

Auf dem Flur standen Paul und Christopher und sahen aus dem Fenster. Harold fiel ein, daß die beiden Jungen vielleicht auch müde und hungrig waren.

»Kommt mit runter in die Küche«, sagte er, »ein paar Kekse und etwas Warmes zu trinken treiben wir schon noch auf.«

»Nichts Warmes«, bat Paul.

»Was denn dann?« fragte Harold. »Etwa eiskalte Brause?«

erkundigte er sich belustigt und musterte die bitterkalte Welt draußen vor dem Fenster.

»O ja, bitte!« sagten beide Jungen inbrünstig und liefen hinter ihm her. Innerlich schaudernd führte er sie vor den Kühlschrank.

»Sie muß ins Krankenhaus«, sagte Doktor Lovell, als er die Treppe heruntergestürzt kam. »Darf ich mal telefonieren?«

»Bedienen Sie sich«, sagte Harold und wartete, bis alles geregelt war, ehe er sich näher erkundigte.

»Bronchitis, möglicherweise Lungenentzündung«, sagte der Doktor. »Im Grunde genommen natürlich Mangelernährung. Meiner Meinung nach hat sie seit Jahren keine anständige Mahlzeit gekriegt. Aber sie kommt durch. Jammert mir die Ohren voll wegen ihrer Viecher.«

»Sagen Sie ihr, daß ich mich höchstpersönlich darum kümmern werde, solange sie fort ist«, sagte Harold. »Die Entfernung ist ja nicht groß.«

»So was wie Sie nennt man einen barmherzigen Samariter«, sagte der Doktor auf dem Weg zur Tür. »Und einer, der gerade noch rechtzeitig gekommen ist, wenn ich so sagen darf. Viel länger hätte sie es ohne Pflege nicht mehr gemacht – und was wäre dann aus ihren Tieren geworden?«

Der Krankenwagen unterbrach ihre Unterhaltung. Vor mehreren Fenstern in Thrush Green ruckten die Gardinen, und ein, zwei Beherztere traten vor die Tür, weil sie sehen wollten, wer da abtransportiert wurde. Doktor Lovells Eintreffen war nicht unbemerkt geblieben. Der Krankenwagen erregte natürlich noch größeres Aufsehen. Was mochte Harold Shoosmith zugestoßen sein?

Und das Ganze wurde noch rätselhafter, als die Zuschauer Harold kurze Zeit später quicklebendig neben der Bahre hergehen sahen. Wen der wohl jahrelang in seinem Haus versteckt gehabt hatte? Ein richtiger Heimlichtuer, dieser Neue.

Seit mehreren Tagen saßen alle im Haus fest, und das war langweilig, deshalb wetzte man mit Wonne den Schnabel und stellte Mutmaßungen über das Drama an, das sich hier abspielte, es war ein Geheimnis, das Nahrung für endlosen Klatsch bot! Thrush Green sperrte Mund und Nase auf.

Aber Harold Shoosmith spielte nicht nur hier den barmherzigen Samariter.

17. Zwei Anhaltspunkte

Thrush Green war über eine Woche eingeschneit, und die ganze Zeit über stapfte Harold tagtäglich zu Dottys Cottage und versorgte die Tiere. Alle hatten den Schnee herzlich satt. Man kam kaum noch aus dem Haus, die Vorräte gingen zur Neige, die Grippe breitete sich besorgniserregend aus, alle Nerven lagen blank.

Und so atmeten die guten Leutchen von Lulling und Thrush Green wirklich auf, als das Barometer stieg und sich die Wetterhähne auf Südwest drehten. Bald wehte denn auch ein warmer Wind durch die Cotswolds, und binnen zwei Tagen liefen Rinnsale hügelabwärts nach Lulling, der Schnee rutschte von den steilen Schieferdächern, daß es nur so platschte, und das grüne Gras kam wieder zum Vorschein.

Die Menschen strömten so fröhlich aus ihren Häusern wie die Kinder nach Schulschluß aus der Schule. Herrlich, man roch wieder Erde und Gras, aber noch herrlicher war der warme Wind, der statt des beißenden Ostwinds wehte.

Dotty Harmer hatte sich soweit erholt, daß sie sich in ihrem Bett im Krankenhaus von Lulling aufsetzen und Besucher empfangen konnte, die Blumen, selbstgebackenen Kuchen und Obst anschleppten. Erst als sie wirklich überzeugt war, daß ihre Tiere gut versorgt, ja, fast verwöhnt wurden, ging es auch ihr besser. Sie konnte es noch immer nicht fassen, wie nett Harold gewesen war, und sie freute sich, daß der Schlitten ihres Vaters so gute Dienste geleistet hatte.

»Ich sag's ja immer«, erzählte sie ihren Besuchern so oft, daß deren Ohren wehtaten, »man soll alles aufheben! Man weiß nie, wozu man es noch brauchen kann. Das beweist Vaters Schlitten.« Und die Tatsache, daß sie recht behalten hatte, trug mehr zu ihrer Genesung bei als alle Tabletten, die sie schlucken mußte.

Betty Bell besuchte sie, sobald das Wetter sie aus ihrem abgelegenen Häuschen befreit hatte und sie wieder bei Dotty und Harold arbeiten konnte. Ein weiterer befreiter Gefangener war Nelly Tilling, die so schnell wie möglich das *Wappen von Lulling* aufsuchte und sich freudig und mit Wonne auf den Backsteinfußboden im Schankraum stürzte, auf dem das Wetter schlimme Spuren hinterlassen hatte. Und als Belohnung für ihren Feuereifer bekam sie etwas, womit sie Albert Piggot den größten Augenblick seines Lebens bescherte.

Nelly machte sich mit einem Korb am Arm auf, um nachzusehen, wie es ihm während des Schneesturms ergangen war. Sorgsam trug sie den Korb durch den dämmernden Abend und freute sich schon auf den Tee, den sie nach ihrer Ankunft in Thrush Green für sich und Albert kochen würde. Der Fußweg an Dottys Cottage vorbei war noch feucht und aufgeweicht, daher hatte sie nasse Füße. Sie war froh, als sie die Geborgenheit von Alberts Küche erreichte und die Schuhe ausziehen konnte. Albert schien sich beinahe über ihren Anblick zu freuen, und auf dem Herd summte schon der Wasserkessel.

Sie tauschten sich über das Unwetter aus. Albert beschrieb, wie gräßlich die Schweinerei in der Kirche gewesen war, wie er sich hatte quälen müssen, um den Koks auszugraben und wie schwierig es gewesen war, wenigstens ein paar bescheidene Vorräte für seine Speisekammer zu ergattern.

Nelly hielt mit ihren eigenen Entbehrungen dagegen und – ein Geistesblitz – wie sehr sie sich um Albert gesorgt hätte.

»Da hab ich gesessen«, sagte sie und machte ihm schöne Augen, »und hab mich gefragt, wie du wohl klarkommst, wo du doch niemand hast, der dir was Warmes kocht, niemand, der hinterher abwäscht. Bei dem Gedanken, wie du das schaffst, hab ich nachts kein Auge zugetan, ehrlich.«

Ihre Fürsorge schien Albert ein wenig zu rühren, und so knurrte er freundlich, als sie ihm Tee einschenkte.

»Ich hab dir was mitgebracht, das mußt du dir mal ansehen«, sagte sie. »Mrs. Allen hat's mir für die viele Extraarbeit gegeben. Eine kleine Uhr, an die sie billig gekommen ist, aber sie geht nicht. Du hast doch die Armbanduhr von meiner Mutter so toll in Schuß gebracht, vielleicht kriegst du diese auch wieder hin. Sie ist wirklich hübsch.«

Sie kramte in dem Korb zu ihren Füßen und holte einen in Zeitungspapier eingeschlagenen Gegenstand heraus. Albert wickelte ihn behutsam aus und stellte die kleine, vergoldete Uhr auf den Küchentisch.

»Die hab ich doch schon mal gesehen«, dachte er laut. »Mir fällt bloß im Augenblick nicht ein, wo.« Er drehte das hübsche Ding mit schwieligen Händen hin und her.

»Die ist französisch«, sagte er nachdenklich.

»Die hat Mrs. Allen Bella Curdle, Sams Frau, abgekauft –«, fing Nelly an, aber Albert schnitt ihr das Wort ab und schlug mit der Faust so hart auf den Küchentisch, daß die Teetassen klirrten.

»Ich hab's!« rief er. »Die gehört Miss Watson, wetten daß.«

»Nie im Leben!« Nelly schnappte nach Luft. »Willst du etwa behaupten, das hier ist die Uhr, die gestohlen wurde? Und daß es Sam war?«

»Stimmt!« freute sich Albert. »Das ist sie.«

»Aber warum würde Bella sie verkaufen, wenn sie weiß, daß Sam sie geklaut hat? So muß es doch rauskommen.«

»Das hat Sam Bella sicher nicht auf die Nase gebunden«, meinte Albert. »Und wetten, daß Bella auch Sam nicht auf die Nase gebunden hat, daß sie die an Mrs. Allen weiterverkauft hat. Wie ist das überhaupt gekommen?«

Nelly erzählte ihm, Mrs. Allen hätte ihr gesagt, daß Bella ihr gesagt hätte, sie mache sich Sorgen, weil sie mit ihren Zahlungen für den Kleiderklub in Rückstand sei. Die junge Frau half gelegentlich beim Geflügelausnehmen, arbeitete im Akkord auf einem Bauernhof und war Stammgast im *Wappen von Lulling*. Eines Tages hatte sie Bessie Allen die Uhr mitgebracht und gefragt, ob sie ihr dafür ein Pfund geben könne. Bessie wollte sie zwar nicht haben, hatte aber Mitleid mit der armen Bella, gab ihr ein Pfund und behielt die Uhr. Später war sie so gerührt über Nellys Feuereifer nach dem Schneesturm, daß sie sie ihr geschenkt hatte, wußte sie doch, daß Nelly die vergoldete Uhr bewunderte.

»Also, die gehört rechtens Miss Watson«, beharrte Albert. »Gib her, Mädchen, ich geh mal rüber und zeig sie ihr. Die wird sie schon erkennen.«

»Wart auf mich«, sagte Nelly und zog die nassen Schuhe wieder an. »Ich komm mit.«

Das war für sie eine prächtige Gelegenheit, ihre Position bei der Rektorin auszubauen. Und wer weiß, dachte Nelly, als sie den Mantel anzog, vielleicht wohnte sie schon bald in Thrush Green und so günstig gelegen, daß sie das Putzen der Schule übernehmen konnte.

Miss Watson ahnte nichts von den Besuchern, die ihr ins Haus schneien sollten, sondern saß am Kamin und dachte über einen höchst beunruhigenden Vorfall nach. Auf dem Kaminvorleger lag ein Stapel Geschichtsarbeiten und obendrauf ein roter Kugelschreiber, aber Miss Watson schaffte es nicht, mit dem Zensieren anzufangen.

Der Vorfall hatte sich erst vor ein, zwei Stunden ereignet, als sich die Kinder nach der Schule die Mäntel anzogen. Die beiden kleinen Curdle-Mädchen kämpften noch mit ihren, als ihr Vater auftauchte. Er hätte den Lieferwagen draußen, sagte er, der Feldweg stünde noch immer unter Wasser, und da er gerade vorbeikäme, könne er sie gleich abholen.

Miss Watson sah Sam Curdle nur selten. Gelegentlich holte Bella die Kinder ab, das Kleinkind am Schürzenzipfel, aber Sam ließ sich so gut wie nie in der Schule blicken. Er wirkte etwas erschrocken, als er Miss Watson in der Garderobe erblickte. Normalerweise schickte Miss Fogerty die Kinder nach Haus, aber die war an diesem Tag früher gegangen, weil sie einen Termin beim Dorfzahnarzt hatte.

Er bückte sich, um seiner jüngeren Tochter beim Binden des Schnürbands zu helfen. Die Art, wie er sich bewegte, versetzte Miss Watson einen Schock. Und gleich darauf durchfuhr es sie schon wieder. Da er die Bänder mit Handschuhen nicht richtig zu fassen bekam, warf Sam sie neben dem Kind zu Boden. Diese Handschuhe hatte Miss Watson schon einmal gesehen. Sie waren grau, gestrickt und mit Lederriemen zugebunden, und sie hatten einen schweren Stock gehalten.

Miss Watson wurde so übel und schwindlig, daß sie Sam nicht antworten konnte, als dieser mit seinem Nachwuchs ging und ihr höflich noch einen guten Abend wünschte. Seitdem war sie völlig durcheinander.

Sollte sie mit so fadenscheinigem Beweismaterial die Polizei anrufen? War es überhaupt Beweismaterial? Sicherlich gab es Tausende von gleichartigen Handschuhen. Aber sie war fest davon überzeugt, daß sie Sam wiedererkannt hatte, als er sich in der Garderobe plötzlich bückte. Ob sie der Polizei ihren Verdacht mitteilen sollte? Wenn doch nur die liebe Agnes da wäre, sie wurde dringend gebraucht!

Diese Gedanken gingen ihr im Kopf herum, bis er fast platzte, da läutete es an der Haustür und sie ging öffnen.

»Ach, Mr. Piggot, bitte, kommen Sie doch herein«, sagte sie. »Was führt Sie zu mir?«

An diesem Abend fuhr ein Polizeiauto spritzend den aufgeweichten Feldweg nach Nod und Nidden entlang und hielt vor Sam Curdles Wohnwagen.

Am nächsten Morgen brachte man Sam vor den Friedensrichter, der entschied, daß er wegen der Schwere der Anklage an das Amtsgericht der Kreisstadt zu überstellen war.

An diesem Tag bekam Albert Piggot von den Stammgästen der *Zwei Fasane* so viele Biere spendiert, daß er um halb drei Uhr morgens im Heizraum von St. Andrew's einschlief und erst wieder aufwachte, als die große Uhr über ihm fünf schlug. Bloß gut, dachte er, als er benebelt heimwärts schwankte, daß Nelly Tilling den Tag bei ihrer Schwester verbrachte.

Falls Nathaniel Pattens Denkmal rechtzeitig zu seinem Geburtstag am fünfzehnten März aufgestellt werden sollte, dann war Eile geboten, sagte Edward Young, der sich mit einem jungen, von ihm geschätzten Bildhauer in Verbindung gesetzt hatte.

Folglich wurde eine Sitzung des Thrush-Green-Vergnügungsausschusses anberaumt, auf der man den Entwurf absegnen und dem Bildhauer endgültig den Zuschlag geben wollte.

Die Sitzung sollte wie üblich in der Dorfschule stattfinden, doch der bauchige Ofen war unerklärlicherweise undicht und rauchte und qualmte über die Maßen unangenehm. Miss Watson machte sich deswegen Sorgen und erwähnte es Harold Shoosmith gegenüber, als er ihr drei Bälle, einen Gummiwurfring und einen Turnschuh zurückbrachte, die in seinem Garten gelandet waren.

»Dann findet die Sitzung bei mir statt«, sagte er insgeheim erleichtert, daß er sich an diesem trostlosen Januarabend nicht eineinhalb Stunden lang hinter ein Kinderpult quetschen mußte, ein Gedanke, der ihm schon des längeren zugesetzt hatte. »Ich habe viel Platz und benachrichtige alle.«

Zuletzt läutete er beim Pfarrer.

»Kommen Sie doch vorher bitte zum Abendessen«, sagte er. »Die Sitzung beginnt nicht vor Viertel nach acht, und soweit ich sehe, sind wir gerade mal sechs.«

Der Pfarrer nahm dankend an. Mrs. Butler hatte ihm gerade mitgeteilt, das Cornedbeeffrikassee vom Vortag reiche noch für den Abend, und er hatte sich in sein Schicksal gefügt. Er war beileibe kein Schlemmer und Prasser, aber der Gedanke an gutes Essen und nette Gesellschaft hob seine Laune beträchtlich.

Er kam um Viertel nach sieben, und die beiden Männer speisten einen köstlichen Eintopf mit Fleisch und Nierchen und hinterher Apfeltorte, denn Betty Bell war extra noch einmal gekommen, um sie zu bekochen. Der Pfarrer dachte wehmütig, wie gut Harold doch seinen Haushalt in Schuß hatte, und ihm fiel sein klägliches Essen und die trostlose Umgebung ein, etwas, woran er anscheinend nichts ändern konnte.

»Wissen Sie etwas über Edwards jungen Mann?« erkundigte sich Charles Henstock, als sie danach die Füße ans Feuer hielten, während sie auf die anderen Ausschußmitglieder warteten. »Ich halte nämlich viel von Edward und bewundere seine Arbeiten ganz außerordentlich – wie ich höre, soll er bei seinen Siedlungsprojekten auch eine hervorragende Ader für Innendekoration bewiesen haben. Aber gelegentlich frage ich mich doch, ob seine Ideen nicht ein bißchen zu fortschrittlich für uns hier sind. Man denke nur an seine Hauswände – jede in einer anderen Farbe – und das Viereck mit Rauhputz vor seiner Haustür, weil »unterschiedliche Strukturen Spannung erzeugen«, mir kommt das manchmal vor wie ein bißchen nicht von dieser Welt. Ich meine, die Welt von Thrush Green. Wir sind wohl recht spießig, aber ein ausgezacktes Metallstück, das sich auf dem Dorfplatz ausnimmt wie ein Reiher mit Bauchschmerzen, und das auch noch für alle Zeiten, das wollen wir doch auch nicht, oder?«

»Ganz sicher nicht«, sagte Harold nachdrücklich. »Aber wir brauchen uns, glaube ich, keine Sorgen zu machen. Schließlich trifft sich der Ausschuß heute abend zu genau diesem Zweck. Um Thrush Green vor magenkranken Reihern zu bewahren, oder – schlimmer noch – vor gebündelten Tierblasen aus Stein, die sich ›Fülle‹ betiteln, und genau dazu sind wir hier, mein lieber Charles.«

Der Pfarrer war ein wenig beruhigt und trank einen Schluck von dem ausgezeichneten Kaffee.

»Ich muß gestehen«, bekannte er, denn ihm wurde bei diesem vertraulichen Austausch ganz wohlig zumute, »ich bin erleichtert, daß man nicht Ella gebeten hat, sich der Sache anzunehmen. Sie ist wirklich begabt, wirklich ungemein begabt. Aber die kräftige, derbe Ausstrahlung ihrer Arbeiten ist ein bißchen zuviel für mich. Ich befinde mich leider noch im Stadium der geblümten Sesselbezüge und habe an der Wand gern Aquarelle.«

»Und warum nicht?« fragte Harold ungerührt. »Aber gut, daß Ella außen vor ist. Sie hätte sich sicherlich ›tüchtig ins Zeug gelegt‹, wie sie es so elegant formuliert hat. Sie hat wirklich Stehvermögen, darum verläßt sich Dimity auch so auf sie.«

Der Pfarrer warf ihm einen raschen Blick zu.

»Manchmal denke ich, daß es sich genau umgekehrt verhält«, sagte er. »Dimity ist trotz ihrer Schüchternheit sehr stark und treu wie Gold. Auch wenn Ella sie noch so sehr schikaniert – oder sie zu schikanieren scheint – sie empfindet tiefe Zuneigung für Dimity und schenkt ihren sanften Winken mit dem Zaunpfahl mehr Beachtung, als wir merken.«

»Wahrscheinlich haben Sie recht«, bestätigte Harold. »Sie sind der bessere Menschenkenner.«

»Ich kenne die beiden seit vielen Jahren«, erwiderte der Pfarrer. »Und ich hege die allergrößte Hochachtung für sie«, das hörte sich so geschwollen an, daß Harold an einen Helden von Jane Austen denken mußte.

»Das dürfte auf Gegenseitigkeit beruhen«, bemerkte er trocken. »Auch wenn Ella nicht mehr als zweimal im Jahr zur Kirche geht.«

»Dimitys Gottergebenheit kann man nicht von jedem erwarten«, sagte der Pfarrer verständnisvoll.

»Sie ist Ihnen dabei genauso ergeben wie Gott«, sagte Harold ruhig und stellte fest, daß sein Freund errötete und deutlich erschrocken blickte.

»Ich glaube, Sie tun ihr Unrecht«, sagte der Pfarrer zögernd. »Sie ist ein zutiefst gläubiger Mensch und würde zur Kirche gehen, wer auch immer predigt.«

»Das bezweifle ich gar nicht«, sagte Harold und stand auf, um Holz nachzulegen. »Aber Ihre Gesellschaft ist ihr auch nicht gerade unangenehm.«

Er zeigte mit einem Holzscheit auf den verdutzten Pfarrer und drohte ihm spielerisch.

»Wie ich schon einmal gesagt habe, Charles, Sie unterschätzen Ihren Charme.«

Der Pfarrer wurde einer Antwort enthoben, denn jemand hämmerte auf die Haustür ein. Sie hörten Betty Bell vom Abwasch zur Tür eilen und dann eine Trompetenstimme, die den Gong zum Erzittern brachte.

»Ella«, sagte Harold. Man mußte nicht lange in Thrush Green gelebt haben, um diese Stimme zu erkennen.

Ella und Dimity traten ein, dicht gefolgt von Edward Young und Doktor Bailey. Der Pfarrer begrüßte sie mit gewohnter Herzlichkeit und verbarg seinen inneren Aufruhr hervorragend.

»Wir sind nur zu sechst«, sagte Harold. »Wollen wir am Kamin sitzenbleiben?«

Allgemeine Zustimmung.

»Die Frage erinnert mich an Violet Andersons letzte Abendeinladung«, sagte Ella. »Da hat sie doch die Kalbfleischpastete angeschnitten und gesagt: ›Hoffentlich mögen alle Kalbfleisch?‹ und wir haben verschüchtert ›Ja‹ gehaucht. Mir wäre jedoch fast rausgerutscht: ›Nein, ich kann Kalbfleisch nicht ausstehen, lassen Sie mich bitte aus und geben Sie mir eine Banane‹, aber ich konnte mir gerade noch auf die Zunge beißen.«

»Gute Manieren verleiten häufig zu Unehrlichkeit«, schloß sich der Pfarrer an, »und der Gedanke – beschwert man lieber den Gastgeber oder sein Gewissen? – lohnt durchaus das Nachdenken.«

Edward Young griff zu einem großen Umschlag und machte Anstalten, ihn umständlich zu öffnen.

»Vielleicht sollten wir uns alle Entwürfe gleichzeitig ansehen«, begann er etwas wichtigtuerisch.

»Wenn Sie gestatten, so möchte ich zunächst die Tagesordnung und die Entschuldigungen verlesen«, sagte der Pfarrer sanft, und der Jüngere antwortete mit einem knappen Kopfnicken. Er war ehrgeizig und in seinem Beruf ein Senkrechtstarter, daher machten ihn so kleinliche Dinge wie die Tagesordnung des Thrush-Green-Vergnügungsausschusses ein wenig ungeduldig.

Der Pfarrer wickelte die Regularien gekonnt ab und blickte dann auf den Umschlag.

»Wir sind alle gespannt auf die Entwürfe«, sagte er. »Ich gehe davon aus, daß der junge Mann wirklich interessiert ist?«

»Aber ja, sehr«, antwortete Edward und riß an dem Umschlag. »Er ist ein interessanter Bursche und hat gerade wirklich hervorragende Wandgemälde für einen neuen Kindergarten geschaffen.«

»Ach, wie niedlich«, sagte Dimity. »Was ist denn drauf? Tiere und so?«

»Wohl kaum«, sagte Edward und sah so erschrocken aus, als hätte Dimity ihm einen unzüchtigen Antrag gemacht. »Er hat für sein Alter einen sehr reifen Ansatz und weiß natürlich, daß kleine Kinder die Fassade althergebrachter Kinderbuchillustrationen durchschauen und bereits grundlegende Wahrheiten erkennen können.«

»Um Himmels willen«, bat Ella, »hören Sie auf, wie ein zweitklassiger Psychologe zu quasseln, lassen Sie uns lieber sehen, was der Bursche gezeichnet hat! Sie vermiesen uns ja alles, ehe wir überhaupt angefangen haben.«

Edward hatte den Anstand zu erröten, als er merkte, daß sich die übrigen Zuhörer Ellas unverblümter Bitte wortlos anschlossen.

»Ich habe ihm gesagt«, fuhr er fort, »daß wir für eine traditionelle Bronzefigur sind, die dem Original möglichst ähnlich sein soll. Die Fotos, die Sie ihm geschickt haben, waren dabei sehr hilfreich«, fügte er ungewohnt respektvoll in Richtung Harold hinzu.

»Gut«, sagte Harold. »Sie scheinen die Sache hervorragend gedeichselt zu haben.«

»Sie haben doch wohl nicht gedacht, wir würden uns einen großen Klumpen bieten lassen, der sich dreht und windet, sich in Spiralen zur Erde neigt und in der Mitte Löcher hat?« ging Ella auf den Architekten los.

Als Antwort reichte Edward ihr ein großes Blatt Papier und brachte sie damit vorübergehend zum Schweigen. Die anderen Blätter gingen an die übrigen Versammelten, und sie prüften die Entwürfe angelegentlich.

Harold fielen Steine vom Herzen, als er sah, daß der Entwurf tatsächlich lebensecht war. Der junge Mann zeigte Nathaniel in einer typischen Haltung, entweder las er in einem Buch, oder er prüfte den Entwurf für eine seiner Missionsschulen. Nach dem Foto zu urteilen, hatte er die pausbäckige Liebenswürdigkeit des Missionars im Gehrock exakt eingefangen und sie sehr gefällig gestaltet.

»Was genau meint er mit Erhebung?« fragte Dimity.

»Was sollen die Pfeile?« fragte Ella.

»Ist das ein anderer Vorschlag?« wollte der Pfarrer wissen.

Geduldig beantwortete Edward alle Fragen, die auf ihn abgefeuert wurden. Es gab mehrere Entwürfe, und jeder unterschied sich vom anderen in Haltung und Größe, aber alle erschienen dem Ausschuß annehmbar.

Zu guter Letzt entschieden sie sich für den Entwurf, der Harold zugesagt hatte, und nun stellte sich die Gretchen-Frage.

»Kann er es rechtzeitig schaffen?« fragte Harold.

»Er sagt ja«, antwortete Edward. »Im Augenblick hat er nichts zu tun, und wenn er erst einmal angefangen hat, arbeitet er wie der Teufel.«

»Was mehr ist, als man von den einheimischen Bauunternehmern sagen kann«, meinte Ella. »Und die sollen vermutlich den Sockel für den Entwurf dieses jungen Mannes herstellen. Wetten, daß er eher fertig ist.«

»Das ist übrigens auch noch nicht entschieden worden«, antwortete Edward. »Wie Sie sehen, liefert er hier drei Vorschläge. Alle drei sind ziemlich niedrig gehalten und passen sich dem Charakter des Dorfplatzes an.«

»Richtig«, sagte der Pfarrer. »Wer will schon eine Nelson-Säule oder einen Sessel aus Stein hoch oben in den Wipfeln der Kastanien. Der hier macht sich sehr gut.«

»Drei Stufen«, meinte Ella, »und aus York-Stein. Wirklich sehr hübsch. Ein bißchen George Washington, wie er früher auf dem Rasen vor der National Gallery gestanden hat. Soviel ich weiß, tut er das immer noch, oder?«

»Ich kann mir nicht helfen, ich habe es immer ein klein bißchen taktlos von den Amerikanern gefunden, uns ausgerechnet ein Denkmal von dem General zu schenken, der uns besiegt hat«, meinte der Pfarrer nachdenklich. »Wir andererseits haben, denke ich, vorbildlichen Takt bewiesen, indem wir es angenommen und ihm solch einen Ehrenplatz in unserer Hauptstadt zugewiesen haben.«

»Es war gut gemeint, und wir haben gute Miene gemacht«, sagte Harold lächelnd. Er gab Edward die Entwürfe zurück, und dieser machte sich eifrig Notizen für den Bildhauer.

»Wir sind, glaube ich, alle für die Bronzestatue, Position Vier, sie ist die beste Wahl, oder?« fragte er und blickte in die Runde.

»Mit Sockel Nummer eins«, rief Edward, der noch immer flink schrieb. »Gestatten Sie mir zu sagen, daß Sie, wie ich finde, eine hervorragende Wahl getroffen haben, und ich kann Ihnen versichern, die Arbeit wird erstklassig. Ich sage ihm, daß er sofort anfangen kann.«

»Ja, bitte«, sagte der Pfarrer, »und richten Sie ihm auch aus, daß uns seine Entwürfe gut gefallen haben.«

Auf einmal blickte Edward Young etwas schüchtern.

»Bleibt noch das Geld«, sagte er. »Das Material ist teuer, wie Sie wissen. Wäre es wohl möglich, dem jungen Mann einen kleinen Vorschuß zu geben?«

»Geld für Ware«, sagte Ella knapp.

»Aber vielleicht ist er sehr arm«, meinte Dimity mitfühlend.

»Ich glaube, dagegen ist nichts einzuwenden«, sagte der Pfarrer und sah Harold Shoosmith an. »Soviel ich weiß, ist das durchaus üblich. Lassen Sie uns darüber abstimmen.«

Ella schnaubte, hob aber die Hand wie die anderen.

»In Ordnung«, sagte Harold forsch, »wenn es Ihnen recht ist, so kümmere ich mich darum, schließlich bin ich der Schatzmeister, oder? Sie müssen mir natürlich sagen, wieviel es sein soll. Und wie wäre es jetzt mit einem Schlückchen?«

Er ging zum Eckschrank, in dem seine Flaschen standen, und die Sitzung endete damit, daß sechs alte Freunde sehr zufrieden auf ihr Tageswerk anstießen und noch ein wenig plauderten.

18. Frühlingsfieber

Am Tag nach Dotty Harmers Heimkehr aus dem Krankenhaus durchquerte Ella Thrush Green, schlug den schmalen Pfad zwischen den *Zwei Fasanen* und Albert Piggots Häuschen ein und erreichte so den Fußweg, der sich durch die Wiesen in Richtung Lulling-Forst schlängelte.

Es war einer jener klaren, milden Tage, wie sie gelegentlich mitten im Winter vorkommen und als Vorbote des Frühlings die Stimmung heben. An der Haselhecke hinter Alberts Haus wedelten bereits Kätzchen, und der Himmel war von einem durchscheinenden Hellblau und so zartfarbig wie ein Drosselei.

Zwei gefleckte Rebhühner kauerten im Gras unweit des Weges wie ein Paar gebauchte, runde Flaschen. Ella musterte sie mit gütigem Blick. Sie hatte gehört, daß sie nach der Paarung bis ans Ende ihrer Tage in Einehe lebten. Sie selbst hielt zwar nicht viel von den Freuden des Ehestandes, Beständigkeit jedoch gefiel ihr.

Von den Rebhühnern kam sie ganz von selbst auf Dimity und deren mögliche Heirat. Die beiden Freundinnen hatten das Thema nicht angeschnitten, und Ella fragte sich oft, ob sie sich das alles nur einbildete. Doch seit dem Tag, an dem sie sich ihren Ängsten gestellt hatte, war sie nicht mehr von ihrem einmal gefaßten Entschluß abgewichen. Falls Dimity sie verlassen wollte, mußte sie ihr dazu alles nur erdenklich Gute wünschen und ihr die Trennung leicht machen. Das schuldete sie ihr nach so vielen Jahren treuer Freundschaft, und sie hatte auch keine andere Wahl, wenn sie sich diese erhalten wollte.

Dottys Tür wurde von Betty Bell geöffnet. Sie hatte angeboten, so lange in dem Cottage zu bleiben, bis Dotty wieder richtig auf dem Damm war. Sie arbeitete zwar wie gewohnt bei Harold Shoosmith, da Dotty schon wieder herumwerkeln und sich beschäftigen konnte, aber Dottys Freunde waren erleichtert, daß Betty dort schlief und ihren wunderlichen Pflegling ein wenig im Auge hatte.

»Jetzt mußt du mir haarklein erzählen«, sagte Dotty, nachdem sie Mrs. Curdle aus dem Sessel verscheucht und Ella darin Platz genommen hatte, »was in Thrush Green so alles passiert ist?«

»Das mit Sam Curdle hast du sicherlich gehört?« fragte Ella. »Er kommt nächsten Monat vor Gericht – und ist es nicht zum Piepen, Dotty, er könnte auch dein Eierdieb gewesen sein.«

»Ehrlich?« Dotty machte große Augen. »Wenn ich ihn doch bloß in Vaters Menschenfalle hätte fangen können! Keiner hätte Sam eine Träne nachgeweint, auch wenn er sich dabei ein Bein gebrochen hätte.«

»Wie unchristlich von dir«, posaunte Ella, griff zu ihrem Tabak und wollte sich eine Zigarette drehen. »Anscheinend haben dieser Paul Young und sein fetter Freund – Christopher Soundso – ein Versteck in einem von Harold Shoosmiths Bäumen, und die haben Sam eines Nachmittags zu deinem Hühnerhaus gehen sehen.«

»Ha!« sagte Dotty und schlug sich auf die mageren Schenkel unter dem braunen, handgewebten Rock. »Was habe ich dir gesagt? Wenn ich die Menschenfalle gehabt hätte, die ganze Sache wäre schon vor Monaten aufgeklärt gewesen.«

Und dann stürzte sie sich auf einen anderen Aspekt in Ellas Bericht.

»Aber was wollten die Kinder in Harold Shoosmiths Garten? Es war ihnen doch sicher bewußt, daß sie da nichts zu suchen haben? Kinder können heutzutage anscheinend nicht mehr zwischen Recht und Unrecht unterscheiden. Zu wenig auf den Hosenboden hat mein Vater immer gesagt – und wie recht er damit gehabt hat. Ich habe den Rohrstock jeden Samstagabend zu spüren bekommen, nach dem Haarewaschen«, setzte Dotty richtig stolz hinzu.

»Für was um Himmels willen?« fragte Ella erstaunt.

»Weil ich geschrien habe, liebe Ella, ich habe das Haus zusammengebrüllt, und mein Vater fand das überflüssig.«

»Aber wenn er dich verprügelt hat«, hakte Ella nach, da die Vorstellung sie entsetzte, »dann hast du doch noch mehr gebrüllt, oder?«

»Aber ja doch!« bestätigte Dotty gelassen, »aber mein Vater hat sich wohl gedacht, dann hätte ich wenigstens Grund zum Brüllen. Der Gedanke dürfte ihm ein gewisser Trost gewesen sein.«

Ella tat einen tiefen Lungenzug aus ihrer übelriechenden Zigarette und blies den Rauch nachdrücklich durch die Nase. Mrs. Curdle, die auf dem Kaminvorleger lauerte und nur darauf wartete, ihren Sessel zurückzuerobern, verzog sich entrüstet und mit hocherhobenem Schwanz in Richtung Küche.

»Harold Shoosmith hat gewußt, daß sie den Baum als Treffpunkt benutzen«, sagte Ella, »aber er hat sich nicht daran gestört. Sie haben ihren harmlosen Spaß gehabt und weiter nichts angestellt.«

Über soviel Nachsicht rümpfte Dotty angewidert die Nase.

»Und übrigens«, fuhr Ella fort und warf sich für Harold in die Bresche, »hättest du ganz schön dumm dagestanden, wenn die Jungs das ›Betreten verboten‹ beachtet und deine Glocke nicht gehört hätten.«

Dotty hatte den Anstand, das zuzugeben.

»Du«, sagte sie vertraulich, »ich habe Harold Shoosmith ein halbes Dutzend Flaschen von meinem selbstgemachten Wein vom letzten Jahr geschickt – lauter verschiedene Sorten. Betty Bell hat sie heute morgen mitgenommen, und sie sagt, es hat ihn richtiggehend umgeworfen.«

Kein Wunder, dachte Ella grimmig. Sie hatte Dottys Wein wie auch so manch anderes Gebräu probiert und zu ihrem Leidwesen erfahren, daß die einheimische Krankheit, »Dottys Flotter« genannt, den Menschen ziemlich mitnehmen konnte. Sie machte sich im Geist einen Knoten ins Taschentuch, Harold zu warnen, bevor er von seinem Geschenk kostete.

Sie rauchte schweigend, während Dotty weiterschwatzte, denn die freute sich, daß sie mit jemandem reden konnte.

»Ich kann ihm gar nicht genug danken«, sagte Dotty aus tiefster Seele. »Wie furchtbar nett, wie aufmerksam er doch ist – wirklich ein Gewinn für Thrush Green. Sehen er und Dimity sich noch oft?«

Bei der Frage zuckte Ella zusammen.

»Ehrlich gesagt, machen sie gerade einen Ausflug«, erzählte Ella. »Sonst wäre Dimity mitgekommen. Wieder mal mit dem Seniorenkreis. Sie wollen sich, glaube ich, prähistorische Schubkarren in Bedfordshire ansehen. Kann aber auch Berkshire sein«, fügte Ella hinzu, denn Geographie war nicht ihre starke Seite.

»Ich glaube, da tut sich was«, sagte Dotty gelassen. Sie hob ein graues Strickzeug vom Fußboden neben dem Sessel auf und fing an zu stricken. Ella merkte, daß sie es verdreht hatte und statt die Reihe zu beenden zurück über die vorherige strickte. Das war wohl auch der Grund für die eigentümliche Form des Teils und die erstaunlich vielen Löcher. Aber Dottys letzte Bemerkung hatte sie so getroffen, daß sie diese nicht auf Fehler im Strickzeug hinweisen mochte.

»Bei Dimity und Harold, meinst du?« fragte Ella vorsichtig, und all ihre früheren Ängste kehrten zurück.

»Ja, liebe Ella«, sagte Dotty mit klappernden Nadeln. »Fast alle glauben, daß daraus was wird. Na, hoffentlich. Aber was tust du dann?«

»Abwarten und Tee trinken«, sagte Ella, denn für ihren Geschmack ging das Ganze reichlich schnell. »Dimity hat mir gegenüber kein Sterbenswörtchen verlauten lassen, und Harold ist zu jedermann ganz reizend, wie du selber weißt, und ich an deiner Stelle würde solche Gerüchte unterbinden, statt sie noch zu verbreiten.«

»Ha! Jetzt bist du böse«, verkündete Dotty. »Aber ich habe dich gewarnt! Niemand sieht, was sich direkt vor seiner Nase tut. Aber Außenstehende, weißt du –«

»Ach, papperlapapp, Dot!« fuhr Ella sie barsch an. »Das bildest du dir bloß ein!«

»Wir werden ja sehen! Wir werden ja sehen!« trällerte Dotty, wackelte dazu mit dem grauen Kopf und musterte ihr abartiges Strickzeug mit zusammengekniffenen Augen. Jetzt sah sie wirklich wie ein Hexe aus.

Ella reichte es für diesmal. Schwerfällig kam sie hoch, schlug ihrer alten Freundin kameradschaftlich auf den Rücken und ging zur Tür.

»Ich komme wieder, Dotty, aber jetzt muß ich los. Werd schön gesund und setz dir nicht noch mehr Flausen in den Kopf.«

Sie posaunte Betty Bell ein Lebewohl zu und trat hinaus in die herrlich frische Luft.

Dotty bringt einen manchmal dazu, daß man sich schon genauso plemplem vorkommt wie sie, dachte Ella verdrießlich, während sie den Fußweg zurückstapfte. Das Ärgerliche war nur, die alte Hexe behielt so oft recht!

Da der Schnee geschmolzen war und eine Schönwetterperiode eingesetzt hatte, konnten die Vorarbeiten zu dem Sockel für Nathaniels Standbild beginnen. Man sperrte mit einem Seil ein Viereck ab, drei muntere Arbeiter machten es sich unter einer Plane gemütlich, unter der sie während der kurzen Wintertage Tee kochten und ab und an arbeiteten.

Der Betonmischer übertönte Miss Fogertys Stimme in der ersten Klasse und machte sie zu einer Meisterin der Gebärdensprache, wenn sie ihren staunenden Schülern Anweisungen geben mußte. Die Spiele auf dem Schulhof fanden nur noch geteiltes Interesse, da sich die Kinderaugen immer öfter auf das Treiben auf dem Dorfplatz richteten. Miss Fogerty war zwar eine glühende Verehrerin Nathaniel Pattens, aber manchmal wünschte sie ihn doch dahin, wo der Pfeffer wächst.

Mit dem Fortgang der Arbeiten wuchs auch das Interesse der Einwohner von Thrush Green. Jetzt tat sich wirklich etwas, und selbst lauwarme Gemeindemitglieder warteten gespannt. Der Schlachter aus Lulling und seine Anhänger, die in der Weihnachtszeit ihre Einwände erhoben hatten, machten keine Schwierigkeiten mehr, sondern wuschen wahrscheinlich ihre Hände in Unschuld. Doch zu ihrem Leidwesen hatten Harold und der Pfarrer noch niemanden gefunden, den man bitten konnte, das Denkmal zu enthüllen. Die Zeit lief ihnen davon, und sie zermarterten sich seit ihrer fehlgeschlagenen Mission in Pembrokeshire das Gehirn, doch ihnen wollte niemand Geeignetes für den großen Tag einfallen.

»Sie werden es selbst enthüllen müssen«, sagte Harold zum Pfarrer.

»Auf gar keinen Fall!« protestierte Charles Henstock. »Das wäre sehr unpassend. Es muß uns einfach jemand einfallen – vorzugsweise jemand, der eine Beziehung zu der Missionsstation selbst hat, finde ich.«

»Aber die nehmen alle an den dortigen Festivitäten teil«, meinte Harold. »Ich habe Ihnen doch erzählt, daß sie schon vor meiner Abreise mit den Vorbereitungen für große Jubelfeiern beschäftigt waren.«

Der Pfarrer seufzte abgrundtief.

»Ich werde mir heute abend mal tüchtig Bewegung machen«, sagte er schließlich. »Auf einsamen Spaziergängen klärt sich für mich so manches. Vielleicht kommt mir da der rettende Gedanke.«

»Hoffentlich funktioniert es heute abend«, meinte Harold. »Wenn Sie mich fragen, so wird es höchste Zeit.«

Ob der lange, einsame Spaziergang etwas damit zu tun hatte oder ob sich der Pfarrer bei seinen seelsorgerlichen Hausbesuchen angesteckt hatte, blieb unklar. Jedenfalls legte sich der gute Mann noch vor Ende der Woche mit hohem Fieber und höllischen Kopfschmerzen zu Bett. Mrs. Butler pflegte ihn mit leichter Krankenkost aus Zitronensaft und Zwieback und trat jedesmal nach dem Treppenaufstieg völlig aufgelöst und mit Märtyrermiene an sein Bett; ihr Anblick machte den Pfarrer noch kränker, was auch die Absicht war.

Er hütete schon zwei Tage das Bett, ehe Harold Shoosmith davon erfuhr und seinen Freund schnurstracks besuchte. Bei dem, was er da sah, sträubten sich ihm die Haare. Ein kleiner Petroleumofen heizte das hohe Zimmer, und abgesehen davon, daß er kaum wärmte, verstänkerte er auch noch alles.

»Haben Sie den Doktor gerufen?« fragte Harold seinen sichtlich kranken Freund besorgt.

»Du liebe Zeit, nein!« sagte der Pfarrer. »Der hat zuviel mit richtig Kranken um die Ohren, und Mrs. Butler kümmert sich rührend um mich.«

»Ich finde, Sie sollten ihn holen lassen«, sagte Harold. »Es ist viel zu kalt hier, und meiner Meinung nach sollten Sie etwas Nahrhafteres zu sich nehmen als Zwieback.«

»Ich habe nicht viel Appetit«, sagte der Pfarrer matt. »Und ich möchte Mrs. Butler nicht um Gerichte bemühen, die viel Arbeit machen.«

»Ein gekochtes Ei und warme Milch dürften ihre Kräfte nicht übersteigen«, meinte Harold grimmig. »Könnten Sie das hinunterbekommen?«

»Ja, das möchte gehen«, gestand der Pfarrer. »Ich bin wohl über den Berg.«

Harold ging nach unten und brachte Mrs. Butler auf Trab.

»Und ich bringe es ihm selbst hoch«, sagte er kurzangebunden. »Er braucht sorgfältige Pflege, das ist doch klar. Ich nehme es auch auf meine Kappe und rufe Doktor Lovell an.«

Harold wußte sich Respekt zu verschaffen, denn Mrs. Butler kam seiner Aufforderung flink und sogar willig nach.

»Es geht ihm schon besser«, sagte Doktor Lovell zu Harold, nachdem er den Patienten untersucht hatte. Sie waren allein unten im klammen Wohnzimmer des Pfarrhauses.

»Im Grunde genommen ist, glaube ich, dieser Drachen von Haushälterin schuld«, fuhr Doktor Lovell so munter und laut fort, daß man ihn unschwer in der Küche hören konnte. »Ich habe sie angewiesen, den Kamin in seinem Schlafzimmer anzuzünden und das ganze Haus warm zu halten. Ein richtiges Hundeloch ist das hier, finden Sie nicht auch?«

»Stimmt«, sagte Harold. »Hinsichtlich Mrs. Butler müssen wir etwas unternehmen. Sie nutzt Henstocks Gutmütigkeit schlicht und einfach aus.«

»Sie hat augenblicklich viel um die Ohren«, sagte der junge Doktor nachdenklich. »Vielleicht wäre es eine gute Idee, ihr, sagen wir, den Nachmittag freizugeben, dann arbeitet sie möglicherweise williger, solange der Pfarrer noch krank ist. Sie macht ihn ja noch kränker, wenn sie mit dieser Leichenbittermiene ins Zimmer kommt.«

»Das ließe sich leicht arrangieren«, sagte Harold. »Ich werde selber Wache halten, und sicherlich machen andere Freunde mit.«

Und so kam es, daß sich in den folgenden zehn Tagen Harold, Dimity und Ella nachmittags im Pfarrhaus ablösten und Mrs. Butler entlasteten, während der Pfarrer das Bett hütete und staunte, daß in seinem schon lange erkalteten Kamin ein richtiges Feuer brannte.

Charles Henstock genoß es, ein Nickerchen zu machen, während seine Freunde unten murmelten und sich bewegten und ihm Gesellschaft leisteten. Irgendwie lebte das Haus wieder wie zu Zeiten seiner lieben Frau. Er war schon so lange allein, daß er fast vergessen hatte, wie geborgen und heimelig ein Haus durch die Anwesenheit anderer Menschen wurde. Wenn er dann aufwachte, wurde ihm warm ums Herz beim Gedanken an den Tee, den man in seinem Zimmer einnehmen würde, und er freute sich auf das Klappern des Teegeschirrs, das auf einem Tablett hochgetragen wurde, auf dem auch meistens etwas besonders Leckeres aus Ellas oder Dimitys Backstube lag.

»Es geht mir wirklich schon viel besser«, sagte der Pfarrer eines Nachmittags zu Harold. »Lovell sagt, daß ich morgen aufstehen darf. Ich habe ihn gefragt, ob ich nächste Woche zur Bischofskonferenz fahren kann, aber er meinte lieber nicht.«

Er seufzte betrübt und schob Harold über die Bettdecke ein bedrucktes Blatt zu.

»Zwei, drei hervorragende Redner, wie Sie sehen. Den jungen Bischof aus Westafrika hätte ich besonders gern gehört.«

»Aber den kenne ich doch!« rief Harold und stellte hastig seine Teetasse ab. »Die Missionsstation ist in seiner Diözese. Wie lange der wohl in England ist?«

»Wieso?« fragte der Pfarrer und wunderte sich über die Erregung seines Freundes.

»Merken Sie denn nichts? Das ist genau der Mann, der das Denkmal enthüllen könnte! Eine Fügung des Himmels!«

Das pausbäckige Gesicht des Pfarrers wurde vor Freude ganz rosig.

»Eine ausgezeichnete Idee! Aber wie können wir das herausfinden? Ob Sie meinen Bischof anrufen und mehr darüber in Erfahrung bringen könnten?«

»Darauf können Sie sich verlassen«, sagte Harold und schluckte einen großen Bissen von Dimitys Biskuitkuchen hinunter. »Sofort.«

An der Tür blieb er stehen, denn ihm waren auf einmal Bedenken gekommen.

»Er bewundert Nathaniel sehr«, sagte er. »Hoffentlich hat er nicht vor, dessen Geburtstag auf der Missionsstation zu begehen.«

»Irgendwie glaube ich das nicht«, antwortete der Pfarrer schlicht. »Mein kleiner Finger sagt mir, daß unsere Gebete erhört worden sind.«

Und das schien tatsächlich der Fall zu sein, dachte Harold zehn Minuten später, als er wieder die Treppe hochstieg. Der junge Bischof, so hatte man ihm gesagt, weilte zu einem dreimonatigen Studienaufenthalt in Oxford. Man hatte ihm seine Adresse und Telefonnummer gegeben, und diesen Zettel wedelte er triumphierend, als er das Schlafzimmer betrat.

»Wir müssen eine Sondersitzung des Vergnügungsausschusses einberufen«, sagte er fröhlich, »mal sehen, wie der reagiert.«

»Etwas Besseres könnte uns gar nicht passieren«, sagte sein Freund ruhig und überzeugt.

19. Albert Piggot kapituliert

Der Februar machte seinem Namen als »Grabenfüller« alle Ehre. Der Monat begann mit einer Reihe von Regentagen, so daß alle schon fürchteten, das Ende des Winters könnte genauso ungemütlich naß werden wie der Anfang.

Miss Watson und Miss Fogerty musterten den verdreckten Backsteinfußboden im Umkleideraum der Dorfschule und schüttelten betrübt den Kopf. Sie hatten ihre kleine Meute gerade entlassen, und die Kinder stürmten durch den Regen nach Hause, verrückt vor Freude, daß sie endlich nach draußen durften.

»Man kann es ihnen wirklich nicht verdenken«, meinte Miss Watson und lauschte auf das abebbende Geschrei und Gelärme der davonrennenden Kinder. »Der Schulhof hat ihnen diese Woche gefehlt. Und so sieht die Schule auch aus!«

»Das beseitigt Mrs. Cooke«, tröstete Miss Fogerty.

»Genau das tut sie nicht!« erwiderte Miss Watson heftig. »Zumindest eine ganze Weile nicht. Da, lesen Sie, was das Kind heute nachmittag mitgebracht hat.«

Sie reichte Miss Fogerty einen zerknüllten, schmuddeligen Zettel, anscheinend das herausgerissene Vorsatzblatt eines Schundromans. Er lautete:

Geerte Miss,
Komm heut speter, der Docktor will mich sehen, ist wohl wieder was unterwegs, aber ich sag sie heut abend bescheid, was er so meint.
     Hochachtungsvol
          Mrs. Cooke

»Na so was«, sagte Miss Fogerty verblüfft. »Ist es zu fassen?«

»Unschwer«, sagte Miss Watson knapp. »Und es ist sicher nicht das letzte. Das Problem ist, was unternehmen wir wegen einer verläßlichen Vertretung.«

»Wissen Sie noch, die fette Frau«, sagte Miss Fogerty unschlüssig. »Sie wirkt sehr anstellig, und die Arbeit geht ihr, glaube ich, gut von der Hand.«

»An die habe ich auch schon gedacht«, gestand Miss Watson, »während des Vorlesens. Wir könnten sie bitten, vorübergehend für Mrs. Cooke einzuspringen, dann sehen wir, wie sie sich macht.«

»Das wäre wohl das Beste«, meinte Miss Fogerty sachlich. Es bereitete ihr noch immer Vergnügen, als Gleichgestellte in Schulangelegenheiten zu Rate gezogen zu werden. Sam Curdle war zwar ein Bösewicht, aber er hatte Miss Fogerty in jener fernen, stürmischen Nacht unbeabsichtigt einen großen Gefallen getan.

»Kommen Sie doch bitte mit zum Tee, liebe Agnes«, sagte die Rektorin, »Sie könnten mir helfen, einen Brief an Mrs. Tilling aufzusetzen.«

Die schmächtige, zweite Lehrerin folgte ihrer Rektorin hocherfreut über den Schulhof zum Schulhaus.

So kam es, daß Nelly vier Tage später, den Brief sicher in der Tasche verwahrt, mit triumphierendem Blick ihr neues Revier musterte, während Miss Watson sie abends durch die Schule führte. Das Herz hüpfte ihr, als sie den gut ausgestatteten Putzschrank mit den neuen Bürsten, den Putzmittelflaschen, den säuberlich gestapelten, langen, gelben Seifenstücken und den Besen, Schrubbern und Staubtüchern erblickte, bei deren Vielfalt ihr fast die Augen aus dem Kopf fielen. Und beim Anblick der schmutzigen Fußböden, der schmutzigen Fingerabdrücke auf dem Anstrich, der angelaufenen Messinggriffe an den zerkratzten Schränken und der Fenster, die so dreckig waren, daß ein Schlingel unbemerkt eine Figur und das Wort »LEERER« hatte draufschreiben können, ging ihr das Herz auf. Hier kann ich mich so richtig austoben, jubilierte Nelly im stillen!

»Sie können die Stelle für ein paar Monate haben«, erklärte Miss Watson, »und möglicherweise auch für immer, Mrs. Cooke erwartet nämlich wieder ein Baby und möchte sich lieber eine Stelle näher bei ihrem Zuhause suchen. Für sie ist es doch ein ganzes Stück bis hierher.«

»Die Ärmste«, meinte Nelly mitleidig, fuhr mit dem Finger über die Heißwasserleitung, musterte den angesammelten Staub und setzte eine mitfühlende Miene auf, »es ist ihr wohl schon lange zuviel geworden.«

»Soviel ich weiß, kann sie vielleicht eine Stelle auf dem Hof bekommen, auf dem auch ihr Mann arbeitet«, sagte Miss Watson jetzt, denn sie hielt es für geraten, nicht auf Nellys Eröffnungszug einzugehen. In dieser Taktik kennen sich Dorfschullehrerinnen nämlich aus. »Sie dürfte schon sehr bald Bescheid wissen, und dann können wir Ihnen mehr sagen. Es sei denn«, fuhr Miss Watson fort, »Sie stellen fest, daß Ihnen die Arbeit nicht zusagt oder daß Ihnen der Weg vom Lulling-Forst zu weit ist, vor allem bei diesem Wetter.«

Sie blickte aus dem Klassenfenster in den Nieselregen, der Thrush Green einhüllte.

»Ich schaff das schon«, versicherte Nelly ihr kernig. Und wenn sie ihre Karten richtig ausspielte, dachte sie bei sich, mußte sie auch nicht mehr lange vom Lulling-Forst hierher traben. Es juckte sie in den Fingern, sofort mit der Arbeit anzufangen. »Kommenden Montag um halb fünf bin ich hier«, versprach Nelly, »und dann geht's los.«

Sie mußte Bessie und Ted Allen die schlechte Nachricht beibringen, sagte sie sich, während sie sich auf der Schulveranda von Miss Watson verabschiedete; doch vorher war noch eine wichtigere Schlacht zu schlagen.

Nelly Tilling hängte sich die Tasche über den Arm und machte sich auf die Suche nach Albert Piggot.

Sie fand ihn in seiner Küche in die Zeitung vertieft, die er vor sich auf dem Küchentisch ausgebreitet hatte. Es roch durchdringend nach gebratenem Speck, und ein schmutziger Teller und Besteck zeugten davon, daß Albert gerade zu Abend gegessen hatte.

Er knurrte, als sich die fette Witwe auf den anderen Stuhl sinken ließ, was sie als Begrüßung auffassen konnte, blickte aber nicht von seiner Lektüre auf.

»Hier steht«, sagte Albert, »daß der Bursche, wo gestern die Bank ausgeraubt hat, mit zwanzigtausend Pfund auf und davon ist.« In seiner Stimme klang widerwillig Bewunderung durch.

»Ich komm gerade aus der Schule«, antwortete Nelly und knöpfte den Mantel auf.

»Ach ja?« sagte Albert ungerührt. »Der Kerl hat glatt drei Bankjüngelchen zu Boden geschickt, steht hier. Alleine! Drei Mann k. o. geschlagen, ganz alleine!«

»Ich kann die Stelle haben, wenn ich will«, sagte Nelly.

»Ich hab gesagt, ich fang Montag an. Und die Bezahlung stimmt auch.«

»›Einer von ihnen hat unserem Reporter erzählt‹«, las Albert stockend vor, »›er habe in einer Blutlache gelegen.‹ Denk bloß!« gruselte sich Albert. »In einer Blutlache.« Und dann stocherte er mit einem schwarzen Fingernagel in den Zähnen herum und heftete den Blick fest auf seine Lektüre.

»Das ist ein ganzes Stück vom Lulling-Forst«, fuhr Nelly fort und näherte sich behutsam ihrem Ziel. »Ich soll morgens auch als erste da sein, die Öfen anzünden und Staub wischen.«

»Ach ja«, wiederholte Albert zerstreut. Er nahm den feuchten Zeigefinger aus dem Mund und legte ihn auf eine Zeile. »›Er mußte im Krankenhaus bleiben, Verdacht auf Schädelbruch und Verletzungen am rechten Auge.‹«

»Nun hör mir mal gut zu«, sagte Nelly etwas scharf, denn langsam brachte er sie zur Raserei. »Ich hab dir was zu sagen.«

Albert las jetzt nicht mehr laut, doch seine Augen folgten noch immer dem die Zeilen entlanggleitenden Zeigefinger.

»Albert, findest du nicht auch«, bearbeitete Nelly ihn weiter, »daß es Zeit ist, unseren Kram zusammenzutun? Ich meine, wir kennen uns von klein auf und kommen gut miteinander aus, oder?«

Ein genauer Beobachter hätte vielleicht bemerkt, daß sich Alberts Rücken ein wenig versteifte, doch sonst wies nichts darauf hin, daß er zugehört hatte. Nur daß sein Finger die Zeile etwas langsamer entlangglitt.

»Du hast doch selber gesagt«, schmeichelte Nelly, »wie gut ich kochen und das Haus in Ordnung halten kann. Du bist schon zu lange allein, Albert. Was du brauchst, ist ein gemütliches Heim. Na, wie wär's?«

Alberts unansehnliches Gesicht war etwas rot geworden, aber er hielt den Blick noch immer gesenkt.

»›Man befürchtet‹«, las er verlegen brummelnd, »›daß er einen Hirnschaden davongetragen hat.‹«

»Genau wie du, mein Junge!« rutschte es Nelly heraus. Sie stand rasch auf, hob Alberts Arme hoch, setzte sich flink auf die Zeitung vor Albert und ließ seine Arme wieder fallen.

Dann ergriff sie sein stachliges Kinn mit molliger Hand und hob sein Gesicht hoch.

»Also«, sagte Nelly und blickte ihn mit dunklen Augen schmachtend an. »Was ist nun?«

»Was ist mit was?« fragte Albert lahm. Es war ganz offensichtlich, daß er auf verlorenem Posten stand. Endlich hatte sie ihn in die Enge getrieben, endlich hatte sie ihn eingefangen, aber noch wehrte er sich ein wenig.

»Du hast gehört, was ich gesagt hab«, murmelte Nelly mit verführerischer Stimme und tätschelte ihm die Wange. »Jetzt, wo ich die Stelle hier hab, paßt doch alles gut zusammen.«

Albert starrte sie stumm an. Seine Augen waren etwas glasig, aber seine hängenden Mundwinkel hatten sich ein wenig nach oben gezogen.

»Du hättest ein sauberes, geheiztes Haus«, fuhr die Verführerin fort, »und jeden Tag ein anständiges, warmes Mittagessen, und die Wäsche würde dir auch gewaschen.«

Alberts Miene heiterte sich etwas auf, aber er sagte noch immer nichts. Nelly legte den Kopf keck schief.

»Und mich zur Gesellschaft, Albert«, fuhr sie etwas atemlos fort. War es möglich, daß sich Alberts Miene ein wenig verfinsterte? Sie legte ihm einen drallen Arm um die Schultern und blickte ihm tief in die Augen.

»Hättest du nicht gern eine gute Frau?« schmeichelte Nelly.

Albert seufzte abgrundtief, halb traurig, halb froh – lebt wohl all ihr einsamen Jahre! – und kapitulierte.

»Na gut«, sagte er. »Aber jetzt runter von der Zeitung, mein Mädchen!«

Gegen Ende der Woche nahm Albert mit dümmlichem Grinsen die Glückwünsche von ganz Thrush Green entgegen. Auch der Pfarrer freute sich, als sich Albert eines Abends bei ihm einstellte, die speckige Mütze drehte und wendete und brummelte, er wolle das Aufgebot bestellen.

»Sie sind ein richtiger Glückspilz«, sagte der Pfarrer. »Über Ihre Verlobte hört man ja nur Gutes.«

»Sie sollten sich auch was suchen«, wagte Albert zu sagen, weil sein Arbeitgeber die Sache so freundlich aufnahm.

»Ja, das sollte ich wirklich«, meinte der Pfarrer lächelnd.

»Eins ist sicher«, sagte Ella zu Dimity, als sie die Neuigkeit hörte, »bei Nelly Tilling wird das Häuschen besser riechen – und Albert hoffentlich auch.«

»Wie schön für Piggots armes Kätzchen!« rief Dimity. »So ein kleines, verhungertes Ding. Nelly Tilling füttert es sicher kugelrund.«

»Welch glücklicher Zufall«, sagte Miss Watson zu Miss Fogerty. »Wer hätte gedacht, daß sie sich, kaum daß sie die Stelle hat, in Thrush Green niederläßt!«

»Möglicherweise hatte sie sich das alles schon vorher überlegt«, bemerkte Miss Fogerty mit ungewohntem Scharfblick.

»Das wird Molly Piggot – ich meine Curdle – freuen«, sagte Joan Young zu ihrem Mann Edward. »Jetzt braucht sie sich nicht mehr soviel Sorgen um den alten Mann zu machen, wo sie doch so weit weg ist.«

»Wenn du mich fragst«, sagte Ted Allen zu seiner Frau Bessie, die sich wegen des Verlusts einer so guten Kraft im *Wappen von Lulling* grämte, »sie ist einfach bekloppt, daß sie diesen Kerl nimmt.«

»Ach!« seufzte Bessie, »wo die Liebe hinfällt. Wenn das Herz spricht, ist man machtlos!« Sie hatte seit Jugendzeiten eine romantische Ader.

Gegen Ende des Monats besserte sich das Wetter und damit auch die allgemeine Laune. Die Arbeiter, die während des Regens nicht viel hatten ausrichten können, kehrten gestärkt und ausgeruht zurück, und schon bald näherte sich der Sockel für Nathaniels Denkmal seiner Vollendung. Edward Young lieferte begeisterte Berichte von den Fortschritten des jungen Bildhauers, und so sah es ganz danach aus, als ob Thrush Green dieses eine Mal rechtzeitig und picobello für den Geburtstag des Missionars am fünfzehnten März gerüstet sein würde.

Das milde Wetter erlaubte den Schulkindern, draußen zu

spielen, und das wiederum machte ihren Lehrerinnen das Leben leichter. Die neue Putzfrau der Schule, die mit drallem Arm bemerkenswert erfolgreich geschrubbt und gewienert hatte, begrüßte die trockene Periode gleichermaßen, und die guten Leutchen von Thrush Green, die der Winter so lange gefangen gehalten hatte, werkelten im Garten herum, bewunderten die silbrigen Schneeglöckchen und die goldenen Winterlinge und sahen den Osterglocken zu, wie sie ihre Spitzen durch die Erde schoben.

Eines Nachmittags schob Ruth Lovell ihre kleine Tochter im Kinderwagen die Straße nach Thrush Green entlang. Herrlich, die warme Brise, die ihr durchs Haar fuhr, und herrlich, sich wieder leicht und kräftig zu fühlen. Ruths Stimmung hob sich, als sie die runden, fetten, erbsengroßen Knospen an den Fliederbüschen sah. Auf der anderen Straßenseite wuchsen längs des flachen Grabens Weiden. Die braunen Knospen hatten schon einen silbrigen Pelz, der sich bald in gelben, von Bienen umsummten Flaum verwandeln würde.

Aber beim Anblick der dicken, klebrigen Knospen der Kastanien, die vor ihrer früheren Wohnung in Thrush Green eine Allee bildeten, ging Ruths Herz so richtig auf. Daran hatte sie sich ihr Leben lang erfreut.

Unter den Bäumen blieb sie stehen, das schlafende Baby vor sich, und betrachtete das vertraute Bild. Zu ihrer Rechten, hinter dem weißen Holzzaun, spielten die Kinder, und ihre fernen Stimmen wetteiferten mit einer Amsel, die auf Baileys Torpfosten links von ihr tirillierte und zwitscherte. Über ihr reckten sich die verschlungenen Äste der Kastanienallee hoch und immer höher in einen blau-weißen, unendlich klaren Himmel.

Vor ihr lag der dichte grüne Rasen, auf dem ihre Tochter noch vor Sommerende herumkrabbeln würde, und an die fünfzig Meter weiter klapperten Arbeiter mit ihren Werkzeugen und pfiffen. Sie bereiteten alles für den großen Tag vor.

Bald, so freute sich Ruth, würde es Frühling, und alles schöpfte wieder Hoffnung und lebte auf. Und dann dauerte es auch nicht mehr lange, und Mrs. Curdles Jahrmarkt käme nach Thrush Green, und wenn die alte Dame auch nicht mehr ihre kleine Welt regierte, so begleitete sie im Geist sicher Ben und den Enkel, den sie nicht mehr gesehen hatte, wenn sich Thrush Green am 1. Mai zur Musik auf dem Jahrmarkt vergnügte.

Während sie das farbenfrohe Bild betrachtete, hörte sie in der Ferne eine Gartenpforte zuklappen und sah Ellas stämmige Gestalt aus dem Garten treten und den Dorfplatz überqueren, vorbei an St. Andrew's und die Allee entlang in Richtung Dotty Harmer. Munter schwenkte sie einen Korb und bemerkte die regungslose Gestalt unter den Kastanien nicht.

»Eiertag«, fiel es Ruth ein. Wie schön war doch das Landleben, alles war so vertraut und wohlbekannt. Wahrscheinlich trank sie bei Dotty Tee, hütete sich jedoch, etwas zu essen!

Sie blickte Ella liebevoll nach, als diese zwischen den *Zwei Fasanen* und Albert Piggots Häuschen verschwand. Und dann richtete sie sich an ihre schlafende Tochter und wiederholte, ohne es zu wissen, Mrs. Curdles Worte bei deren letztem Besuch in Thrush Green.

»Wenn ich Thrush Green sehe, geht es mir gleich besser.«

Das war ein Gedanke, der ihr über viele schlimme Wochen hinweggeholfen hatte. Thrush Green hatte sie nie im Stich gelassen. Wie tief auch immer ihre Wunden waren, stets war Thrush Green Balsam für ihre Seele gewesen.

Langsam schob sie den Kinderwagen unter den Bäumen entlang, rumpelte über die Straße, unter deren sonnengefleckter Oberfläche sich starke Wurzeln zogen. Als sie vor Joans Pforte stand, warf sie einen letzten Blick auf den frühlingshaft besonnten Dorfplatz, sah in der Ferne den Pfarrer.

Er ging zielstrebig auf Ellas und Dimitys Cottage zu und hatte einen großen Blumenstrauß in der Hand.

20. Heimkehr

Der Pfarrer traf Dimity wie beabsichtigt allein zu Haus an, denn auch er hatte gesehen, daß sich Ella mit dem Korb in der Hand in Richtung Lulling-Forst aufmachte, und da war ihm eingefallen, daß heute Eiertag war.

»Ja, Charles!« rief Dimity. »Wie nett, daß Sie uns besuchen kommen! Ich dachte, Sie dürfen noch gar nicht ins Freie.«

»Es ist auch mein erster Spaziergang«, bekannte der Pfarrer. »Aber ich mußte mich einfach für alles bedanken, was Sie für mich getan haben.« Wie praktisch, dachte er im stillen, daß man beim gesprochenen Wort nicht weiß, ob sich ›sie‹ nun groß oder klein schreibt!

»Ella ist leider nicht da«, sagte Dimity und ging ihm ins Wohnzimmer voraus. »Aber lange bleibt sie, glaube ich, nicht weg.«

Diese Nachricht beunruhigte den Pfarrer ein wenig, er gab sich jedoch alle Mühe, wegen Ellas vorübergehender Abwesenheit angemessene Enttäuschung zu zeigen. Mit einem Lächeln und einer kleinen Verbeugung überreichte er Dimity die Blumen.

»Freesien!« hauchte Dimity entzückt und dachte, wie schrecklich verschwenderisch der liebe Charles doch ist, aber trotzdem wie schön, etwas so Kostbares geschenkt zu bekommen. »Das ist sehr, sehr lieb von Ihnen, Charles. Freesien sind mit Abstand unsere Lieblingsblumen.«

Der Pfarrer murmelte etwas Höfliches, während Dimity die Blumen auswickelte. Ihr Duft vermischte sich mit dem schwachen Geruch nach brennendem Holz, und der Pfarrer dachte wieder einmal, wie warm und lebendig dieses kleine Zimmer war. Auf der Sessellehne lag Ellas Buch, aufgeschlagen mit dem Gesicht nach unten, und ihre Brille obendrauf. Dimity hatte ihr Strickzeug hastig beiseite gelegt, als sie zur Tür ging, das zierte jetzt einen niedrigen Tisch am Kamin. Die Uhr tickte munter, das Feuer wisperte und knisterte, die Katze schnurrte auf der Fensterbank, wo sie nach ihrer Mittagsmahlzeit zufrieden alle viere von sich streckte.

Dem Pfarrer wurde so richtig beschaulich zumute, obwohl er mit seinen Gedanken bei dem war, was er auf dem Herzen hatte. Ob er wohl, so überlegte er, je auf ein so behagliches Zuhause hoffen durfte?

»Bitte, setzen Sie sich doch«, sagte Dimity, »ich stelle nur die Blumen in die Vase.«

»Ich komme mit«, sagte Charles mit einem Blick auf die Uhr. Ella mußte mittlerweile bei Dotty angekommen sein.

Er folgte Dimity in die kleine Küche, in der es köstlich nach Lebkuchen duftete.

»O je«, rief Dimity, »vor lauter Aufregung habe ich meinen Kuchen ganz vergessen.«

Sie legte die Blumen hin und machte den Backofen auf.

»Könnten Sie mir bitte den Holzspieß da drüben reichen, Charles?« bat sie und musterte den Inhalt des Herdes. Der Pfarrer kam ihrer Bitte nach.

»Morgen haben wir nämlich Harold zum Tee«, sagte Dimity, »und er ißt für sein Leben gern Lebkuchen.« Sie piekste eifrig in den Teig, holte die Backform aus dem Herd und stellte sie zum Abkühlen auf den geschrubbten Holztisch.

Der Pfarrer lehnte am Küchenschrank und sah zu, wie sie eine Vase holte und die Freesien hineinstellte. Im Geist wußte er genau, was er sagen mußte, fand aber nicht den Absprung, vor allem, da Dimity so geschäftig war.

»Sie müssen sich unsere großen Bohnen ansehen«, schwatzte Dimity, ohne zu ahnen, was in ihrem alten Freund vorging. »Die stehen schon mehr als fünf Zentimeter hoch. Harold hat uns ein wunderbares Mittel gegen Schnekken gegeben.«

Der Pfarrer hatte Harold Shoosmith zwar gern, doch im Augenblick empfand er ihn eher als störend. Und das Thema Schnecken, dachte er, bot auch keinen eleganten Übergang zu der Herzensangelegenheit, mit der er sich trug. Die Küchenuhr erinnerte ihn unsanft daran, daß die Zeit verstrich, und auf einmal beflügelte die Not sein Gehirn und ließ ihn zu einer Kriegslist greifen.

»Ein anderes Mal gern«, sagte Charles, »ob ich mich wohl

einen Augenblick setzen könnte? Nach der Grippe bin ich noch sehr wacklig auf den Beinen.«

Schon hatte Dimity ein schlechtes Gewissen.

»Ach, Sie Ärmster! Wie gedankenlos von mir, Charles! Wir nehmen die Freesien mit ins Wohnzimmer, und Sie ruhen sich aus.«

Sie trippelte ihm voraus und entschuldigte sich mitfühlend und zerknirscht, was Musik in den Ohren des Pfarrers war.

»Und nun noch ein Kissen hinter den Kopf«, sagte Dimity, nachdem der Pfarrer in einem Sessel Platz genommen hatte. Sie schüttelte es mit mageren Händen auf und streckte es ihm einladend hin. Der Pfarrer verspürte bereits Gewissensbisse und lehnte standhaft ab.

»Harold behauptet, es ist das i-Tüpfelchen, wenn man sich ausruhen will«, sagte Dimity und merkte, daß sich das cherubinische Gesicht des Pfarrers schmerzlich verzog. »O je, sicherlich haben Sie sich übernommen! Sie hätten sich wirklich nicht so weit aus dem Haus wagen sollen«, hielt sie ihm vor.

»Dimity«, sagte Charles und holte tief Luft. »Ich möchte Sie etwas fragen. Etwas sehr Wichtiges.«

»Ja, Charles?« sagte Dimity, griff geschäftig zu ihrem Strickzeug und fing an, die Maschen mit dem Zeigefinger zu zählen. Da der Anfang gemacht war, blieb der Pfarrer mannhaft bei der Sache.

»Dimity«, sagte er sanft, »ich komme mit einem Antrag zu Ihnen.«

Dimitys magerer Finger galoppierte noch immer die Nadel entlang, und sie kräuselte die Stirn, so konzentrierte sie sich. Die kleine Uhr auf dem Kaminsims tickte unerbittlich und erinnerte ihn daran, daß kostbare Minuten verrannen. Endlich war sie am Ende der Reihe angelangt und blickte ihren Gast heiter und interessiert an.

»Von wem?« fragte sie kurz. »Der Müttergruppe?«

»Aber nein!« verwahrte sich der Pfarrer laut. »Nicht von der Müttergruppe!« Seine Stimme wurde plötzlich leiser. »Ich bin es, der Ihnen einen Antrag machen möchte, Dimity.« Und dann kam er ohne weitere Umschweife zur Sache.

»O Charles«, sagte Dimity mit bebender Stimme, nachdem er geendet hatte. Ihre Augen standen voller Tränen.

»Sie müssen mir nicht gleich antworten«, sagte der Pfarrer sanft und ergriff ihre magere Hand mit seinen beiden molligen. »Aber glauben Sie, daß Sie irgendwann einmal –?«

»O Charles«, wiederholte Dimity mit einem tiefen, glücklichen Seufzer. »O ja, gern!«

Als Ella genau drei Minuten später ins Zimmer trat, standen die beiden Hand in Hand auf dem Kaminvorleger. Ehe sie etwas sagen konnten, kam Ella bereits durchs Zimmer gelaufen, nahm Dimity ungestüm in die Arme und drückte ihr einen schallenden Kuß auf beide Wangen.

»Ach Dimity«, sagte Ella aus vollem Herzen, »ich freue mich so!«

»Verflixt, Ella«, protestierte Charles, »genau das wollten wir gerade sagen!«

Harold Shoosmith hörte die gute Nachricht noch am selben Abend vom Pfarrer höchstpersönlich und geriet ganz aus dem Häuschen.

»Ich kann Ihnen gar nicht sagen, wie sehr mich das freut«, rief er fröhlich und knuffte seinen Freund vor lauter Aufregung, daß es weh tat. »Jetzt können Sie endlich diese gräßliche Mrs. Butler vor die Tür setzen.«

»Ach du lieber Schreck!« rutschte es dem Pfarrer heraus, und sein Lächeln erstarb. »Die hatte ich ganz vergessen. Was für eine scheußliche Sache!«

»Denken Sie sich nichts dabei«, machte Harold ihm Mut. »Die findet reißenden Absatz bei anderen armen Teufeln, die eine Haushälterin brauchen.«

Er zog einen Brief aus der Tasche.

»Übrigens, ich habe Nachricht vom Bischof.«

»Von unserem?« fragte Charles.

»Nein – Ihrem. Er schreibt, daß es ihm ein Vergnügen ist, das Denkmal zu enthüllen.«

Der Pfarrer strahlte.

»Ist das nicht wunderbar? Harold, ich bin Ihnen ja so dankbar, daß Sie das gedeichselt haben. Ohne Sie hätte es in Thrush Green wahrscheinlich überhaupt keine Gedenkfeier für Nathaniel gegeben.«

»Ich schlage vor, der Bischof übernachtet bei mir«, sagte Harold, »und Betty Bell richtet eine kleine Abendgesellschaft aus. Ella und Dimity natürlich und ein, zwei Leute, die ihn gern kennenlernen würden.«

»Vielen Dank«, sagte der Pfarrer, »das wäre sehr nett.« Er blickte über den Platz zu Dimitys Haus hinüber. »Ich freue mich ja so darauf, auch wieder Gäste empfangen zu können. Die Atmosphäre im Haus war so trist, daß ich niemanden einladen mochte. Dimity wird Ella vermutlich sehr fehlen.«

Nachdenklich musterte er seinen Freund.

»Sie empfinden für Ella wohl nicht –« fing er an.

»Charles, ich bitte Sie!« protestierte Harold matt und schloß die Augen.

Thrush Green freute sich von ganzem Herzen über die Verlobung. Alle hatten Mitleid mit den betrüblichen Lebensumständen des Pfarrers gehabt, und Dimity war trotz ihrer Schüchternheit und ihrer Altjüngferlichkeit hoch geachtet und wohl gelitten. Jemand sagte, Ella hätte Dimity sowieso schon viel zu lange »ausgenutzt«, und andere hofften, Ella würde ihre frühere Schikaniererei noch bedauern und merken, daß sie schuld an allem war.

Ella war jedoch sehr guter Dinge. Nachdem der Schlag gefallen war, stellte sie fest, daß die veränderten Umstände sie beschwingten. Sie staunte noch immer, daß Dimity den Pfarrer erwählt hatte, obwohl sie die letzten beiden Wochen geargwöhnt hatte, dieser könne mehr für Dimity empfinden als früher, aber sie hatte in Harold Shoosmith so lange den einzigen echten Bewerber um Dimitys Hand gesehen, daß es ihr schwerfiel, ihn von ihrer Liste zu streichen.

Kaum eine Woche nach der Verlobung hatte Ella bereits beschlossen, ihre Werkbank aus der Küche ins Wohnzimmer zu schaffen und sich auf dem Treppenabsatz einen Schrank für ihre Malutensilien einbauen zu lassen. Dimity beschäftigte sich genauso hingebungsvoll mit der Ausstattung ihres neuen Heims.

Die Hochzeit würde im Sommer in aller Stille stattfinden, und in der Zwischenzeit sollte das Pfarrhaus nach Dimitys Wünschen völlig neu möbliert und renoviert werden. Die beiden Freundinnen hatten also ein gemeinsames Interesse, und das linderte den unvermeidlichen Abschiedsschmerz nach vielen gemeinsamen Jahren. Daher stürzten sie sich geradezu in die Vorbereitungen.

»Es war gut, solange es gedauert hat, Dim«, meinte Ella eines Abends philosophisch, als sie Porzellan einpackten, das ins Pfarrhaus gegenüber geschafft werden sollte. Sie dachte dabei an ihr Miteinander in dem kleinen Haus.

»Aber es ist doch nicht vorbei, Ella«, sagte Dimity. Sie dachte dabei jedoch an ihr Miteinander als Freundinnen.

Als der fünfzehnte März näherrückte, wandte sich die Aufmerksamkeit der Einwohner von Thrush Green der bevorstehenden Festlichkeit zu. Die Arbeiter waren rechtzeitig fertig geworden, und nun boten drei schöne Stufen aus York-Stein einen gefälligen Sockel für das Standbild, das jeden Augenblick eintreffen mußte.

»Eine Sache beunruhigt mich noch«, gestand Harold Charles, »wird es auch wirklich des Ansehens wert sein? Es wäre schrecklich, wenn sich herausstellte, daß das Standbild nach all den Anstrengungen doch nicht auf den Dorfplatz paßt.«

»Mich beunruhigt etwas anderes«, antwortete der Pfarrer, »nämlich wie treiben wir das restliche Geld auf.«

»Aber Sie wissen doch –« fing Harold an, doch der Pfarrer schnitt ihm das Wort ab.

»Ja, ich weiß. Sie sind einfach zu großzügig. Aber im Augenblick haben wir nur gut hundert Pfund in der Kasse, und mir sträuben sich die Haare bei dem Gedanken an die Endabrechnung.«

Harold Shoosmith legte ihm die Hand auf die Schulter.

»Sie wissen doch, das hier ist die Krönung fast meines ganzen Lebens«, sagte er mit Nachdruck. »Davon habe ich jahrelang geträumt. Nathaniel Patten hat mir sehr viel bedeutet, als ich in Afrika war. Sein Leben und Werk haben mich nach Thrush Green geführt – das ich hoffentlich nie wieder verlassen muß. Nehmen Sie mir diese große Freude nicht, Charles. Das Standbild gehört zwar Thrush Green, aber ich trage damit auch eine Dankesschuld ab – für Ermutigung, als ich sie in der Fremde brauchte, und für das Glück, an Nathaniels Geburtsort leben zu dürfen.«

»Ich verstehe«, sagte Charles Henstock. »Und vielen, vielen Dank.«

Das Standbild traf zwei Tage vor seiner Enthüllung ein. Es war ein Frühlingstag, wie er im Buche steht, warm und sonnig und mit einem hochgewölbten, blau-weißen Himmel, vor dem schwarze Krähen kreisten und krächzten. In den Gärten von Thrush Green blühten samtene Schlüsselblumen, und Krokusse öffneten die gelben und dunkelroten Blütenblätter so weit, daß man die pelzigen, orangefarbenen Staubgefäße sehen konnte.

Ein paar Leute hatten sich um den Lastwagen geschart und sahen zu, wie man die eingewickelte Figur aus dem Sackleinen befreite. Der junge Bildhauer blickte besorgt, als sein Meisterwerk ausgewickelt wurde. Er war ein gut gekleideter, gedrungener junger Mann mit rotem Gesicht und wachen Augen, worüber sich verschiedene Leutchen aus Thrush Green verwunderten, die einen bleichen, möglicherweise bärtigen Künstlertyp mit Baskenmütze und Sandalen erwartet hatten.

Er half seinen Arbeitern beim Aufrichten der Bronzefigur auf dem Gras und schien sich über die gedämpften Jubelrufe zu freuen, mit denen die lebensgroße Figur begrüßt wurde. Sie war tatsächlich ein Kunstwerk. Der Künstler hatte den gütigen Gesichtsausdruck und die Pickwicker-Gestalt im Gehrock exakt getroffen. Sie hatte in Größe und Haltung etwas Liebenswertes und Liebenswürdiges, und so war Thrush Green bereit, Nathaniel freundlich aufzunehmen.

Es dauerte mehrere Stunden, bis die Bronzefigur wohlbehalten auf ihrem Sockel stand, und in der Zeit hatte ganz Thrush Green dem Neuankömmling seine Aufwartung gemacht.

»Ob er nicht lieber eine Überdachung bekommen sollte?« fragte der Pfarrer den Künstler besorgt.

»Nur keine Bange«, sagte der junge Mann lächelnd. »Der steht noch viele Jahre und bei jedem Wetter in Thrush Green, hoffentlich jedenfalls!«

In der Morgenfrühe des fünfzehnten März, ehe überhaupt jemand auf den Beinen war, beugte sich Harold Shoosmith aus seinem Schlafzimmerfenster und betrachtete die Erfüllung seiner Träume. Später würde die Enthüllung mit Ansprachen, Jubelgeschrei und Menschengetümmel stattfinden. Aber die Stille dieser Morgendämmerung teilte er nur mit seinem alten Freund. Nathaniel war vor genau einhundert Jahren, an einem ganz ähnlichen Märzmorgen in einem nahe gelegenen Häuschen geboren worden.

Ein warmer Sonnenstrahl kroch über das betaute Gras. Endlich, dachte Harold Shoosmith, der lange Winter in Thrush Green ist vorüber, und wir beide, Nathaniel Patten und ich, sind nicht mehr in der Fremde, wir haben heimgefunden.

Barbara Pym

Die Frau des Professors
Roman. Aus dem Englischen von Karen Lauer. 164 Seiten. SP 1447

»Barbara Pyms unaufdringliche, subtile, vollendete Romane sind für mich die herausragenden Beispiele der hohen Kunst der Komödie im England der letzten fünfundsiebzig Jahre.«

Lord David Cecil

Ein Glas voll Segen
Roman. Aus dem Englischen von Dora Winkler. 288 Seiten. SP 2151

Wilmet Forsyth ist eine schöne Frau von 33 Jahren, der es an nichts mangelt. Ihr Problem: sie fühlt sich nutzlos. Um Wilmet herum finden die merkwürdigsten Paare zusammen – die altjüngferliche Mary Beamish, die es auf einen gutaussehenden Vikar abgesehen hat, ihre scharfzüngige Schwiegermutter, oder Piers, ihr Schwarm, und dessen homosexueller Freund Keith. Nur an Wilmet ziehen die Liebe und das Leben vorbei...

»Wer Barbara Pym nicht kennt, weiß nichts über den ›British Way of Life‹.«

Willi Winkler

Das Täubchen
Roman. Aus dem Englischen von Dora Winkler. 219 Seiten. SP 1940

Eine ganz und gar britische Comédie humaine: Bei einer Auktion lernt Leonora Eyre, eine wohlhabende Dame Ende Vierzig, den Antiquitätenhändler Humphrey Boyce und dessen gutaussehenden Neffen James kennen. Beide sind von der distinguierten Leonora angezogen. Sie scheint jedoch das beharrliche Werben Humphreys kaum zu bemerken, denn sie hat nur Augen für den 24jährigen Neffen. Doch als sie von der Existenz eines jungen Mädchens erfährt, mit dem James eine kurze Affäre hatte, und er von einer Studienreise dann noch mit einem homosexuellen Freund zurückkehrt, beginnt sie an ihrer Attraktivität zu zweifeln...

Vortreffliche Frauen
Roman. Aus dem Englischen von Dora Winkler. 285 Seiten. SP 1288

»Barbara Pym erzählt witzig und in perfekter englischer Mischung aus Ironie und Sanftmut.«

Die Zeit

Edith Wharton

Der flüchtige Schimmer des Mondes

Roman. Aus dem Amerikanischen von Inge Leipold. 320 Seiten. SP 2277

Scharfsinnig nimmt die »Grand Old Lady der Literatur« hier die amerikanische High Society in Europa aufs Korn. Susy und Nick Lansing, beide ebenso unternehmenslustig wie brillant auf gesellschaftlichem Parkett, haben leider ein großes Manko: Sie sind ohne einen Cent. Weil sie trotzdem das Leben im Luxus lieben, verlegen sie sich ungeniert aufs Schmarotzen – und machen sich damit abhängig.

»Die Menschen sind oberflächlich, je reicher desto mehr und nur ganz selten entstehen Augenblicke der wahren Empfindung. Wenn Edith Wharton diese raren Momente der Ungeschütztheit beschreibt, plötzlich inmitten der verlogenen und verschwätzten Sozialität, wird die ironische Gesellschaftskritikerin ganz ernst und melancholisch. Das sind – neben dem Vergnügen am (heute so sehr vermißten) Esprit – die großen Momente dieses heiteren Romans.«
Süddeutsche Zeitung

Zeit der Unschuld

Roman. Aus dem Amerikanischen von Richard Kraushaar und Benjamin Schwarz. 480 Seiten. SP 1264

Edith Whartons 1921 mit dem Pulitzerpreis ausgezeichnetes Meisterwerk ist heute inzwischen ein Klassiker der Weltliteratur. Der Roman erzählt die Geschichte des jungen New Yorker Anwalts Newland Archer, der aus gesellschaftlichen Gründen seine Leidenschaft für die unkonventionelle Ellen Olenska unterdrückt und damit das Glück seines Lebens verspielt.

»Ein facettenreiches und überaus präzises Bild der exklusiven Gesellschaftsschicht.«
Süddeutsche Zeitung

Sommer

Roman. Aus dem Amerikanischen von Michaela Nissen. 260 Seiten. SP 1263

Eine beklemmend schöne Liebesgeschichte von unglaublicher Dichte und Intensität.

Winter

Novelle. Aus dem Amerikanischen von Michaela Nissen. 160 Seiten. SP 1262

SERIE PIPER

SERIE PIPER

Mohamed Choukri

Das nackte Brot
Ein autobiographischer Roman und fünfzehn Erzählungen. Aus dem Arabischen von Georg Brunold und Viktor Kocher. 355 Seiten. SP 1419

Mohamed Choukri erzählt seine Kindheit und Jugend: Der Vater ist Bauer in einem kleinen Ort im Rif-Gebirge, wo Choukri 1935 geboren wurde. Eine Hungersnot treibt die Familie in die verheißungsvolle Stadt, nach Tanger. Aber auch hier finden sie nichts als Elend und Armut. Die Mülltonnen machen die herumstreunenden Kinder nicht satt; der Schrei nach Brot wird dem jüngeren Bruder zum Verhängnis: Vom Jähzorn der Verzweiflung übermannt, erwürgt ihn der Vater und vertuscht sein Verbrechen. Mohamed bricht mit den Eltern, er schlägt sich als Dieb und Bettler, als Strichjunge und Spieler durch, bis er 1956 bei einer politischen Demonstration verhaftet wird. Im Gefängnis lernt er schreiben und findet damit einen Weg in die Welt der Literatur. An die Autobiographie schließt sich eine Reihe kurzer Geschichten an, die Choukris Sprachkraft bezeugen.

»Da ist nichts abzuwägen, zu analysieren. Dieses Buch ist ergreifend, zum Schmunzeln, zum Jauchzen – es ist zum Heulen schön: Die deutsche Ausgabe des autobiographischen Romans »Das nackte Brot« des Marokaners Mohamed Choukri ist Literatur pur, wahrhaft eine Entdeckung... Was erzählt Choukri? Er malt, brennt, ätzt – es sei erlaubt, Camus zu zitieren: ›das schändliche und begeisternde Bild des Lebens‹.«
Die Zeit

Zeit der Fehler
Roman. Aus dem Arabischen von Doris Kilias. 224 Seiten. SP 2128

Ein Leben in Marokko: Der zwanzigjährige Erzähler ist ein Rauf-, Sauf- und Hurenbold – aber auch ein Kobold. Und überdies ein ängstliches, einsames Kind. Nun will er lesen lernen. In 27 Kapiteln schildert er die Situationen seiner »Schulzeit«, hineinverwoben die Gefühle und Erinnerungen.

»Mohamed Choukris Leben ist spannender, poetischer, verzweifelter und wilder, als jeder Roman es sein könnte. Und er hat es in blendenden Bildern festgehalten, die das Lesen zu einem Erlebnis machen – zu einem Erlebnis, das aufwühlt, das im Schrecken fasziniert.«
Süddeutsche Zeitung

»Mohmed Choukri ist Literatur pur, wahrhaftig eine Entdeckung.«
Die Zeit

Nick Cave

Und die Eselin sah den Engel

Roman. Aus dem Englischen von Werner Schmitz. 326 Seiten.
SP 1869

Der Rockmusiker Nick Cave hatte mit seinem ersten Roman die Leser sofort auf seiner Seite: Die Geschichte des Mörders und Selbstmörders Euchrid Eucrow, der, Produkt mehrerer Generationen Inzucht und Alkoholmißbrauch, in einem gottverlassenen, vom Zuckerrohr und einer bigotten Sekte beherrschten Südstaatenkaff aufwächst, wurde zu einem Kultbuch.

Euchrid Eucrow ist das Produkt von mehreren Generationen Inzucht und Fuselkonsum. Stumm und verkrüppelt, aber von ungewöhnlichem Feingefühl, das er unter einem symphatischen und nicht zu bändigenden Wagemut versteckt, lebt Euchrid in einem abgeschiedenen Tal. Den erschreckenden oder erheiternden Launen und Obsessionen einer monströsen Mutter und eines fast geisteskranken Vaters unterworfen, den Talbewohnern ein Gespött, lernt Euchrid schnell Zuflucht in dem Sumpfland zu suchen, das an die Stadt grenzt. Doch auch diese Zuflucht wird ihm verwehrt.

»Kein Rock-Star-Buch, sondern ein Versuch in einem schon fast klassischen Genre – der Südstaatenerzählung. Doch da, wo sonst, beim jungen Truman Capote etwa, eine Atmosphäre von süßer Melancholie und Apathie herrscht, sind es bei Nick Cave dramatische Impulse, die immer wieder den Stoff peitschen. Während Caves Hauptperson Euchrid Eucrow, verwachsen und zurückgeblieben, von seinen Mitbürgern gejagt, im Sumpf liegt und langsam seinem Tod entgegensinkt, erzählt er die Geschichte seines Lebens in einer kleinen, von einer obskuren Sekte beherrschten Südstaatenstadt.«
Vogue

»Caves Meisterschaft – von der fast besessenen Sprache bis zur hochpräzisen Struktur der Erzählung – ist beeindruckend. Ein herausragendes Debüt.«
Sound

»Eine wirklich grandiose Geschichte, ein modernes Epos.«
Elle

»Er hat einen Roman verfaßt, morbide und abgründig, ist hinabgestiegen in die Tiefen der Alpträume und Mysterien. Er hat einen wundersamen Bogen geschlagen von der deftigen Alltagsprosa zur biblischen Poesie.«
Neue Zeit

SERIE PIPER